まだ見ぬ敵はそこにいる

ロンドン警視庁麻薬取締独立捜査班

ジェフリー・アーチャー

戸田裕之 訳

DA

HIDDEN IN PLAIN SIGHT

BY JEFFREY ARCHER

Published by K.K. HarperCollins Japan, 2021

ジョンとマーガレットのアシュリー夫妻に

以下の人々の貴重な助言と調査に感謝する。

サイモン・ベインブリッジ、ジョナサン・カプラン勅撰弁護士、ヴィッキー・メラー、アリソン・プリンス、キャサリン・リチャーズ、マーカス・ラザフォード、ジョナサン・タイスハースト、そして、ジョニー・ヴァン・ヘフテン。

さらに、ミシェル・ロイクロフト巡査部長（引退）、ジョン・サザーランド警視正（引退）、そして、ロビン・ベイラム警視ＱＰＭ（クイーンズ・ポリス・メダル）（引退）に格別の感謝を。

まだ見ぬ敵はそこにいる

おもな登場人物

ウィリアム・ウォーウィック――ロンドン警視庁捜査巡査部長。麻薬取締独立捜査班
サー・ジュリアン・ウォーウイック――ウィリアムの父。勅撰法廷弁護士
マージョリー・ウォーウィック――ウィリアムの母
グレイス・ウォーウィック――ウィリアムの姉。弁護士
ベス・レインズフォード――ウィリアムの婚約者。フィッツモリーン美術館の職員
アーサー・レインズフォード――ベスの父
ティム・ノックス――ベスの上司。フィッツモリーン美術館の館長
ジャック・ホークスビー――ロンドン警視庁警視長
ブルース・ラモント――同警視。麻薬取締独立捜査班
ジャッキー・ロイクロフト――同捜査巡査。麻薬取締独立捜査班
ポール・アダジャ――同捜査巡査。麻薬取締独立捜査班
ダニー・アイヴズ――同巡査
マイルズ・フォークナー――美術品の窃盗詐欺師
クリスティーナ・フォークナー――マイルズの妻
ブース・ワトソン――マイルズの弁護士
エイドリアン・ヒース――麻薬の売人。ウィリアムの旧友
チューリップ――麻薬の売人
アッセム・ラシディ――食品輸入会社の会長

1

一九八六年　四月十四日

　四人はテーブルに置いてある、柳の枝で編んだ大きなバスケットを見つめていた。

「宛名はだれになっている？」ホークスビー警視長が訊(き)いた。

　ウィリアムは手書きのラベルを読んだ。「ハッピーバースデイ、ホークスビー警視長」

「開けてみろ、ウォーウィック捜査巡査」〝鷹(ホーク)〟の異名をとるジャック・ホークスビー警視長が言い、椅子にもたれた。

　ウィリアムは立ち上がると、二本の革紐(ひも)を外してバスケットの蓋を開けた。父親なら〝いいもの尽くし〟と形容するはずの品々が入っていた。

「間違いない、われわれに感謝してくれているだれかだ」ブルース・ラモント警部が一番上にあったスコッチウィスキーのボトルを手に取りながら言い、〈ブラック・ラベル〉だとわかって喜んだ。

「それに、われわれの弱みを知っているだれかでもあるな」ホークスビーが〈モンテクリスト〉の箱を取り出して自分の前に置くと、そのキューバの葉巻の一本を手に取って弄びながら付け加えた。「きみの番だ、ロイクロフト捜査巡査」

ジャッキー・ロイクロフト捜査巡査が緩衝材代わりに詰めてある藁をゆっくりと取り除いていくと、フォアグラの瓶が姿を現わした。彼女の給料では手が出るはずもない高級品だった。

「最後に、きみだ、ウォーウィック捜査巡査」ホークスビーが言った。

ウィリアム・ウォーウィック捜査巡査はバスケットのなかを引っ掻(か)き回し、ウンブリア産のオリーヴ・オイルの瓶を見つけた。ベスが大喜びするはずだった。腰を下ろそうとしたとき、小振りの封筒が目に留まった。宛名はホークスビー警視長ＱＰＭ(クイーンズ・ポリス・メダル)となっていて、〝親展〟と記されていた。ウィリアムは封筒をボスに渡した。

ホークスビーがそれを開封し、手書きのカードを取り出した。顔には何も表われなかったが、差出人のないメモの意味はこれ以上ないほどはっきりしていた。〝次はもっと運がいいことを祈っているよ〟

カードが回覧されると、それまで笑みを浮かべていた三人の眉間に皺が寄り、手にしたばかりの贈り物もすぐさまバスケットに戻された。

「もっと悪いことがあるんだが、何だかわかるか？」ホークスビーが言った。「今日は私の誕生日なんだ」

「実は、それだけではないんです」ウィリアムはフィッツモリーン美術館での「キリスト降架」の除幕式の直後に、マイルズ・フォークナーに何を言われたかを明らかにした。

「しかし、あのルーベンスが偽物なら」ラモント警部が言った。「フォークナーを逮捕して、中央刑事裁判所（オールド・ベイリー）へ送り返したらどうです？　さすがのノース判事も判決文から〝執行猶予〟の文字を削除して、四年の実刑を言い渡すんじゃないですか？」

「そうなったら、それに勝る喜びはないが」ホークスビーが言った。「もし本物だったら、われわれはフォークナーに二度もまんまとしてやられたことになり、世の中で知らない者がいないほどの大恥をさらすことになる」

　そして、こう訊いてウィリアムを驚かせた。

「あのルーベンスは偽物かもしれないと、フィアンセに教えたか？」

「いえ、教えていません、サー。この件をどうすべきかを警視長が判断されるまでは、ベスには何も言わないでおこうと考えました」

「よろしい。では、これからも秘密にしておくことにする。そうすれば、これからどうすべきかを考える時間が多少は稼げる。なぜなら、あの男を叩（たた）き潰す気なら、あの男のように考えることから始めなくてはならないからだ。ところで、そいつをさっさと私の目の前から消してくれ」ホークスビーがバスケットを指さして命じた。「篤志品簿に記入するのを忘れるな。ただし、その前に必ず指紋を採取するんだぞ。まあ、出てくるとしても、われわれのものだけだろうがな。もしかして〈ハロッズ〉の売り子の指紋ぐらいは出てくるかもしれんが」

ウィリアムは柳の枝で編んだ大きなバスケットを隣りの部屋へ運び、指紋採取の担当者に取りにこさせるよう、警視長の秘書のアンジェラに頼んだ。その顔にわずかながら失望を浮かべて、彼女が言った。「おこぼれにクランベリー・ソースぐらいはもらえるんじゃないかと期待してたんだけど」ややあってボスのオフィスへ戻ると、全員が拍手代わりにテーブルを叩いてウィリアムを訝らせた。

「坐りたまえ、ウォーウィック捜査巡査部長」ホークスビー警視長が言った。

「少年聖歌隊員もたまには言葉を失うことがあるわけだ」ラモント警部が言った。

「それも長くはつづきませんよ」ジャッキーが断言し、全員が爆笑した。

「いいニュースと悪いニュース、どっちを先にする？」座が静まるや、ホークスビーが訊いた。

「いいニュースをお願いします」ラモント警部が答えた。「これから私がするダイヤモンド密輸事案についての最新報告は、警視長の耳に心地いいものではないでしょうからね」

「当ててみせようか」ホークスビーが言った。「踏み込まれると知って全員が逃げてしまったとかかな」

「残念ながら、それ以上です。やつら、現われもしませんでした。したがって、ダイヤモンドも押収できなかったということです。完全武装の部下二十人を引き連れ、虚しく海を睨んで一晩過ごさせてもらいました。ですから、私の耳に心地いいニュースを聞かせてください、サー」

「みんな知ってのとおり、ウォーウィック巡査が巡査部長への昇任試験に合格した。反核デモの参加者の一人に蹴りを食らわせたにもかかわらず——」

「そんなことはしていません」ウィリアムは抗議した。「冷静になってくれと丁重にお願いしただけです」

「試験官はその主張をこれっぽっちも疑うことなく受け容れたわけだ。少年聖歌隊員の評判も捨てたものではなかったな」

「それで、悪いニュースとは何でしょう？」ウィリアムは訊いた。

「捜査巡査部長として、きみは新たな役割を担うことになった。麻薬取締独立捜査班への異動を命ずる」

「私でなくてよかったですよ」ラモントがため息をついた。

「だが」ホークスビーがつづけた。「勝っているチームは解散すべきでないという警視総監のまったくもって賢明な判断のもと、きみたち二人にもウォーウィック捜査巡査部長と行動をともにしてもらう。来月一日から麻薬取締独立捜査班への異動を命ずる」

「そういうことなら、辞表を出させてもらいます」ラモントが弾かれたように立ち上がり、とりあえずの抵抗をしてみせた。

「そうはならないのではないかな、ブルース。きみは定年退職までわずか一年半を残すだけだし、この新しい独立捜査班の班長として警視に昇任することになるわけだから」

その知らせが二度目の、力のこもった拍手代わりのテーブル叩きを誘発した。

「きみたちには既存のどの薬物対策部局とも、麻薬取締部局とも無関係に、完全に独立して仕事をしてもらう。その目的はたった一つであり、それが何であるかはすぐに教える。だが、その前に、チームを補完すべく新たなメンバーが加わることを知らせておきたい。その輝きにおいては、いまここにいる少年聖歌隊員を凌いでいるかもしれない人物だ」

「早く見てみたいですね」ジャッキーが言った。

「まあ、そう長く待たされることはないだろう、もうすぐここに現われることになっている。見事な履歴の持ち主で、ケンブリッジ大学で法律を学び、オックスフォード大学との対抗ボートレースの代表(ブルー)になっている」

「勝ったんですか?」ウィリアムは訊いた。

「二年連続でな」ホークが答えた。

「それなら、水上警察に所属すべきだったかもしれませんよ」ウィリアムは言った。「私の記憶が正しければ、あの対抗戦はパトニーとモートレイクのあいだで行なわれるはずだから、勝手知ったるところへ戻れたでしょうに」またもや、さらに盛大にテーブルが叩かれた。

「陸の上でも、同じぐらいできるところを見せてくれるはずだ」テーブルを叩く音が鎮まるのを待って、警視長が応じた。「彼はすでにクローリー署の地域犯罪捜査班で三年、経験を積んでいる。だが、もう一つ、とりあえず伝えておくことがある——」

ドアが鋭くノックされ、ホークはそれにさえぎられて最後まで言い終わることができなかった。「入れ」

ドアが開き、長身でハンサムな若者が入ってきた。地域犯罪捜査班から着いたばかりというより、人気の警察ドラマのセットから直行してきたかのようだった。

「失礼します」彼が挨拶した。「ポール・アダジャ捜査巡査です、命じられて出頭しました」

「坐ってくれ、アダジャ」ホークが言った。「チームのメンバーを紹介しよう」

アダジャと握手をするラモント警視がにこりともしないことを、ウィリアムは見逃さなかった。首都警察は少数人種系の警察官を増やすという野心的な方針を採っていたが、いまのところ、ダイヤモンド密輸グループを逮捕するのと同じ程度の成果しか上がっていなかった。アダジャのような人物がどうして警察官になろうなどと考えたのか知りたいということもあって、ウィリアムはできるだけ早く彼をチームに馴染ませてやろうと決めた。

「この特別事案検討会議は毎週月曜日の午前中に開かれる」ホークスビーがアダジャに教えた。「そこで何であれ大きな事案の捜査がどう進展しているか、情報を更新して検討することになっている」

「あるいは、どう進展していないかをな」ラモントが付け足した。

「では、本題に入ろう」ホークが余計な補足を無視して言った。「フォークナーに関して、新しい情報はあるか?」

「やつの妻のクリスティーナが接触してきました」ウィリアムは答えた。「私と会いたいとのことです」

「本当か。で、何か思い当たることはあるか?」

「いえ、ありません。どういう用件か見当もつかないんですが、あの男を何としても鉄格子の向こうへ送り込みたいと、われわれに負けず劣らず願っていることは隠そうともしていません。ですから、〈リッツ〉で固くなったクリームスコーンを味見しようとお茶に誘っているとは思えません」

「いま亭主がどんな犯罪に手を染めているかを彼女が知っていて、われわれがあらかじめその情報を手に入れられれば願ったりだ」ラモントが言った。「もっとも、おれはあの女をこれっぽっちも信用していないけどな」

「それは私も同じだが」ホークが言った。「フォークナーか、クリスティーナか、どちらかを選ばなくてはならないとしたら、彼女のほうが悪としてはまだしもましだろう。まあ、その差はほんのわずかだがね」

「招待を断わることはいつでもできますが」

「それは駄目だ」ラモントが言った。「フォークナーを刑務所送りにする、これ以上のチャンスはないかもしれない。いいか、忘れるな、あいつは執行猶予の身だ。だから、どんな些細(ささい)な犯罪であろうと立証できれば、即座に実刑となって、少なくとも四年はぶち込んでおける」

「まったくそのとおりだ」ホークが言った。「しかし、ウォーウィック捜査巡査部長、これは断言してもいいけれども、フォークナーはわれわれが彼を監視しているのと同じぐらいしっかりと、われわれを監視しているはずだ。それに、間違いなく私立探偵を雇って、毎日二十四時間、離婚が完全に決着するまで妻を尾行させているだろう。だから、〈リッツ〉でのお茶まではいいが、ディナーは駄目だぞ。わかったか？」

「完璧に理解しました。それに、ベスもきっと警視長と同意見です」

「いいか、ミセス・フォークナーが口を滑らせたように見えても、それは常に充分なリハーサルをしたうえだということを肝に銘じておくんだ。それから、もう一つ、自分が話したことはすべて、きみがここへ戻ってきた瞬間に、一言一句そのまま私に伝わることも、彼女はお見通しだからな」

「あなたに伝わるのは、たぶん、専属運転手がイートン・スクウェアの自宅フラットで彼女を降ろすより早いんじゃないですか」ラモントが付け加えた。

「そうだな。では、目下の事案に戻ろう。麻薬取締独立捜査班の仕事を始めてもらう前に、新たな美術骨董(こっとう)捜査班へ引き継いでもらわなくてはならない事案がいくつかある」

「アダジャ捜査巡査が到着する前、新しい麻薬取締独立捜査班が既存の薬物取締捜査班とどう違うかを説明しようとしておられましたが」

「いまはあまり詳しく教えられないが」ホークが応えた。「きみたちの目的はたった一つだ。そして、それは通りで常用者にマリファナを売っているような雑魚を捕まえることではない」とたんに、全員の目がしっかりと開いた。「警視総監がわれわれに望んでおられるのは、いまだ住所も不明で、グレーター・ロンドンの川の南側に住んで仕事をしている、としかわかっていない男を特定することだ。だが、その男がどんな仕事を生業(なりわい)にしているかはわかっている」そして、〈極秘〉と記されたファイルを開いた。

2

「それで、巡査部長昇任試験はどうだったんだ？」父が訊いた。「受かったのか、それとも、一生捜査巡査でいる運命か？」

ウィリアムはこの高名な勅撰（ちょくせん）弁護士と対峙（たいじ）している証人であるかのように、完全な無表情を保った。

「あなたのご子息ですもの、いつの日か警視総監になるんじゃないですか？」おそらくは将来義理の父親になるはずの男性に、ベスが温かい笑みを送った。

「試験の結果はぼくもまだ聞いていないんだ」ウィリアムはため息をつき、婚約者に片目をつぶってみせた。

「あなたのことだもの、きっと楽々（ウイズ・フライング・カラー）と合格しているわよ」母が言った。「でも、その試験を受けたのがあなたの父親なら、わたしもそこまでの確信は持てないでしょうけどね」

「それに異論を唱える人は、ここにはいないわね」姉のグレイスが言った。

「その判定を裏付ける証拠や事実がどこにあるんだ?」サー・ジュリアンが立ち上がって部屋を周回しはじめたと思うと、あたかも有罪にすべきか無罪にすべきか迷っている陪審員に呼びかけるかのように、上衣の襟をつかんで要求した。「その試験がどういう形のものだったのかを教えてもらいたい」

「三つに分かれているんだけど」ウィリアムは説明を開始した。「一つ目は身体能力を問うもので、まずは五マイルを四十分以内で走りきらなくてはならない」

「それに関しては望みはないな」サー・ジュリアンが部屋の周回をつづけながら認めた。

「次は護身術だけど、何とかうまくやり遂げられたんじゃないかな」

「私はそれも見込みなしだ」と、サー・ジュリアン。「肉体ではなくて言葉を使っての攻撃に対してなら別だがな」

「最後は、制服を着たままプールを三往復、途中で立つことなく泳ぎきらなくちゃならない。警棒を持ったままでね」

「わたしなら考えただけでへとへとよ」グレイスが言った。

「ここまで、お父さまは全部不合格だから」母が言った。「きっと最後まで平巡査のままで地域巡回をつづけることになるんでしょうね」

「警察というところは、頭脳明敏な人間に関心はないのか?」サー・ジュリアンがいきなり足を止めて詰問した。「関心があるのは、いつまでも腕立て伏せをつづけられる者だけなのか？」

　ウィリアムは黙っていたが、昇任試験に身体能力を問う科目など、実はなかった。父親をちょっとからかってやろうとしただけだったのだが、まだ針から外してやる気にはならなかった。

「二つ目は実地試験だ。お父さんがそれをとにもかくにもやり遂げられるかどうか、結果がわかるのが楽しみだね」

「いつでもいいぞ」サー・ジュリアンがふたたび周回を始めた。

「その試験では、受験者は三つの犯行現場に立ち会わなくちゃならない。それぞれ異なる状況で、受験者がどう反応するかを試験官が見るためだ。最初の現場でのぼくの首尾は最高と言ってもいいぐらいだった。小さな衝突事故を起こした運転手が酒を飲んでいるかどうか検査をするという試験だけど、その検査結果は赤じゃなくて黄色だった。遠くない過去に飲酒したけれども、上限は超えていないということだ」

「逮捕したの？」グレイスが訊いた。

「いや、警告にとどめて放免した」

「なぜだ？」サー・ジュリアンが訝った。

「なぜなら、酌量の余地が絶対にないような検査結果じゃなかったし、警察のコンピューターで調べたら、専属運転手で前科もないことがわかった。逮捕したら、職を失ったかもしれないからね」

「おまえは軟弱だな」サー・ジュリアンが言った。「次は？」

「次は宝石店を襲った強盗の追跡だった。店員の一人は泣き叫んでいて、店長はショック状態にあった。二人を落ち着かせてから無線で応援を要請し、犯行現場を封鎖して応援が到着するのを待った」

「ここまではとても順調なようね」母が言った。

「ぼくもそう思っていたんだけど、反核デモに対する警備を担当する、若い巡査のチームの指揮を執ったときに問題が起こった。デモが手に負えなくなりはじめたんだ」

「何があったの？」グレイスが訊いた。

「デモの参加者が部下をファシストの大馬鹿野郎呼ばわりしやがって、それでぼく自身がかっとなってしまったらしい」

「私だったら何呼ばわりされるか、見当もつかんな」サー・ジュリアンが言った。

「それに対してあなたがどんな反応をするかもでしょ」妻のマージョリーが応えた。

全員が噴き出したが、ウィリアムがどう反応したかを早く知りたいベスだけは笑わなかった。

「そいつの金玉を蹴り上げた」

「何をしたですって？」母が訊き返した。

「実際には警棒を抜いただけだけど、連行された署での、やつの言い分は違っていた。報告書に真実を書かなかったのもまずかった」

「おまえよりましな対応ができたとは思えないな」サー・ジュリアンがどすんと椅子に腰を落とした。

「認めたくはないけど、お父さん、現実はこうなんだ」ウィリアムはコーヒーを父に渡しながら言った。「酒気帯び運転は放免すべきではなかったし、宝石店の店長と店員に対してはそんなに悲観しなくても大丈夫だと慰めてやるべきだったたし、あの反核デモのやつは絶対にもう一度金玉を蹴り上げてやるべきだった。汚ない言葉を使ってごめんよ、お母さん」

「試験は三つに分かれていると言ったな」サー・ジュリアンが態勢を立て直そうとして訊いた。

「三つ目は筆記試験だ」

「それなら私にもまだ見込みがありそうだ」

「六十の質問に九十分以内に答えなくちゃならない」ウィリアムはコーヒーを一口飲んで椅子に背中を預け、父親に猶予を与えてやった。「夫が隣家の庭に咲いていた野生の水仙を摘んで妻にプレゼントした。この場合、二人は有罪か無罪か？」

「夫が窃盗で有罪なのは間違いない。だが、妻のほうはその水仙が隣家の庭に咲いていたものだとは知らなかったんだろう?」

「いや、知っていた」ウィリアムは答えた。

「そういうことであれば、盗品と知って受け取ったわけだから有罪だ。簡単至極な事案だな」

「異議あり、裁判長(ミラッド)」グレイスが立ち上がった。「〝水仙〟に関連して〝野生の〟という言葉が使われています。その花が野生であって隣人の植えたものではないことを、関係する全員が知っているのであれば、わたくしの依頼人はその花を摘む権利を有します」

「ぼくの答えと同じだ」ウィリアムは言った。「そして、正解はぼくと姉さんのほうだ」

「もう一度チャンスをもらいたい」サー・ジュリアンが架空のガウンの襟を正した。

「犯罪行為の責任を問える最低年齢は? 八歳、十歳、十四歳、それとも十七歳?」

「十歳」父より早くグレイスが答えた。

「正解」と、ウィリアム。

「白状するが、私は未成年の弁護をした経験が少ないんだ」

「それは一(いつ)にかかってお父さまの法外な弁護料のせいでしょう」グレイスが言った。

「あなた、未成年の弁護を担当したことがあるの、グレイス?」母が訊き、サー・ジュリアンに反対尋問の隙を与えなかった。

「あるわ。先週、バーラムで万引きをした未成年の弁護をしたばかりよ」

「おまえのことだから、生まれも育ちも貧しく、いつも父親に殴られている少年だと主張して、無罪を勝ち取ってやったんだろう」

「少女だけどね」グレイスが応えた。「父親は彼女が生まれてすぐに家族を捨てて家を出ていき、母親が二つの仕事を掛け持ちして三人の子供を育てなくてはならなかったの」

「たかだか万引きでしょう、わざわざ法廷で裁くほどの大ごとじゃないんじゃないの？」マージョリーが訝った。

「それはわたしも同意見だけど、あの子の場合は大ごとだったのよ。何しろ、地元のスーパーマーケットで最高級の肉を盗んだだけでなく、アルミフォイルで裏打ちされた買い物袋に隠して万引き防止装置の目を出し抜いたうえに、百ヤードほど通りを上ったところにある、故買を何とも思わない悪い肉屋に売りつけたんだもの。それが残念ながら露見して捕まってしまったというわけ」

「判決はどうだったの？」マージョリーが訊いた。

「肉屋は重い罰金刑、あの子は保護されているわ。でも、ケント州の田舎の住み心地のいいコテッジで中流階級の両親に愛されて育つなんて恩恵に浴してきてはいないの。自分の家から一マイル以上遠くへ行ったことがなくて、自分が生まれた町に川があることすら知らなかったのよ」

「私が有罪だとすると、ミラッド、要するに、わが子にきちんとした人生を始めさせてやろうとしたことですか」サー・ジュリアンが言い、さらに付け加えた。「試験官に見放される前に、もう一度チャンスを与えてもらえませんか？」

「いいでしょう、与えましょう」

「客の何人かが自分のビヤガーデンでマリファナを喫っていることを、あるパブの店主が知ることになった」ウィリアムが出題した。「その店主は軽いとはいえ、罪に問われるか？」

「もちろん問われる」サー・ジュリアンは答えた。「なぜなら、自分の所有する敷地内で規制薬物が使用されることを許しているからだ」

「では、客の一人がマリファナを喫っていて、それを友人に渡し、友人も一服した。その客も罪に問われることになるか？」

「もちろん、問われる。規制薬物の所持と提供の両方で有罪であり、したがって告発されるべきである」

「あり得ない答えね」グレイスが呆れた。

「まったくだ」ウィリアムも同調した。「その最大の理由は、すべての軽罪を追うだけの人的資源を警察が持ち合わせていないことだけどね」

「軽罪などであるものか」サー・ジュリアンが反論した。「事実、坂を転げ落ちるきっかけになっているんだぞ」

「店主も客も、犯罪だと知らなかった場合はどうなの？」ベスが訊いた。

「該当する法律を知らなかったからといって、許されることはない」サー・ジュリアンが答えた。「さもないと、好き放題に人を殺しておいて、犯罪だと知らなかったと主張できることになる」

「それができればどんなにいいか」マージョリーが言った。「夫を殺して何事もなく逃げおおせられるのなら、わたしはそれが犯罪だと知らなかったと、とうの昔に訴えていたでしょうね。実際、それを思いとどまった理由はたった一つ、裁判になったら彼に弁護してもらう必要があるとわかっていたからなの」

　全員が爆笑した。

「これは正直な話だけど、お母さま」グレイスが言った。「法廷弁護士評議会の会員の半分は喜んでお母さまの弁護人を引き受けるでしょうし、残る半分も被告側証人としての証言をいとわないんじゃないかしら」

「そうだとしても」サー・ジュリアンが皺の刻まれた額を撫でた。「いまの問題の答えとしては正解だろう」

「正解だよ、お父さん。だけど、ぼくが生きているあいだにマリファナが合法になっても驚かないようにね」

「しかし、私が生きているうちはそうならないでほしいものだ」サー・ジュリアンが真顔で言った。

「いまの成り行きからすると」マージョリーが割って入った。「お父さまは無惨にも試験に失敗したかもしれないけど、あなたは合格したように聞こえるわね」

「デモの参加者の金玉を蹴り上げたにもかかわらず、か」サー・ジュリアンが茶々を入れた。

「そんなことはしてないって」ウィリアムは否定した。

「それは試験に合格していないということか、それとも、デモの参加者の金玉を蹴り上げていないということか？」父親が詰問した。

また全員が笑った。

「当たりですよ、お母さま」ベスが婚約者の救出に乗り出した。「来週の月曜日から、ウィリアムはウォーウィック捜査巡査部長です」

だれよりも早くサー・ジュリアンが立ち上がってグラスを挙げた。「おめでとう、息子よ。長い梯子（はしご）の一段目を上ったな」

「長い梯子の一段目に」家族全員が立ち上がり、グラスを挙げて繰り返した。

「それで、警部にはいつなるんだ？」サー・ジュリアンが着席もしないうちに、早すぎる質問をした。

「それ以上言い立てると、お父さま」グレイスが警告した。「お父さまが弁護を担当した直近の裁判で、裁判長が事案の要点と法律上の論点の説明でお父さまのことを何と言ったか、ここでみんなにばらすわよ」

「あいつは偏見に凝り固まった愚かな老いぼれだ」

「それはお互いさまでしょう――」四人全員が口を揃(そろ)えた。

「次の仕事は何だ、息子よ?」サー・ジュリアンが態勢を立て直そうとした。

「ホークスビー警視長はぼくたちの部局全体を刷新しようと計画していて、政治家たちもようやくだけど、この国が深刻な薬物問題に直面していることを認めたんだ」

「一体どのぐらい深刻なの?」母が訊いた。

「二百万を超えるイギリス国民が日常的にマリファナを使っていて、さらに四十万がコカインを吸っている。そのなかにはぼくたちの友人もいて、判事まで一人含まれている。もっと悲劇なのは、登録されているだけでも二十五万を超す麻薬常習者がいることだ。それが国民健康保険(NHS)制度が逼迫(ひっぱく)している大きな理由の一つでもある」

「そうだとしたら」サー・ジュリアンが言った。「常習者の金で一財産作っている悪党がいるに違いない」

「そういう悪党の大物のなかには、文字通り、濡(ぬ)れ手に粟(あわ)で大金を懐に入れている輩(やから)がいる。若い売人も――学齢期をまだ脱していない者もいるんだけど――一日に百ポンドがところを稼げるんだ。警視長の給料より多いし、いわんや、しがない捜査巡査部長なんか足元にも及ばない金額だよ」

「それほど大量の現金が渦を巻いているのなら」サー・ジュリアンが言った。「分け前に与(あずか)りたいという誘惑に駆られる、気持ちの弱い警察官が出てきても不思議はないかもしれないな」

「ホークスビー警視長の考えをそのまま実行できれば、そんなやつはいなくなるよ。腐敗した警官はどんな犯罪者より悪だと見なしている人だからね」

「その点については、私も彼と同じだ」サー・ジュリアンが言った。

「それで、薬物問題についての彼の計画ってどんなものなの?」グレイスが訊いた。

「警視総監から権限を与えられて、ホークスビー警視長の下に麻薬取締独立捜査班が新設される。その班の目的は一つだけ、ある大物を追跡し、排除することだ。一方で、その地域を担当する既存の薬物取締捜査班は、供給網を明らかにすることに専念する。また、所轄署は通りの売人と買い手の対応に当たる。買い手は麻薬を買う金欲しさに、強盗とか窃盗といった別の犯罪をやらかしているからね」

「最近、一人か二人、そういう罪を犯した被告の弁護をしたわ」グレイスが言った。「どうしようもなく哀れな人たちなのよね。次にやるドラッグを手に入れることしか生きる目的がないんだもの。いつになったら当局は気づくのかしら、そういう多くの人たちに必要なのは治療であって、犯罪者として扱うべきではないということをね」

「しかし、犯罪者であることは変わらない」父親がさえぎった。「甘やかすのではなく、刑に服させるべきだ。おまえも、自分の家に押し入ってこられたら考えが変わるのではないかな、グレイス」

「わたしたち、もう二度も押し入られているわよ」グレイスが言い返した。

「たぶん、犯人は一つの仕事をつづけられないやつだな。薬物常習者はまず両親の金を盗むんだ」ウィリアムは言った。「次に友人、そのあとは窓を開け放しにしているだれかだ。地域巡回をしていたとき、一人の若い――といっても、成年だけどね――男を逮捕してアパートを捜索したら、テレビが十二台、大量の電気器具、絵画、時計、さらにはティアラまで出てきた。そして、一儲(もう)けを企(たくら)む故買屋がいる。そいつらは二度と引き出すつもりのない品を預ける客を相手にする、いわゆる質屋をやっているんだ」

「でも、もちろん、やめさせることはできるんでしょ?」ベスが訊いた。

「できるよ。だけど、ゴキブリと同じでね、一匹踏み潰しても、さらに六匹がどこからともなく這(は)い出してくる。いまや薬物は、石油や金融や鉄鋼のような国際産業になっているんだ。麻薬業界の最大のカルテルのいくつかが仮に年次収支報告をしたら、株の取引における上位百社に名を連ねるだけでなく、財務省はやつらから数十億ポンドの税収を得ることになるだろうな」

「いくつかの薬物については、規制をかけたうえで合法化するときがきているのかもしれないわね」グレイスが言った。

「そんなことは私の死体を踏み越えてからにしてもらおう」サー・ジュリアンが抵抗した。

「でも、いまやらなかったら、もっともっとたくさんの死体が出てくることになると思うよ」

サー・ジュリアンは一瞬沈黙し、マージョリーがその隙を突いた。「わたしたちの住んでいるところは、そういう心配をしなくていいからありがたいわね」

「断言してもいいけど、お母さん、このあたりだって、いまや交通監視員の数より麻薬の売人の数のほうが多いと思うよ」

「そうだとしたら、ホークはそれをどうするつもりなんだ？」サー・ジュリアンが詰め寄った。

「ロンドンの売人の半数を牛耳っている麻薬王の首を刎(は)ねるのさ」

「まずは逮捕すべきではないのか？」

「逮捕容疑は何？　そのうえ、われわれはそいつの人相風体すら知らないんだよ。本名も、どこに住んでいるかもわからない。業界で〝蝮(ヴァイパー)〟と呼ばれていることはわかっているけど、巣もまだ突き止められないでいる、ましてーー」

「結婚の予定はどうなの、ベス、順調に進んでいる？」マージョリーが話題を変えようとして訊いた。「日取りは決まった？」

「残念ながら、まだなんだ」ウィリアムは答えた。

「いいえ、決まりました」ベスが訂正した。

「教えてくれてありがとう、初耳だけどね」ウィリアムは言った。「当日が非番であってくれることを祈るよ。あるいは、不当に高い弁護料を取るわが父親に弁護されている常習犯を有罪にすべく証言する日でないことをね。まあ、より恐れるのは後者かな」

「その場合、裁判は昼食までに終わり」サー・ジュリアンが言った。「私もおまえも結婚式に間に合うことになる」

「実はお願いがあるんです」ベスがマージョリーを見た。

「いいですとも」マージョリーが応えた。「力になれたら、わたしたちも嬉しいわ」

「父は刑務所に四年いなくてはならなかったし、わたしたち――」

「誤審は正されたわ」グレイスがさえぎった。

「わたしたち、つい最近、住まいを見つけたんです」ベスはつづけた。「それで、地元の、お父さまとお母さまが結婚なさった教会で式を挙げられないかと思っているんです」

「マージョリーと私が結婚した教会でかね」サー・ジュリアンがとたんに応じた。「さらに大きな喜びを与えてもらえるということしか思いつかないな」

「マイルズ・フォークナーが四年の実刑を食らって」ウィリアムは誘ってみた。「同時に、ブース・ワトソン勅撰弁護士が法廷弁護士評議会を除名されたら、そっちの喜びのほうが大きいんじゃないの?」

サー・ジュリアンがしばらく沈黙したあとで言った。「それについての判断はしばらく待ってもらいたい、前言を変更する可能性があるかもしれない」

「姉さんはどうなの?」ウィリアムはグレイスに訊いた。

「わたしもいまのパートナーとその教会で結婚できるといいんだけどって、それしか考えられないわね」

3

「昇任おめでとう」カウンターにいるウィリアムの隣りにやってきたジャッキーが言った。今夜、彼女は昇任ほやほやの巡査部長を自宅まで車で送るという貧乏くじを引いてしまって、エールのレモネード割りを一杯しか飲めずにいた。帰りは日付が変わるころになるかもしれないと、ベスにはすでに知らせてあった。

「ありがとう」ウィリアムは応えた。すでに四杯目のジョッキが空になっていた。

「でも、だれも驚かなかったでしょうけどね」

「父を除いてはね」

「みなさん、時間です、よろしくお願いします」店主がきっぱりと宣言した。その最大の理由は客の大半が警察官であることだった。だが実際は、一般客が引き上げたとたんに、表向きは閉店を装って青い制服の男女に酒を提供しつづけることが珍しくなかった。すべての部局が、そういう忖度（そんたく）をしてくれるパブ——店としても売り上げが伸びるだけでなく、告発される恐れもない——を、少なくとも一軒は持っていた。それでも、そろそろウィリアムを連れて帰る潮時だと、ジャッキーはさっきから感じていた。

「もうだれが見ても飲みすぎるぐらい飲んでいるから」彼女は言った。「送り届けたほうがいいって、ボスに頼まれたわ」

「でも、これはぼくの昇任祝いのパーティだぞ」ウィリアムは抵抗した。「とは言え、内緒だけど、こんなに酔っぱらったのは初めてだよ」

「内緒でも何でもないでしょう、だから、尚更（なおさら）あなたを送っていかなくちゃならないんじゃないの。昇任の翌日に降格されたらかわいそうだものね。まあ、そのときはわたしがあなたの仕事をいただくことになるかもしれないけどね」

「あなたのような女性には用心しろって、父に戒められたっけな」ウィリアムはジャッキーに腕を取られ、よろよろと店を出た。その背中に、〝おやすみ、巡査部長〟、〝おやすみ、少年聖歌隊員〟、そして、〝おやすみ、警視総監〟――皮肉も嫌味（いやみ）もこれっぽっちも感じられなかった――という叫びが浴びせられた。

「期待しないでね、わたしはあなたを〝サー〟と呼んだり、へいこらしたり（キス・ユア・アス）はしませんからね。少なくとも警部になるまではね」

「〝へいこらする（キス・マイ・アス）〟という表現の由来を知ってる？」

「知らないけど、これから教えてもらえそうな気がしているのはなぜかしら？」

「十七世紀のフランスの貴族、ヴァンドーム公爵はトイレに入っているときでも部下と会うことをいとわなかった。あるとき、彼が尻を拭くと、その一人が飛び出してきてそこにキスをし、こう言った。『ああ、高貴なお方、あなたは天使の尻(アス)をお持ちです』」

「わたし、巡査部長に復帰するところまででいいわ」ジャッキーが言った。「それ以上は昇任しなくていいような気がしてきた、お尻にキスなんてされたくないもの」

「ビルと呼んでくれさえしなければいいさ、それ以上のことは期待しないよ」ウィリアムは言い、倒れるように助手席に乗り込んだ。

ジャッキーは車を駐車場から出してヴィクトリア・ストリートへ入り、ピムリコを目指した。ウィリアムの瞼(まぶた)が落ちていた。つい一年前、ウォーウィック巡査が班の一員になったとき、彼女は捜査巡査部長で、階級という梯子の二段目にしがみついていた。しかし、〈青の時代作戦〉に失敗し、ウィリアムはフィッツモリーン美術館にレンブラントを復帰させることに成功して、いまや地位が逆転していた。だが、それに不満はなかった。依然としてホークスビー警視長が直接監督する班の一員でいられるのだから、それでよかった。ウィリアムが鼾(いびき)をかきはじめた。角を曲がった瞬間、ジャッキーの目に彼が飛び込んできた。

「〝チューリップ〟じゃないの！」ジャッキーは思わず声に出し、ブレーキを踏んだ。うとうとしていたウィリアムが驚いて目を覚ました。

「チューリップって？」ウィリアムが寝ぼけ眼の焦点を合わせようとしながら訊いた。

「わたしが最初に逮捕した相手よ、彼はまだ義務教育も終えていなかったわ」そう答えて、ジャッキーが運転席を飛び出した。ウィリアムの目はその姿をぼんやりとしかとらえられなかったが、彼女は道を横切ると、明かりのともっていない小路のほうへ走っていった。そこでは〈テスコ〉のショッピングバッグを持った若い黒人の男がもう一人の男に何かを渡していたが、その男は暗がりにしっかり隠れていて顔が見えなかった。

ウィリアムは眠気が一気に消えて頭がはっきりし、アドレナリンがアルコールに取って代わった。助手席を飛び出してジャッキーの後を追い、いくつものクラクションを引き連れて車の流れを擦り抜けていった。そのクラクションはチューリップの耳にも届き、彼は見つかったことに気づいて、すぐさま小路を走り下っていった。

ウィリアムはもう一人の男に手錠をかけているジャッキーを横目に見ながら黒人の男を追いつづけたが、今夜は同じ年頃の青年と駈けっこをしても勝ち目がないことはわかっていた。通りにいる売人は滅多に酒を飲まなかったし、ドラッグをやる者も少なかった。仕事を失う恐れがあるからだ。チューリップは角を曲がるか曲がらないかのところでヤマハの黒いオートバイに飛び乗り、爆音を轟かせて走り去った。捕まえるのは無理だとさすがに諦めて、小路の出口で足を止めると、街灯に寄りかかるようにしてうずくまり、激しく嘔吐して、汚物を舗道に飛び散らせた。

「みっともない」年輩の紳士が小声で吐き捨て、そそくさと歩き去った。

制服姿でないのがせめてもの救いだと思いながらウィリアムはようやく立ち上がり、のろのろと小路を引き返した。ジャッキーは逮捕した男に被疑者の権利を読み上げているところだった。おぼつかない足取りで二人の後ろを歩いて道を渡り、車のドアを開けようとした。だが、一度しくじってもう一度やり直さなくてはならず、逮捕した男を後部席に押し込もうとするジャッキーを待たせるはめになった。

運転席に坐ったジャッキーの隣りに乗り込んだものの、車が勢いよく回頭して最寄りの所轄署を目指すなか、ふたたび襲ってきた吐き気をこらえなくてはならなかった。ジャッキーはタクシーの運転手がロンドンのホテルを熟知しているのと同じぐらい、所轄署の位置を知り尽くしていた。彼女はロチェスター・ロウ署の前で車を駐めると、ウィリアムが助手席を出るより早く、容疑者を連れて留置区画へと向かっていった。

容疑者のなかには大声で抵抗し、夜の空気を濁すほどの罵詈雑言(ばりぞうごん)をまくしたてる者もいるし、屈強な警察官が二人がかりで制圧しなくてはならないほどの力で暴れる者もいなくはないが、大人しくうなだれて沈黙している者が大半だった。今夜の容疑者が明らかにその大半の部類に属していることに、ウィリアムはほっとしていた。だが、警察官になってわずか数週間後には、買う側は往々にして恥じることがあるけれども、売る側が恥じることは絶対にないことを学んでもいた。

留置担当巡査部長が、自分のデスクに向かってくる三人に顔を上げた。ジャッキーが身分証を提示し、逮捕理由を告げて、警告したあとも非協力的でありつづけていることを明らかにした。留置場で一晩過ごさせる前に容疑者のことを詳しく知っておこうと、巡査部長がカウンターの下から留置記録簿と所持品記録書を取り出した。そして、〝白い粉の包み二つ〟と記入してから、容疑者を見て言った。「よし、まずはフルネームを教えてもらおうか」

容疑者は口を固く閉じたままだった。

「もう一度訊くぞ、名前は？」

容疑者はカウンターの向こうの尋問者を昂然と見つめていたが、やはり一言も発しなかった。

「これが最後だからな、名前は――」

「こいつの名前なら、ぼくが知っています」ウィリアムは言った。

「いまだに彼を憶えていたの？　だって、大昔のことでしょう」その夜遅く、ベッドに入ったウィリアムにベスが訊いた。

「最初に解決した事件はだれだって忘れないんじゃないかな」ウィリアムは答えた。「エイドリアン・ヒースがプレップ・スクールを退学になったのは、ぼくのせいだからね。あいつが学校の売店で〈マース〉のチョコレートを万引きしたことをぼくが立証したのが、その理由なんだ。だから、ぼくが警察官になったのを意外に思う者はいなかった。もっとも、彼の友人の何人かは、ぼくを決して許さなかったけどね。当時のぼくは少年聖歌隊員じゃなくて、告げ口野郎でしかなかった」

「その人のことだけど、何だか同情したい気分だわ」ベスがベッドサイド・ランプを消しながら言った。

「どうして？」ウィリアムは訊いた。「あいつは間違いなく、ただの悪からさらなる悪になってしまったんだぞ、まさに父が予言したとおりだ」

「そこまで厳しく批判的になるなんて、あなたらしくないわね」ベスが言った。「あなたと疎遠になっていたあいだに彼に何があったのか、何であれ拙速に結論に飛びつく前に、わたしはそれを知りたいわ」

「何があったのかをぼくが突き止めるのは難しいと思うよ、たぶんこの件から外されるだろうから」

「どうして？　エイドリアンもあなたになら口を開くかもしれないでしょう」

「容疑者と親しく関わることは許されていない」ウィリアムは答えた。「これは警察官としての鉄則で、ぼくだけに適用されるわけじゃないんだ」

「クリスティーナ・フォークナーと親しく関わることは許されたじゃないの」ベスが背中を向けた。

ウィリアムは応えなかった。クリスティーナがまた接触してきたことは、まだベスに教えていなかった。

「ごめんなさい」ベスが向き直り、肉体的にも精神的にも決して色褪せないだろう、胸に残っているぎざぎざの赤い傷にキスをした。「あなたが彼女と親しくならなかったら、レンブラントがわたしたちのところに戻ってくることはなかったかもしれないのにね。それで思い出したけど、明日の夜、フィッツモリーン美術館で資金調達パーティが催されるの。無理にとは言わないけど、顔を出してもらえないかしら。だって、年輩のレディの何人かがあなたの虜になるに決まってるんだもの」

「若いレディはどうなんだ？」

「若いレディは出入り禁止よ」ベスがウィリアムの腕のなかに潜り込んだと思うと、間もなくして眠りに落ちた。

ウィリアムはしばらく寝つけなかった。否応なしにモンテカルロの夜のことが思い出された。ホークスビー警視長はいま、もう一度おれをクリスティーナと会わせたがっている。果たして彼女から逃れられる日がくるだろうか？　彼女はすべてについて嘘をついてきているが、もしベスに訊かれたら、あのときおれのベッドに潜り込んできて何をしたかについても嘘をついてくれるだろうか？

「では、おまえは容疑者と同じ学校で同級だったのか、捜査巡査部長?」昨夜、昇任祝賀パーティをジャッキーと抜け出したあとの事件の説明を聞いて、ラモント警視が言った。

「プレップ・スクールで同級でした」ウィリアムは答えた。「当時、エイドリアン・ヒースとは一番の友だちでしたから、たぶん私は本件から外されて、ロイクロフト捜査巡査が担当することになるものと考えていますが」

「馬鹿を言うな。これこそホークスビー警視長が求めていた絶好の機会だ。おまえがその友だちを首尾よく寝返らせて情報提供者に仕立て上げられたら、こっちが優位に立つことだってできるかもしれんだろう」

「しかし、最悪の形で縁が切れてしまいましたからね。あいつが退学になったのは私のせいなんです」

「それでも、この件に関しては、ジャッキーやほかの警察官に担当させるよりは、おまえのほうが安心だと考えるはずだ」ウィリアムは喉まで出かかった異議を思いとどまった。

「いますぐロチェスター・ロウ署へ引き返し、ヒースと仲直りして一番の友だちに戻れ。どんな手を使おうとかまわん」

「わかりました、サー」ウィリアムは応えたが、依然として納得はしていなかった。

「それから、友だちと言えば、もうミセス・フォークナーに電話を返したか?」

「まだです、サー」ウィリアムは認めた。

「だったら、さっさとやれ。二人がどのぐらい信用できるか、しっかりわかるまでは、報告に戻ってこなくていいからな」


「ミセス・フォークナー？」

「どなたかしら？」

「ウィリアム・ウォーウィックです、電話をもらったようですが」

「てっきり忘れられたものと思っていたわ」彼女が友好的に笑った。

「この前お会いしたときのことを考えれば、それはありませんよ」

「実は、もう一度会うべきじゃないかと思ってね。話したいことがあるの、お互いのためになるかもしれないことよ」

「〈リッツ〉でランチですか？」ウィリアムは期待して水を向けてみた。

「今回は駄目ね」クリスティーナが言った。「だって、最初の料理を注文するより早く、夫の知るところになるに決まっているもの。わたしが彼を逮捕した若い刑事と食事をしているってね。今回はもっと人目につかないところがいいわ」

「では、科学博物館でどうでしょう」

「あそこへ行くのは子供のとき以来だけど、でも、いいんじゃないかしら。今度の木曜にそっちへ行くから、十一時に正面入口の前で待ち合わせるのはどう？」

「正面入口は駄目です」ウィリアムは言った。「だれかに気づかれる恐れがあります。一階の、スティーヴンソンの〈ロケット〉のところでお待ちしています」

「待ちきれないわ」彼女が言い、電話が切れた。

ウィリアムはミセス・フォークナーとの電話の内容を報告書にまとめてラモント警視の机に置くと、オフィスを出てストラットン・グラウンドを目指した。短い距離を歩きながら、事前に考えておいたエイドリアン・ヒースへのいくつかの質問を復習したが、昨夜のことについて、何であれ意味のある答えを引き出せるかどうか、いまだに自信がなかった。

数分後にはロチェスター・ロウ署に着いた。身分証を見せると、年輩の内勤巡査部長（デスク・サージャント）は驚きを隠せなかった。

「エイドリアン・ヒースを尋問したいんですが。昨夜、ここへ連行された容疑者です」

「遠慮はいらない、二番房だ」デスク・サージャントが答え、留置記録簿の面会記録欄にチェックマークを入れた。「あいつ、今朝は朝飯も拒否しやがった。午後遅くに下級判事のところへ連れていくかもしれないが、急いでどこかへ行く予定はない」

「よかった、実は逮捕容疑とは関係のない、ちょっと込み入った話をしたいと思っていたんです」

「それはかまわんが、事後報告はちゃんとしてくれよ、書類をきちんと整える必要があるからな」

「もちろんです」ウィリアムが応えると、デスク・サージャントは大きな鍵を差し出して言った。「煮るなり焼くなり、好きにしていいぞ」

　ウィリアムは鍵を受け取り、通路を歩いていって、二番房の前で足を止めた。格子窓を覗(のぞ)くと、エイドリアンは虚(うつ)ろな顔で横になっていて、昨夜からまったく動いていないように見えた。ウィリアムは鍵穴に鍵を差し込んで回すと、頑丈なドアを開けて房に入った。エイドリアンが目を開け、見上げて言った。「ここの粗末さときたら、おれたちが通ってたプレップ・スクールと似たり寄ったりだな」

　ウィリアムは笑い、小便の染みで汚れた薄いマットレスに横になっているエイドリアンの隣りに腰を下ろした。先住者がやったのだろう、エイドリアンの頭の上の壁に〝おれは無実だ〟と落書きがあった。

「お茶とビスケットでもどうだと勧めたいところだが」エイドリアンが言った。「生憎(あいにく)、ルームサーヴィスが信用できないときてる」

「ユーモアのセンスは健在らしいな」ウィリアムは言った。

「おまえも高潔であろうとするところは相変わらずのようだな。それで、ここへお出ましになったのは、おれを救い出すためか、それとも、死ぬまで閉じ込めておくためか？」

「どっちでもない。だが、協力してくれれば、助けられるかもしれない」

「それで、その見返りとして何を期待されているんだ？　言っとくが、同窓のよしみなんてものは信じたことがないぞ」

「おれだってそうだよ」ウィリアムは言った。「だが、受けてくれれば、お互いの利益になるものを提供できるかもしれない」

「ドラッグを死ぬまで供給してくれるとかか？」

「そんなことはあり得ないよ、エイドリアン、わかってるだろう。だけど、下級判事に情状酌量を頼んでやることはできる。今日の午後、出頭するんだろ？　それに、おまえ、初犯じゃないよな」

「情状酌量なんて大したお返しとは言えないな。どのみち、実刑を食らうとしたって半年ほどだろうし、独房なら一人で使えてテレビも見られるし、セントラルヒーティングまで完備してる。そのうえ、三食付きで、欲しくなったらいつでもドラッグが手に入る。そこで過ごす日々は、最悪最低とは言えないんじゃないか」

「おまえ、前科が二件あるよな。これが三件目だから、今度はクリスマスをペントンヴィル刑務所で、殺人犯と同房で過ごすことになるはずだ。あんまり楽しくないかもしれんぞ」

「だったら、少年聖歌隊員、おれをびっくりさせるようなお返しをしろよ」

びっくりしたのはウィリアムだった。「少年聖歌隊員だって？」彼は鸚鵡（おうむ）返しに繰り返した。

「ゆうべ、おれの古い友人のロイクロフト巡査部長がそう呼んだじゃないか。〝シャーロック〟よりはるかにましだと思うがな」

ウィリアムは主導権を取り戻そうとした。「最後に会ってからのおれのことは、きっと知ってるんだろうが、おまえのほうはどうだったんだ？」

エイドリアンが天井を見つめたまま沈黙した。まるで尋問者がそこにいないかのようだった。あくまで誘いに乗る気はないということかと諦めて引き上げようとしたとき、いきなりエイドリアンの口から洪水のように言葉が迸りはじめた。

「おまえのせいでソマートンを退学になったあと、親父が影響力を行使して二流のパブリックスクールに押し込んでくれた。そこでは自転車小屋の陰でちょっと煙草をやるぐらいは見て見ぬ振りをしてくれたが、マリファナには目をつぶってくれなかった。まあ、彼らを責めることはできないけどな」エイドリアンはそこで間を置いたが、依然としてウィリアム——すでに手帳を出してメモを取りはじめていた——を見ようとしなかった。

「そこも退学になると、今度は受験一辺倒の学校へ通わせられて、その結果、実家から遠く離れたところだけど、何とか大学に入ることができた。もっとも、そのために親父がどれだけの裏金を使ったかは神のみぞ知るところだ」今度は長い間があった。「それなのに、残念ことに二年に進級できなかった。大学院生の一人にヘロインを教えられたのさ。抜け出せなくなるのに長くはかからなかった。ほとんど毎日、夜も昼もベッドから出ないで、どうやったら次のヘロインを手に入れられるかばかり考えていた。停学処分が明けたとき、ドラッグをやめたら復学させてやると指導教官が言ってくれた。それで、親父はおれを、人の魂を救いたがっている、お節介な連中ばかりのリハビリセンターへ入所させた。正直なところ、おれの魂はもう救う価値もなかったから、最初の週の終わりに退所してしまった。以来、親父とは話してない。お袋とは連絡を取りつづけ、金銭的な援助を受けて、何とか二年は持ちこたえることができた。だが、さすがのお袋もついに忍耐が底をつき、たぶん金も底をついたんだろう、おれは生き延びるための金を得る、別の方法を見つけなくちゃならなくなった。友だちから金を借りつづけるのは本当に難しいんだ、返す気がないとわかられたら特にな」

ウィリアムはメモを取る手を止めなかった。

「だけど、マリアと出会って改心し、医者にも診てもらったし、もう少しまっとうになろうともした」

「マリア？」

「おれの恋人だ。だが、おれが本当にドラッグをやめたとは信じてくれなかった。そして、ある晩、コカインを一条吸っているのが見つかって、愛想をつかされてしまった。もうたくさんだ、ブラジルの実家へ帰る、と彼女は言った。彼女を責めるのはお門違いだとわかってるし、彼女を取り戻せるのなら、いまでも何でもするつもりだ。彼女が三度目のチャンスをくれるとは思えないにしても、だ」

最初の弱点が見つかったぞ、とウィリアムは思った。「おまえが今度こそ本気でドラッグをやめる決心を固めたって、おれが彼女を説得できるかもしれないぞ」

「どうやって?」エイドリアンが初めて興味を示す口調になった。

「おまえ、密猟者じゃなくて猟場の番人になることを考えたことはあるか?」

「なんでおれが密告者にならなくちゃならないんだ?　ばれたら命がないんだぞ。もっとたわいもない理由でだって、簡単に殺されてしまうんだ」

「おれたちが力を合わせれば、価値のあることができるかもしれないからだよ」

「冗談はやめてくれ、少年聖歌隊員」

「おれはこれ以上ないほど本気だ。おまえがおれに力を貸してくれたら、真の犯罪者を鉄格子の向こうへ送り込むことができる。学校の校庭で子供たちにドラッグを渡し、若い命を破壊しているやつらを捕まえるんだ。そうしたら、マリアもおまえが生まれ変わったと信じてくれるんじゃないか?」

またもや長い沈黙がつづいた。必死の説得も耳に届かなかったかとウィリアムが不安になりかけたとき、エイドリアンがいきなり口を開いた。

「何をすればいいんだ?」

「川の南側のドラッグ売買を牛耳っているやつの名前と、そいつの主な工場がどこにあるかを突き止めなくちゃならない」

「おれの望みは、現金で百万ポンド、そして、ブラジル行きの片道航空券二枚だ」

「ブラジル行きの片道航空券は大丈夫だと思う」ウィリアムは答えた。「百万ポンドについては上司と相談しなくちゃならない。問題はそれだけだ」

「実際にいくら欲しいかはあとで知らせるが、少年聖歌隊員、下級判事がおれを警告にとどめて放免するのが先だ」

4

「〈ロケット〉は」大昔の蒸気機関車の前に小学生の小グループを集めて、若いガイドが説明を始めた。「一八二〇年代に、有名な鉄道技師ロバート・スティーヴンソンによって造られました」

「ロバート・ルイス・スティーヴンソンですか?」最前列で甲高い声が訊いた。

「違います」ガイドが言った。「ロバート・ルイス・スティーヴンソンは子供たちのための物語を書く立派な作家で、『宝島』を著しています。それに、彼はノーサンブリアではなくてエディンバラの出身です」

ウィリアムはグループの後ろで説明を聞きながら微笑した。おれも二十年前に同じ説明を聞いたな、母に連れてきてもらったんだった。

「ミスター・スティーヴンソンは一八二九年、ランカシャーのレインヒルで開かれた機関車コンテストで一等を取りました——」

そのとき、肩に手袋をした手の感触があって想(おも)いをさえぎられたが、ウィリアムは振り返らなかった。

「誘いを受けてくれてありがとう、ロケットマン」聞き間違うはずのない声だった。「相変わらず、万事抜かりなく考えているわね」

「私の上司はいまも、あなたのご主人を鉄格子の向こうへ押し込める決意を変えていないんです」ウィリアムは言った。つまらない話で時間を無駄にしたくなかった。

「その決意はわたしも同じよ」クリスティーナが応えた。「でも、万一気づいていないかもしれないから教えるけど、いまだにどっちへ転ぶかわからない離婚協議の最中だから、その決意を実現するためにわたしにできることは多くないの、ウォーウィック捜査巡査」

ウィリアムはその呼称を訂正しなかった。

「五両の機関車が五百ポンドの賞金を争って競走したのです」ガイドがつづけた。「〈サイクロペッド〉、〈ノヴェルティ〉、〈パーセヴィアランス〉、〈サン・パレーユ〉、もちろん、スティーヴンソンの〈ロケット〉です。そして、ミスター・スティーヴンソンの022機関車が大差をつけて勝利したというわけです」

ウィリアムは改めてクリスティーナを見た。今日の装いは、遠慮なく膝を露わにして、想像力にゆだねる余地のほとんどない、襟ぐりの深いコットン・ドレスだった。次の夫を求めていると宣言しているに等しかった。

「どんな小さなものでもいいから、この五年のあいだに彼が手を染めたかもしれない犯罪を思いつきませんか?」ウィリアムは訊いた。

「そんなの数えきれないけど、彼はハイランドの密猟者より用心深いから、絶対かつ完璧に痕跡を残していないでしょうね」だが、続きがあった。「でも、これだけは言えるけど、この前のレンブラントの裁判以来、美術館や金持ちのコレクターの家に盗みに入ることはやめてしまっているわ。保険会社が返却報奨金の取引に応じてくれなくなったのよ」

「そうだとしても、次のチャンスが向こうからやってきてくれるのを待つような玉じゃないでしょう。最近何かやらかしたとか、心当たりはありませんか?」

「残念だけど、思いつかないわね。でも、ブース・ワトソン勅撰弁護士はいまも犯罪者どもとつながっているんじゃないかしら。金を払ってくれさえすれば、どんな悪党でも大喜びで弁護しているもの。実際、刑務所を訪れては大半の服役囚と面会し、そのネットワークを作ってるんじゃないの?」

「レインヒルのコンテストに勝利したあと、〈ロケット〉はすべての蒸気機関車の基本型(プロトタイプ)として受け容れられることになり、今日まで、交通手段の進歩の歴史において最も重要な意味を持つものとしてとどまりつづけています」

ウィリアムは一か八(ばち)かの賭けに出た。「彼はドラッグをやったことはありませんか?」

「ときどきマリファナはやっているけど、そうじゃない人なんている? それに、常習者じゃ絶対にないわよ」

「それでも、マリファナ所持で逮捕されたら半年の懲役刑になるし、彼の場合、執行猶予付きとはいえ四年の刑が宣告されているわけだから、それが加われば――」

「そうなったら、ブース・ワトソンがしゃしゃり出てきて、あなたが彼にマリファナ煙草をくわえさせて火をつけたと主張するに決まっているわ」

「スティーヴンソンは順調に名声を勝ち得ていき、ついには、〈リヴァプール・アンド・マンチェスター鉄道会社〉と契約して、さらに七両の機関車を造ることになったのです」

「でも、これだけは言えるわね――わたしがリンプトン・ホールを出てからというもの、マイルズは徹夜のパーティを催すようになっているの。そのときに、彼の友人の誰一人として、コカインとか、もっと性質のよくないドラッグをやっていないなんてことがあったら、それこそ驚きよね。でも、現場を押さえるには正面ゲートを通り抜けなくちゃならないでしょう。いまのところ、それができた警察官はあなただけだし――忘れてはいないと思うけど、あれはマイルズがいないときだった。プライヴェートなディナー・パーティでだれかがマリファナをやっているかもしれないなんて、そんな薄弱な根拠で下級判事が捜索令状を出すとは、わたしには思えないけどね」

「一八三〇年の〈リヴァプール・アンド・マンチェスター鉄道会社〉のオープニング・セレモニーで、〈ロケット〉は線路に立っていた現地議会の議員と衝突し、残念ながら議員は命を落とすことになりました」

「でも、いいこと、昔の家政婦とはいまも連絡を取り合っているから、何かわかったら知らせるわ」

「お願いします」ウィリアムは応え、ガイドのほうへ向き直った。

「〈ロケット〉は一八六二年に現役を引退し、〈リヴァプール・アンド・マンチェスター鉄道会社〉によってこの科学博物館に寄付されて、残りの人生を送っているわけです」

「ほかに何かあるかしら、捜査巡査？」クリスティーナが訊いた。「〈リッツ〉でランチの約束があるんだけど、もう遅刻してるのよ」

「マイルズの次のパーティの日取りがわかったら――」

「真っ先にあなたに知らせるわ、ウィリアム」クリスティーナが請け合い、目立たないように、静かにその場を離れていった。

「これで説明は終わりです」ガイドが締めくくった。「もっと知りたいことがあったら、どうぞ訊いてください。喜んでお答えします」

何人かが勢いよく手を上げるなか、ウィリアムは踵（きびす）を返した。知りたいことの答えはすべて手に入っていた。


ロンドン警視庁（スコットランドヤード）へ戻ろうと地下鉄のサウス・ケンジントン駅で列車を待っていると、向かいのプラットフォームに立っているあの男が目に留まった。何の変哲もない通勤客のように見えたが、すぐにチューリップに間違いないと気がついた。〈テスコ〉のショッピングバッグまで同じだった。目が合った瞬間、チューリップはくるりと向きを変え、最寄りの出口へと走り出した。次の列車に乗らずに慌てて逃げ出したのが、彼の最初の過ちだった。

　ウィリアムはエスカレーターを一段飛ばしで駆け上がった。改札口のほうを見ると、チューリップが係員に切符を渡しているところだった。ウィリアムはその切符を検めて怪訝な顔をしている改札員に速度を緩めることなく走りながら身分証を見せると、そのまま改札を飛び出してあとを追った。いまや獲物に手が届こうとしていて、しかも、今回は素面だった。

　チューリップはたびたび後ろを振り返り、そのたびに貴重な一ヤードが縮まっているとわかると、たまたま通りかかったタクシーを止めて後部席に飛び乗った。チューリップの二つ目の過ちだった。タクシーはわずか二ヤードまで迫っていたウィリアムを尻目に走り出したが、百ヤードほど進んだだけで、赤信号で停止することになった。ウィリアムはオリンピックの金メダルが懸かってでもいるかのごとくに力を振り絞り、ゴールまでわずか数歩のところで、信号が変わって走り出そうとしたタクシーのドアに何とか手をかけることができた。その手が離れないとわかって、運転手はアクセルペダルから足を離した。

「あんた、自分が何をしてるかわかってるのか?」運転手が車を降りてきて、後続の車が怒りのクラクションを鳴らすなかで怒鳴った。「もう客が乗ってるんだぞ」

「警察だ」ウィリアムは身分証を提示して後部席に飛び込んだ。チューリップは反対側のドアから外へ飛び出したが、その瞬間に自転車と衝突した。ウィリアムはその隙にチューリップの腕を捕らえて後ろに捩じり上げ、タクシーに引き戻した。

「一番近い警察署まで頼む」ウィリアムは命じた。「料金は払う、メーターは倒したままでいい」

　運転手は黙って車を出し、ウィリアムはチューリップの鼻をサイドウィンドウに押しつけつづけた。

　数分後、タクシーはケンジントン署に到着し、ウィリアムがチューリップを連れて降りようとすると、運転手はわざわざドアを開けることまでしてくれた。

「ここで待っていてくれ」ウィリアムは運転手に言うとチューリップを署内へ連行し、束の間チューリップから手を離して、内勤巡査部長に身分証を提示した。

　そのあと、チューリップのポケットを探り、入っていたものを〈テスコ〉のショッピングバッグと一緒にカウンターに並べていき、最後にチューリップの財布から一ポンド札を二枚抜き取った。

「おまえ、一体何を考えてるんだ?」デスク・サージャントが厳しい口調で問い詰めた。

「こいつがタクシー代を払うのを忘れているんでね」ウィリアムは答え、タクシー代を払いに向かおうとした。

「で、これは何だ?」デスク・サージャントがショッピングバッグを指さした。

「証拠ですよ」ウィリアムは答えた。「容疑記録に記入しておいてください、すぐに戻ります」そして、署を出ると運転手に一ポンド札二枚を渡し、初めて笑顔になった相手に訊いた。「帰る前にもう一つ頼みがあるんだが、あいつが行こうとした先を教えてもらえないかな」

「バタシーの〈スリー・フェザーズ〉ってパブです」

チューリップの三つ目の過ちだった。

署へ戻りながらにやりと浮かんだ笑みは、デスク・サージャントの所業を見たとたんに吹き飛んだ。あろうことか、彼は証拠を貪り食っていた。

「何をしてるんですか?」ウィリアムは信じられなかった。

「こんなものを証拠として提出したら、おまえさん、笑い者になるだけじゃなくてまずい立場に追い込まれるぞ。だから、消してやろうと思ってな」デスク・サージャントは答えた。「おまえさんも一切れどうだ?」

「プライヴェートなことで助言をいただきたいんですが、かまいませんか、サー・ジュリアン?」ベスは訊いた。昼食のあとの客間だった。

「サー・ジュリアンはやめてもらえないかな、マイ・ディア。そう呼ばれると、ずいぶんな年寄りになったような気がするのでね。それはともかく、聞かせてもらおうか」

「フィッツモリーン美術館の職員はみな、ティム・ノックス館長は勲爵士（ナイト）に叙せられるべきだと思っています。だって、わたしたちは二年連続で〈今年の美術館（ミュージアム・オヴ・ザ・イヤー）〉を獲得しているんですもの。それに、わたしたちの後塵（こうじん）を拝したテート・ギャラリーやナショナル・ギャラリーの館長は、もう二人ともその栄誉に与っているでしょう。ただ、その願いを実現する術（すべ）を知る者がいないので、すでにその称号をお持ちのサー・ジュリアンなら、正しい方向を示してくださるんじゃないかと考えたというわけです」

「助言するとすれば、その第一番目は、きみたちのその考えをだれにも知られてはならないということだな。外に知れたら、ミスター・ノックスのライヴァルどもが潰しにかかる恐れがある」

「ティムはとても立派な人格を備えた優しい人です。ライヴァルが存在するなんて信じられません」

「ナイトになることを願ったら、それがだれであってもライヴァルは現われる。自分のほうがその栄に浴するにふさわしいと考える者が必ず存在するんだ。だが、もっと実際的な助言をするなら、後援者が必要だ。シーザーの妻のような評判を持った、非の打ちどころのない人物が望ましい。フィッツモリーン美術館の理事長はだれかな？」

「キルホーム卿です」

「いいじゃないか」サー・ジュリアンが言った。「大臣経験者で、その座を降りてから評判が上がるという、滅多にないことが起こった人物だ」そして、マージョリーが二人にコーヒーを渡すのを待ってつづけた。「だが、そのキルホームにしても、美術の世界の主導的人物の何人かから支持する旨の文書を手に入れる必要がある。しかも、支持政党が同じであってはならない。しかし、キルホームは老練なプロだから、どうすればいいかは熟知しているはずだ」

「きっと、推薦委員会のメンバーもご存じなんでしょうね？」ベスは念を押した。

「それはだれにも知らされていない。想像してみたまえ、公にしたら、彼らにどれだけの重圧がかかると思う？　次年度予算の内訳よりも厳しく守られている極秘中の極秘事項で、〝偉大かつ善なる人々〟と呼ばれているだけだ」

「尚更知りたくなりますね」ベスは言った。「お父さまもその人たちに選ばれてナイトになられたのですか？」

「いや、私は代々そういう家柄に生まれたにすぎない。父から受け継いだだけだ。そして、父は祖父から受け継いだ――ロイド・ジョージが首相になったときに支持政党を変えたのでね」

　ベスは笑った。「それはいつの日か、ウィリアムがサー・ウィリアムになるということですか?」

「そして、きみはレディ・ウォーウィックになり、それは――」

「何をこそこそ話しているのかな?」ウィリアムが割り込んできた。

「わたしたちの結婚式の段取りについてよ」ベスは取り繕った。

「きみは推薦委員会のかなり優秀なメンバーになれるぞ」サー・ジュリアンがささやいた。

「ブラックフォレストケーキは嫌いか、警視?」ホークスビー警視長が言った。

「嫌いだとしてもいただきますよ」ラモントが答えた。

「きみはどうだ、ロイクロフト捜査巡査?」

「変わることのない好物の一つです」ジャッキーが言い、警視長から大きな一切れを受け取った。

「何としてもこいつはなかったことにしなくてはならないぞ」ホークが次の一切れをポール・アダジャ捜査巡査に渡した。「私の聞いているところでは、チューリップは首都警察を訴えると息まいているそうだからな。法を遵守している市民に不必要な力を行使して誤認逮捕したうえに、人種差別までしたと主張しているらしい」

「逮捕したのが私ならまだしもよかったんですがね」ポールが言った。「それなら、後者は主張できなかったでしょうから」

「さらに、警察の暴力についての調査が行なわれて結論が出るまで、当該警察官を停職にしろという要求もしている」

「いよいよもってこいつを消してしまわないと駄目だな」最後に残ったいくつかのかけらを掬い取りながら、ラモントが言った。

「きみに一切れもくれてやれないのは残念だが、ウィリアム」ホークが言った。「それをすると、きみに対する訴えの長いリストに、収賄の項目が付け加わることになるのでね」

ジャッキーは頬が緩みそうになるのをこらえた。

「ですが――」ウィリアムは抵抗しようとした。

「きみにとって運がいいのは」ホークが機先を制した。「問題の薬物が地元の〈テスコ〉で万引きされた証拠なるものがなくなってしまったことだ。われわれに残された選択肢は、容疑者に警告を与えて放免するしかない」

「ですが――」ウィリアムは再度試みようとした。

「きみが期待していた六年から八年の実刑はほぼなくなったな、ウォーウィック捜査巡査部長」

「それだけじゃないわよ」ジャッキーが言った。「チューリップが教えてくれた住所だけど、驚いたことに存在していないの」

「でも、パブは存在していますよ」

「何というパブだ?」ホークが初めて真剣な口調で詰問した。

「バタシーの〈スリー・フェザーズ〉です。そこへ行くよう言われたと、タクシーの運転手が教えてくれました」

　四人の警察官全員の顔が引き締まった。

「そこを監視させてもらえませんか」ウィリアムは進言した。「やつの売人仲間を突き止めることができるかもしれません」

「きみに監視は絶対にさせられない」ホークが却下した。「きみのような少年聖歌隊員なら、やつらは一マイル先からでも判別する。駄目だ、これはもっと経験豊かな囮捜査官の仕事だ。そのパブには絶対に近づくな。周辺をうろつくことも禁じる」

「その囮捜査官に心当たりはあるんですか?」ウィリアムは訊いた。

「あるとも、母親でも自分の息子だとわからない、うってつけの男だ」ホークが答えた。

5

「ウォーウィック捜査巡査部長です」彼は机の上の電話を取った。

「おまえが捜している相手の名前がようやくわかった」声の主はすぐにわかった。「だが、まずは代価を払ってもらう、安くないぞ」

「百ポンドでどうだ？」ウィリアムは言った。「まあ、そのためには本人が出頭して自白調書にサインしてくれれば文句なしなんだがな」

「今回は駄目だ」エイドリアンが言った。「それから、もう百ポンド上乗せしてくれれば、毎週金曜の五時にやつを見つけられる場所を教えてやってもいい」

「どこで会おうか？」ウィリアムが訊いたとき、別の電話が鳴りはじめた。

「ロンドン塔のソルト・タワーの下の部屋、今度の水曜の十一時だ」

「あなたによ」ジャッキーが受話器を押さえて叫んだ。「急いで！」

「とにかく、金を拝ませてもらうのが先だからな。そうでないと、やつの名前も、金曜の午後五時に見つけられる場所も、教える気にもならないと思うぜ」

「長く待つつもりはないみたいよ」ジャッキーが急かした。

「そうなったら、おまえは戴冠用宝玉を眺めて終わることになる。しかも、五十ペンスの入場料を無駄に払ってな」電話が切れた。ウィリアムは叩きつけるように受話器を戻すと、ジャッキーが差し出している電話をひっつかんだ。

「ウォーウィック捜査巡査部長です」

「巡査部長ですって？」声が訊き返したが、待たされたことを不満に思っているのがありありとわかる口調だった。

「ミセス・フォークナーですか？」ウィリアムは言ったが、驚きを隠すのに苦労しなくてはならなかった。

「マイルズがディナー・パーティを開くわよ、場所はリンプトン・ホール、参加者は親友九人、日時は五月十七日の午後八時」

「その親友の名前はわかりますか、全員でなくてもいいんですが？」

またもや電話が切れた。

「いつくるかいつくるかと首を長くしてバスを待っていたら」ウィリアムは言った。「いっぺんに二台も現われたってわけだ」

「何の電話だ、早く教えろ」ラモント警視が促した。

「私の情報源がヴァイパーの本名と、毎週金曜の午後五時に現われる場所がわかったと知らせてきたんですが、二百ポンドの謝礼と引き替えだと要求しているんです」

「それだけの価値はありそうだな」ラモントが応え、ウィリアムを驚かせた。「ただし、そいつが本当のことを言っていて、その情報が本物だとわかったら、という条件がつくけどな」

「どうします？」

「それはおまえが決めることだ、ウォーウィック捜査巡査部長。だが、やるとなったら、その前に警視長の許可を得なくちゃならん。そういう金についての裁量は、おれにはできない。それから、情報を手に入れるまでは絶対に一ペニーたりと渡さないことも、許可の条件になるだろう。いいか、忘れるなよ、おまえの昔の同級生はもう友だちじゃないし、これからもそうなることはない。だが、だからと言って、おまえが約束を履行しなくていいことにはならないぞ。信頼を確実なものにするためには、約束は守らなくちゃならない。それで、もう一本の電話は？」

「クリスティーナ・フォークナーでした。マイルズ・フォークナーが五月十七日に九人の友人を招いて、リンプトン・ホールでディナー・パーティをやるとのことです」

「そのささやかな夕べが開かれているあいだ、蠅になって壁にとまっていられるといいんだが」ラモントが言った。「さすがのおまえでも、それは無理だよな」

「無理ですね。でも、近くに潜んで、やってくる九人を確認することはできるんじゃないですか？」

「今日のあなたの予定を教えてもらってもいい？」ベッドを出ようとするウィリアムにベスが訊いた。

「ロンドン塔へ行くことになってる」

「だれかが戴冠用宝玉を盗むのを期待してるとか？」

「そうじゃないけど、宝石を二つばかり失敬できないかとは思ってる」ウィリアムは答えてバスルームへ逃れ、湯の栓をひねって髭を剃る準備をした。十時半までにロンドン塔に着けば、昔の同級生が現われるのを充分な余裕を持って待つことができるはずだった。だが、その前にスコットランドヤードに寄り、ホークスビーが渋々認めてくれた二百ポンドを受け取る必要があった。

「ヴァイパーの本名も、やつが現われる場所も聞き出せずに帰ってきたら、あるいは、聞き出せたとしてもそれがが
せだったら、失われた二百ポンドは最後の一ペニーまで、きみの給料から差っ引かせてもらう」と、ホークから釘を刺されていた。

捜査巡査部長の週給は三百ポンドに満たなかったから、それはお世辞にも魅力的な考えではなく、ウィリアムはこう反論したかった。「ご冗談を」だが、ホークが金について冗談を言わないことはわかっていた。

朝食をすませると、ベスと一緒にバスでケンジントンへ行き、そこでそれぞれの方向へ分かれて、彼女はフィッツモリーン美術館へ徒歩で向かい、ウィリアムは地下鉄でセント・ジェイムズ・パークへ向かった。〈デイリー・メイル〉の一面を飾っているダイアナ妃と二人の幼い息子の写真を横目に見ながら階段を下り、地下鉄の座席に腰を下ろしてベスのことを思った。早く子供が欲しくてたまらなかったが、いまの彼女の頭にある優先順位の一番はフィッツモリーン美術館だった。

オフィスへ入っていくと、ラモント警視が机に向かっていて、彼の前に十ポンド紙幣の包みが二つ、きちんと置かれていた。そのセロファンの包みがあまりに薄いことに驚きながら、ゆっくりと紙幣を数えている警視の向かいに腰を下ろした。「……十八、十九、二十」数え終えられた紙幣が包みに戻されると、避けて通ることのできない書類が机の引き出しから取り出され、ウィリアムに渡された。

ウィリアムは渡された書類の文言に二度、慎重に目を通し、そのあとで、大文字で強調された段落へ戻った――〝どういう形であれ資金の使い道を誤った場合は罪に問われ、最長十年の実刑を受ける可能性がある〟。その二百ポンドの持ち出しを許可する書類には、ウィリアムと、立会人としてポール・アダジャ捜査巡査のサインが書き込まれた。ラモントがそのカーボンコピーを記録として手元に残し、そのあとで現金を手渡した。

ウィリアムは受け取った二百ポンドを上衣の内ポケットにしまい、黙って部屋を出た。

ロンドン塔へ向かいはじめてすぐに気がついたのだが、いまもその金がちゃんとそこにあることを確かめようと、定期的に内ポケットを触っている自分がいた。

タワー・ヒルへ向かう地下鉄では車両の一番端に坐り、ロンドン塔の公式ガイドブックを読み直した。ほかの乗客が近くへくるたびに顔を上げなくてはならなかったが、それはロンドンの地下鉄で仕事をするスリはみな経験豊かな凄腕ばかりだと、ジャッキーが教えてくれていたからだった。

二十分後、明るい太陽の下へ出ると、束の間舗道に立ち尽くし、大昔の要塞に見とれた。そこは偉大な建築家サー・クリストファー・レンならよしとしなかったのではないかと思われる現代のガラス張りの高層建築に囲まれ、草に覆われた小さな丘の縁に立っていて、いかにも周囲との釣り合いを欠いていた。ヘンリー八世の離婚と再婚を認めなかったサー・トマス・モア、ヘンリー八世の妻でありながら姦通の罪を犯したと告発されたアン・ブリン、議会爆破を企てた火薬陰謀事件の首謀者ガイ・フォークスが、その独房で最後の日々を過ごしたところでもあった。この二百ポンドを空費して何も得るところなくスコットランドヤードへ帰ろうものなら、ウィリアムも彼らの仲間入りをしなくてはならないかもしれなかった。だが、心底安堵したことに、罪人の手足を別々に馬につないで走らせて四つ裂きにする刑も、内臓を引きずり出したあとで四つ裂きにする刑も、いまの時代には存在しなかった。

ウィリアムが塔の外壁までの短い距離を歩いて西門入口へ行くと、そこには入場の順番を待つ熱心な観光客の列ができていた。しばらくそこに並んで列の先頭に出ると、五十ペンスと引き替えに入場券を受け取った。なかでは、訪問者が小さな塊になってガイド――伝統的な濃紺と赤の制服(チュニック)に特有のビーフィーター・ハットといういでたちの、ロンドン塔の衛士(ヨーマン・ウォーダー)――を囲んでいた。ガイドは訪問者のグループを胸壁へ案内しながら実況解説をした。「この塔の建設が始まったのは一〇七八年、征服王ウィリアムが、執念深く復讐(ふくしゅう)を狙う地元民から、自分の率いるノルマン侵攻軍を護(まも)ることを目的としたものであります」一羽の鴉(からす)がやかましく鳴きながら近くにやってきて、塔に鴉が住み着いている限り、異教徒が侵入してきてイングランドが危険にさらされる心配はないことを思い出させた。

宝玉の館(ジュエル・ハウス)が近づいてくると、ガイドがそこにいる者の胸の内を読み取ったかのように宣言した。「いよいよ、みなさんがお待ち兼ねのときがきました。二万三千五百七十八個の、計算不能の価値を持つ、戴冠用宝玉を形作る貴重な宝石を目の当たりにできるチャンスです」

「所有者はだれなんだろう?」質問の声が上がった。

「女王陛下です」間髪を入れずに答えが返された。

「国民ではなくて?」アメリカ人の英語だった。

「違います」ガイドが答えた。「ここにある宝石は王から王へ受け継がれるものであり、政治によってどうこうできるものではないのです」

　ジュエル・ハウスへ向かいながらまず気づいたのは、ガイドは六十人以上いて、その大半が肥満しているにもかかわらず、警備の人間の姿が一人も見えないことだった。だが、ガイドブックが自信満々で断言しているとおり、千年になんなんとする長い年月、この塔から逃げ出すことができた者はいなかった。

　しかし、ウィリアムは観光客ではなく、今日は国の宝を鑑賞するのが目的でもなかったから、こっそりとグループから離れ、ソルト・タワーの上と下を指し示す標識に従って進んでいった。クィーン・エリザベス・アーチのほうへ傾斜を下り、要塞を取り巻くヘンリー三世の帳壁（カーテン・ウォール）の一部として一二三〇年代後半に付け加えられた、明かりのない丸天井の部屋に人目につかないようにして入った。その八角形の石造りの小部屋はがらんとして何もなく、関心を持つ者がいるとすれば、熱心な歴史家ぐらいだろうと思われた。ウィリアムはハードウィックのベスが魔女の疑いをかけられてソルト・タワーに幽閉されていたことを知っていたから、エイドリアンもそれが頭にあったのだろうかと考えた。石造りのアルコーヴに腰を下ろしてみると、そこからは入口がよく見えた。不意打ちを食らう心配はなさそうだった。

　観光客が一人か二人、顔を覗かせたが、ちらりと内部に目を走らせただけで、すぐにもっと興味をそそりそうなところを求めて去っていった。塔の時計が十一時を打ったが、エイドリアンが時間通りにやってくるとははなから期待していなかったから、上衣の胸を叩いて内ポケットの二百ドルがそこにあることをもう一度確認し、情報提供者が現われるのを待った。

　顔を上げると、アーチ型の通路に馴染みのある姿が見えた。追い詰められた動物のように忙しく室内に目を走らせていたが、ウィリアムを見つけると小走りに近づいてきて、腰を下ろしもしないうちに訊いた。「金は持ってきたんだろうな？」

「二百ポンド、耳を揃えて持ってきてある」ウィリアムは内ポケットからセロファンの包みの先端を覗かせ、手の切れるような新札を拝ませてやった。エイドリアンは笑みを浮かべ、その金がウィリアムの内ポケットに姿を消すのを見て瞬（まばた）きした。

「まず、名前だ」ウィリアムは小声で切り出した。

「アッセム・ラシディ」

「会ったことは？」

「ない」

「それなのに、それがヴァイパーなる男だと断言できる根拠は何だ？」

「ちょっとのあいだだけど、マリアがやつと付き合ってた。そのときにおれと出会ったんだ」

「彼女を信じてるのか？」

「おれが信じるのは彼女だけだ」

ウィリアムはラモントの言葉を思い出した――〝いいか、忘れるなよ、おまえの昔の同級生はもう友だちじゃないし、これからもそうなることはない。だが、だからと言って、おまえが約束を履行しなくていいことにはならないぞ。信頼を確実なものにするためには、約束は守らなくちゃならない〟。というわけで、セロファンの包みの一つを取り出し、エイドリアンに差し出した。それはあっという間もなく姿を消した。

「もう百ポンドあるはずだ」エイドリアンが言った。

「それは金曜の午後五時にラシディと会える場所を教えてもらってからだ」

「ボルトンズ二四番地だ」

「そこに住んでいるのか？」

「それは知らない。そもそも今度の取引の条件に含まれてない。知りたかったら金を上乗せしろ」

ウィリアムは残りの百ポンドを渡して警告した。「いま聞いたことが事実でないとわかったら、おれがこの手でおまえをここへ引きずり戻し、拷問台に縛りつけて、容赦なく痛めつけてやる」

「それはあんまりいい考えじゃないんじゃないか？」エイドリアンが言った。「おれは昔の同級生のために、もっと大きなことをしてやってもいいと思ってるところなんだがな」

「何か手掛かりがあるのか?」ウィリアムは声に興奮が表われないよう、苦労しなくてはならなかった。

「いまはまだだ。だが、それを手に入れたら、おれとマリアが姿を消せるだけの金が必要になる」

「姿を消すって、どこへ?」ウィリアムは訊いたが、エイドリアンはハードウィックのベスと違ってすでに逃げ出していた。

6

「ブラジルへ逃げるんですよ」ウィリアムは言った。

「そうなのか?」ラモント警視が訊いた。

「最初にエイドリアン・ヒースを取り調べたとき、恋人がそこの出身だと言っていましたからね。間違いないでしょう」

「二足す二の答えが常に四とは限らないが」ホークスビー警視長が言った。「最初の二件の情報に間違いがなかったら、きみの同級生はこれからずっと、貴重な人的資源になってくれるかもしれないな」

「しかし、高くつきますよ」

「アッセム・ラシディが本物だと証明されたら、そうでもあるまい」ラモントが言った。

「充分本物です」ウィリアムは答えた。「国際刑事警察機構（インターポール）によれば、出生証明書に記載されているのはその名前ではありませんが、最近は確かにアッセム・ラシディで通っています」

「だとしたら、あの二百ポンドが有効に使われたと証明されたとは、私はまだ確信できないな」ホークスビーが言った。「やつについてほかにわかったことは何だ？」

「一九四五年にマルセイユで生まれています」ウィリアムはインターポールの報告書を検めながら説明を始めた。「父親はアルジェリア人の農場労働者で、第二次大戦のときはフランスのレジスタンスに加わり、戦闘終了のわずか数週間前にドイツ軍に殺されています」

「母親は？」

「リヨンの政治家の娘です。ヴァイパーの祖父に当たるわけですが、彼が孫を正式に認知したのは、ヴァイパーがソルボンヌ大学に入学を許されたときです。ちなみに、ヴァイパーはそこを優等で卒業しています」

「そのあとは？」

「パリのビジネス・スクールに入学し、移民の第二世代の例に漏れず――」移民の第二世代という言葉に、ポール・アダジャ捜査巡査が片眉を上げた。「――父祖代々のフランス人の学生よりはるかに勉学に励んだようです。そしてそれが報われ、リヨンの茶葉輸入商〈マルセル・アンド・ネッフェ〉に是非にと請われて採用されたと思うと、わずか三年後には、二十七歳の若さでアルジェ支店の支店長を任されています。会社の歴史上、最年少でした」

「それでどうなったんだ?」ホークスビーが訊いた。

「二年後に何の説明もなく退社したんですが、どうして辞めたのか、社内の全員が理解に苦しんだとのことです。なぜなら、支店長時代に会社の利益を倍増させているんですから」

「自ら辞めたにせよ、解雇されたにせよ、やつがどうやって利益を倍増させたかを会社が明らかにしたくなかったとか?」ラモントが訝った。

「私もその疑念が頭にあったので、詐欺犯罪捜査班に頼んであの会社の業務内容を詳しく調べてもらいました。やつの予想外の辞職について何かわかるかもしれないと思ったものですから」

「もっと謎めいているのは」アダジャが引き取った。「五年後、何の前触れもなくリヨンに戻り、〈マルセル・アンド・ネッフェ〉を乗っ取って会長になっていることです。その資金の出所を知っている者はだれもいません。それを疑問に思って訊いた者は、解雇されるか、二度と姿を見ることがないか、そのどちらかでした」

「かなりの確信があるんですが」ウィリアムは言った。「現在の〈マルセル・アンド・ネッフェ〉は、ラシディがいま輸入しているもの——お茶ではない何か——のフロント企業ではないでしょうか。一九七三年にイギリスが欧州経済共同体(EEC)に加盟したあと、ラシディは母親とロンドンへ移ってきて、母親はいまボルトンズに住んでいます。私の昔の同級生が断言したところでは、ラシディは毎週金曜の午後五時に母親を訪ねています」

「息子が二重生活をしていることを、母親は知っていると思うか？」ラモントが訊いた。

「それはないんじゃないでしょうか」ジャッキーが初めて口を開いた。「この何日か、ミセス・ラシディを見張っているんですが、何から何まで模範的な市民にしか見えません。知り合いのレディとランチをし、ときどきウィグモア・ホールへドビュッシーやシュトラウスのコンサートを聴きに行き、〈国境なき医師団〉の委員会に参加し、日曜の朝は欠かすことなくブロンプトン礼拝堂のミサに出席しています。よほどうまく煙幕を張っているか、息子の所業を知らないか、どちらかですね」

「確か」ホークスビーが言った。「彼女の家はいま、常時監視下に置かれているんだったな」

「毎日二十四時間見張っていますが」ラモントが答えた。「地元の御用聞きや教区教会の聖職者がときどきやってくるだけで、それ以外に玄関先に姿を現わす者はいまのところいません」

「使用人はいないのか？」ホークスビーが訊いた。

「近衛師団の伍長だった専属運転手と、料理人と家政婦がいます。長く雇われているようです」

「今度の金曜だが、ラシディが五時に現われるかどうか、きみたちは雁首揃えて現場で待機するのか？　自分の母親を訪ねるのは犯罪でも何でもないんだぞ」

「そのつもりです」ウィリアムは答えた。「引退した事務弁護士が広場の向かいに住んでいて、アパートの最上階を使わせてもらえないかと頼んだら、一も二もなく、しかも何も訊かずに、うんと言ってくれました」

「では、ラシディの週に一度の母親訪問が見込みのあるものであることを祈ろう。そうなってくれれば、あの二百ポンドが無駄でなかったことになる」

「それに、続報があるかもしれません」ウィリアムは言った。「もっと大きな情報を手に入れようとしているようなことを、エイドリアン・ヒースがほのめかしました」

「どんな情報だ？」ラモントが飛びついた。

「まだわかりません。でも、今度は情報提供料を大幅に引き上げるとのことでした」

「そういうことなら、情報価値が大幅に上がっていてもらわないとな」ホークスビーが言った。

「その情報というのは、二つのうちの一つに違いありません」ラモントが言った。「すなわち、国外から大量のドラッグが持ち込まれることに関するものでしょう……」

「あるいは、ラシディの殺人工場の在処(ありか)を突き止めたか」ポール・アダジャが示唆した。

「殺人工場？」

「ドラッグを調合し、小分けしてラップに包み、それを売る準備をするところです」ポールが説明した。「業界ではボイラー室と呼ばれています」

「海外からの大量持ち込みに関する情報だったら」ホークスビーが言った。「現場の港で全員を逮捕することはせず、やつらを尾行して、積荷が運び込まれる殺人工場を突き止めるべきだな。雑魚をどんなに捕まえたところで、警視総監は大して喜ばない。ラシディ以上の獲物はいないんだ。というわけだから、ウィリアムの同級生か、それとも、ジャッキーの囮捜査官か、どっちが先にボイラー室を突き止めるか、見物（みもの）ではあるな」

「ウォーウィック捜査巡査部長に賭けるのはやめたほうがいいと思いますよ」ジャッキーが言った。「昨夜、囮捜査官（マルボロ・マン）から再度接触があったんです」

　とたんに、全員の目がロイクロフト捜査巡査に向けられた。

「ウォーウィック巡査部長の情報のおかげで」ジャッキーはつづけた。「マルボロ・マンは〈スリー・フェザーズ〉にパートタイムのバーマンとして潜り込むことができました」

「きっと恐ろしく真面目に仕事に励んで、フルタイムのバーマンになったりして」ポールがほのめかした。

「そうだとしても、だれにも怪しまれない程度にね」ジャッキーが補足した。

「そんなに簡単に潜り込めたなんて、どうやったのかな？」ウィリアムは訊いた。

「ウィルトシャーのパブが、どんなパブの店主だろうと満足しないはずのない評価をしてくれたの。いまは大都会にやってきたばかりの、西部地方の無邪気な田舎者を演じているわ」

「〈スリー・フェザーズ〉の店主もラシディの一味なのか？」ラモントが訊いた。

「マルボロ・マンはそうは考えていません」ジャッキーは答えた。「ですが、カウンターの向こうから金が流れ込んできているあいだは、喜んで見て見ぬ振りをしているようです。実はマルボロ・マンが教えてくれたんですけど、パートタイムのバーマンのチップのほうが、囮捜査官の給料より多いとのことです」

「そうだとしても、あいつを羨む警察官はいないだろうな」ラモントが言った。

ウィリアムは眉をひそめたが、何も言わないでおいた。

「実際に使えそうな情報は何か出てきているのか？」ホークスビーが訊いた。「それとも、期待するのはまだ早すぎるか？」

「〈スリー・フェザーズ〉は何人か名の知れた売人の溜まり場になっていて、そこにチューリップが含まれていることはわかっています。ですが、マルボロ・マンはいまのところ彼と話をしようとはしていません」

「正しいやり方だ」ホークスビーは評価した。「囮捜査の場合、忍耐はまったく新しい意味を持つ。警察官ではないかと一瞬でも怪しまれたら、チューリップはお代わりを注文するかしないかのうちにマルボロ・マンの喉を掻き切り、失血死させてしまいかねない」

「こんな危険極まりない仕事をやろうなんて、どうして考えるんだろう」ウィリアムは訝った。

「わたしの囮捜査官は、弟がヘロインの過剰摂取で死ぬのを目の当たりにしているの」ジャッキーが答えた。「だから、彼にとっては他人(ひと)ごとではないのよ」

ジャッキーとポールは交替で双眼鏡を覗いて二四番地の玄関に目を凝らし、ウィリアムは現場の班員――ラシディに不審に思われないよう、近隣住民に溶け込んで目立たないようにしろと指示してあった――と定期的に連絡を取りながら、同時にスコットランドヤードで留守番をしているラモントに情報を入れつづけた。

専属運転手がハンドルを握る車が広場の反対側に現われるものと全員が予想していたから、黒いタクシーが五時直前に二四番地の前に停(と)まったときは驚くことになった。警察の写真班が望遠レンズの焦点を合わせてシャッターを切りはじめた瞬間、タクシーのドアが開いた。中背で帽子(ハット)をかぶり、暖かい午後にもかかわらず裾の長い黒のコートにマフラー、黒い革手袋という上品な服装の男が歩道に降り立つと、門を開けて短い私道を玄関へと歩いていき、ドアを一度だけノックした。

ラシディの母親がドアを開けて息子を抱擁したときには、写真班はすでに三十九回シャッターを切っていたが、自信があるとは言えなかった。玄関が閉じられると、ウィリアムはスコットランドヤードの偽装タクシー班に、位置に着くよう指示した。ラシディが徒歩で引き上げた場合、パトカーで尾行する危険は冒せなかった。そのあと、ウィリアムはスコットランドヤードのラモントへ無線で情報を更新した。

「慎重にやるんだぞ」ラモントが注意した。「毎週金曜の午後にどこにいるかがわかったいまとなっては、急ぐ必要はない。やつのことだ、ちょっとでも不審に思ったら、とたんに姿をくらましてしまうだろう。いいか、長期戦になるだろうことを忘れるな」

「了解」ウィリアムは答えた。

ジャッキーとポールの目は、一度も玄関から離れなかった。

ウィリアムの無線が音を立てた。

「トレガンター・ロードの頂点に到着しました」偽装タクシーの運転手だった。

「姿を見られないようにして」ウィリアムはさらに指示をした。「指示したらすぐ、〈空車〉表示にしてボルトンズへ入っていってくれ。乗せていいのは、裾の長い黒いコートに帽子、マフラーに黒い革手袋の男だけだ」

「了解」

二時間近く経って玄関が開き、ラシディがふたたび姿を現わした。母親は迎えたときより長いくらいに息子を抱擁し、読唇術師によれば、「また今度の金曜にね、アッセム」と言った。写真班が仕事を再開した。

ラシディが私道を下りはじめるのを見て、ウィリアムは無線を握り直した。「行動開始だ、対象が動き出した」

　ラシディが門を開けて舗道に出たとき、タクシーが姿を現わした。夕刻の薄暮に〈空車〉の表示が輝いていたが、ラシディはタクシーを無視して歩きつづけた。

「くそ」ジャッキーが吐き捨てた。ラシディは角を曲がって視界から消えた。

「もたもたするな、ポール」ウィリアムは急かした。「あのタクシーを捕まえろ」

「わかってます、捜査巡査部長」ポールが応じ、飛ぶように階段を駆け下りて通りに出ると、エンジンをかけたまま待っているタクシーを見つけて飛び乗った。とたんに運転手がアクセルを踏み込み、その勢いでポールを後部席に押しつけた。角を曲がると、ラシディが対向車線をやってきたタクシーに乗り込むところだった。このタクシーに乗らなかった理由は何だろう、とポールは訝った。

　ラシディを乗せたタクシーが通りの突き当たりを左折したちょうどそのとき、信号が赤に変わった。前に大型トラックがいたために、ダニー・アイヴズ巡査は信号を無視したくてもできなかった。

「逃げられたな」ダニーが言った。

「ウォーウィック巡査部長に報告するのはおまえか、それとも、おれの役目か？」ポールは訊いた。

「下らんことを訊くな」

「逃げられた？」ホークスビー警視長が訊いた。全員がスコットランドヤードに戻り、彼のオフィスのテーブルを囲んでいた。

「残念です、サー」ウィリアムは答えた。「ですが、やつが特定の一台のタクシーを使っていることはわかりましたから、これからは本人ではなくて車を追うことにします」

「そのときに備えて、こっちも毎週忘れずにタクシーのナンバープレートを交換すること、長距離になる場合はタクシーを乗り換えることを忘れるな。最終的にやつの殺人工場の場所を突き止められるのであれば、金曜日が何回きてもかまわない」

「まったくです」ラモントが同意し、写真をめくりながら訊いた。「このなかに、何か価値のある情報があったか？」

「われわれの相手がとてつもなく用心深いとわかっただけです」ウィリアムは答えた。「顔を見ても、ほとんど細かい特徴はわかりません。ですが、興味深いものを鑑識が見つけてくれました」

「教えてくれ（エンライトン・ミー）」ホークスビーがお気に入りの表現を使って言った。

「彼の手袋をよく見てください。うちの専門家が全部の写真を検めた結果、ラシディは間違いなく左手の中指の一部がないと、自信を持って教えてくれました」

「そう断言する根拠は何だ？」

「四十六番の拡大した写真を注意して見てください、帰るときに母親を抱擁している写真です」

手袋をした手を拡大した写真を、ホークスビーがじっくりと検めはじめた。

「親指と三本の指が母親の背中に触れているのがわかりますが、手袋の中指は垂れ下がっていて、何にも触れていません。五十二番の右手を拡大した写真を見てもらえば、親指と四本の指が母親の腕をつかんでいるのがはっきりわかります」

「うちの鑑識もやるじゃないか」

「やつもです」ウィリアムは応えた。「ですから、われわれとしてはどんな些細なミスも犯せないんです」

「何が言いたいんだ、ウォーウィック捜査巡査部長？」ラモントが訊いた。

「われわれが戦っている相手が、稀に見る狡猾さと用心深さを持ち合わせているのは明らかです。ですから、常に油断は絶対禁物で、さもないと、われわれはいつまでも毎週金曜の午後に引っ張り出され、あの私道を見張ることになります」

「早く要点を言ってくれないか、ウォーウィック」ホークスビーが急かした。

「われわれが知るとおり、ラシディは大変な金持ちですが、母親に会いに行くのに運転手付きの車ではなく、何の変哲もないタクシーを使っています。それにボディガードもつけていません。なぜなら、自分や母親が人目を惹いたり、万に一つも不審に思われたりしないよう、用心しているからです。認めたくはありませんが、いまわれわれが戦っている敵は、大企業を経営していても、政府の閣僚であっても、ロンドン・スクール・オヴ・エコノミクスで教鞭(きょうべん)を執っていても不思議はないけれども、犯罪者としての人生を自らの意志で選択した人物なんです」

「前者三つを合わせたより、後者一つのほうが金になるわけだ」ラモントが言った。

ウィリアムはテーブルを囲んでいる面々を見回した。「ラシディ以外に、そういう人物に心当たりはありませんか?」

「もう一人のフォークナーを相手にしているわけか」ホークスビーが深いため息をついた。

「その二人が出会わないことを祈りましょう」ジャッキーが言った。

「ペントンヴィル刑務所でだったら、話は別だがな」

7

毎朝七時半ごろにセント・ジェイムズ・パーク駅まで地下鉄を使い、そこからは徒歩でスコットランドヤードへ向かう。ジャッキーはそれを平日の日課としていたが、木曜は例外だった。

木曜は一つ手前のヴィクトリア駅で降り、ヴィクトリア・ストリートを二百ヤードほど上ったところでほぼ直角に右折する。そして、だれでも入れる石畳の広場を横断してウェストミンスター大聖堂の南口へ行き、だれにも気づかれないための用心に、観光客の小グループに紛(まぎ)れてなかへ入ることになっていた。

この木曜の朝、大聖堂に入ると、いつものとおり数人の参拝者が信徒席のあちこちで首(こうべ)を垂れ、神――ジャッキーはもはや信じていなかったが――に祈りを捧(ささ)げていた。彼らに気づかれないようゆっくりと左側の通路を下り、「十字架の道行き(ステーションズ・オヴ・ザ・クロス)」を鑑賞していった。これを作った彫刻家、エリック・ギルがいまも生きていたら、わたしは彼を逮捕しなくてはならない。でも、とジャッキーは訝った。教皇は人を殺したカラヴァッジョを赦(ゆる)したのに、枢機卿はなぜ性的虐待や近親相姦の罪を犯したギルを許さなかったのだろう？モーゼの十戒にもない罪なのに？
灯されたばかりの十二本の蠟燭に照らされた聖母マリアの肖像画の下に、献金箱が置かれていた。ジャッキーはその前で足を止めた。周囲に目をやってだれにも見られていないことを確かめると、ハンドバッグから鍵を取り出し、小さな献金箱の錠を開けた。数枚の硬貨が底に散らばっていた。先週も少なかったけど、もっと少ないじゃないの。だれの目もないことを改めて確認し、献金箱の隅に立てかけてあるマルボロの空箱を手に取ると、ハンドバッグに忍び込ませた。献金箱を再施錠し、祭壇のほうへゆっくり引き返した。十字架に向かって首を垂れてから右側の通路へ入り、「十字架の道行き」の前を通って大聖堂を出た。

任務は五分足らずで完了し、そのまま仕事場へと歩きつづけた。スコットランドヤードに入るとエレベーターには乗ったものの六階のオフィスへは上がらず、地下一階へ下りた。高度な技術を駆使した作業を行なう部署があるところだった。

明るい照明の通路を足取りを緩めることなく歩いてたどり着いたのは、曇りガラスに〈ベックワース巡査〉と黒い文字でプリントされているドアの前だった。

そのドアをノックし、返事を待たずに入室すると、ベックワース巡査のところへ行って机の上に煙草の箱を置いた。若い女性巡査は顔を上げたものの驚いた様子は毛筋ほども見せず、何も言わずに煙草の箱を開けると内側の薄い銀紙を手際よく取り出して机に広げ、いくつかの皺を丁寧に掌で伸ばして平らにした。そのあと、銀紙を持って部屋の隅へ行き、そこに置いてある機械の蓋を開けて、銅板の上に銀紙を置いた。そして、蓋を閉め、スイッチを入れて機械の内側を明るく照らして、少し待ってからふたたび蓋を開けた。辛抱強く待っていると、銀紙の上に文字――特に脈絡があるようには見えなかった――が現われはじめた。ベックワース巡査はその短いメッセージを小さな白いカードに写し取り、封筒に入れて封をしてから、週に一度の訪問者に手渡した。ジャッキーは会釈をした。唯一知っているボディランゲージだった。ベックワース巡査は答礼して自分の机に戻った。

ジャッキーは退出すべく踵を返しながら最後に親指を立ててみせたが、ベックワース巡査はすでにジャッキーに関心を失い、自分の机の隣りのファイリングキャビネットに銀紙をしまっているところだった。

エレベーターで六階へ上がると、アンジェラにそのまま警視長のオフィスに連れていかれた。驚いたことにウィリアムがそこに坐っていて、二人とも明らかにジャッキーを待っていた様子だった。封をした封筒を渡すと、ホークスビー警視長はそれを開封し、なかに入っていたものを時間をかけて確認したあとで口を開いた。「このカードに書かれていることのすべてを教えるわけにはいかないが、きみたち二人がいま取り組んでいる仕事に関係のある情報は提供してもいいだろう」

ジャッキーはウィリアムの隣りに腰を下ろした。

「毎週木曜の七時ごろ、われわれの囮捜査官が空の煙草の箱をウェストミンスター大聖堂の献金箱に入れておき、それを一時間後にジャッキーが回収することになっている。彼はそうやって、私に最新情報を提供してくれているんだ」

「その囮捜査官とはどうやって連絡を取っているんですか？」ウィリアムは訊いた。

「水曜の夜、ジャッキーが退勤して帰宅する途中で、マルボロの空箱を同じ献金箱に入れておくんだ」そう答えて、ホークスビーはジャッキーに訊いた。「今日、空箱に入っていたメッセージだが、ベックワース巡査はきみに内容を教えていないよな？」

「はい、教えてもらっていません」

「六人の名前が記されていたよ。だが、きみたちが対応している事案に直接関係しているのは三人だけだ。エイドリアン・ヒース、買い手——それはわれわれもすでに知っている。チューリップ、売り手——特に意外でもない。だが、神はささやかな褒美をわれわれに与えてくださる。マイルズ・フォークナーだ。意外なことに、やつはときどきドラッグを買って使っているぞ。もしかすると、これが本物の突破口になってくれるかもしれない。十七日にリンプトン・ホールで開くディナー・パーティ用にドラッグを調達したいとやつが考えているとしたら、きみのかつての同級生に電話をして、詳しいことを教えてもらえるかどうか確かめたほうがいいだろうな」

「それができないんです」ウィリアムは答えた。「向こうが電話してくるのを待つしかありません」

「では、彼の持ち金が底を突くのを待つしかないか」ホークが言った。「相手が薬物中毒者の場合、それだけは間違いなく当てにできるからな」

「ヒースはフォークナーがドラッグを使っているかどうか、だれから調達しているかを突き止められるかもしれませんが、それを法廷で証言してもいいと考えるかどうかはまた別の話です」

「きみの話だと、彼のガールフレンドが何としてもブラジルへ帰りたがっていて、彼も同行したいと考えているんだろう。われわれがそれを可能にしてやることができれば、証言に同意してくれるかもしれないぞ」

「そうであるならば、ヒースのマリアへの愛が、ラシディへの恐怖に勝ることを祈らなくてはなりませんね」

「早くブラック・ボールをスポットに戻せ」ウィリアムは自分のキューにチョークを塗りながら言った。

ポールがスヌーカー・テーブルに身を乗り出すようにし、レッド・ボールを狙って手玉（ホワイト・ボール）を突いた。レッド・ボールは「駄目だ」と嘆くポールの声を尻目にコーノー・ポケットに落ちるのを拒否し、テーブルの真ん中に戻ってきて、ウィリアムに簡単なショットを残してくれた。

ウィリアムは狙いすまして三十二点を連続して獲得し、ポールはあまりの大差にゲーム途中で白旗を掲げるしかなくなった。

「軽く一杯やる時間はあるか？」ウィリアムはキューをラックに戻しながら訊いた。

「もちろんです、捜査巡査部長」ポールが同意した。

ウィリアムはポールと一緒に娯楽室の隅のテーブル席に腰を下ろすと、ビールを一口飲んで言った。「サージと呼ぶのは仕事中だけでいいよ。ところで、新しい職場はどうだ、楽しいか？」

「スコットランドヤードへこられただけで大喜びです」ポールが答えた。「それが夢でしたから。まさか実現するとは思っていませんでした」

「きみをチームに迎えられて、われわれは運がいいよ」ウィリアムは言った。「おれはレンブラントの盗難に関してはあれやこれや多少の知識はあるかもしれないが、大通りの薬局では買えない薬物については、いまもまったくの初心者なんだ」

「すぐにどんな売り手よりも詳しくなりますよ」ポールが言った。「それに、そのころには連中を一人残らず檻に閉じ込めて鍵を捨ててしまいたくなっているはずです」

「そこには依存症の者も含まれるのかな」

「いや、最終的にはかわいそうに思うようになるんじゃないですか」

「もうそうなってるよ。ところで、スコットランドヤードには慣れたか?」ツィリアムは話題を変えた。

「大丈夫です。もうチームの一員のように感じています」

「問題はないか?」

「手に負えないようなものはありません」

「初対面のときに妙な顔をするやつとかはいないか?」

「古手のなかに何人かいるだけです。彼らが私を受け容れてくれることはないでしょうが、若手はそんなことはありません」

「面倒くさそうな特定のだれかはいるか?」

「私のような人種をスコットランドヤードに入れるという考えにはやはり慣れることができないと、ラモントは自覚したみたいですね。まあ、それは覚悟していたことにすぎないし、彼は守旧派ですからね。私が自分の能力を証明すればいいだけのことです」

「慰めになるかどうかわからないけど、おれもいまのチームに配属されて最初のうちは、ラモントについておまえさんと同じ問題に出くわしたよ。いいか、忘れるな、彼はスコットランド人だ。その彼から見れば、おれもおまえさんも不法移民なんだ」

ポールが声を立てて笑った。「私の生まれがラゴスではなくてグラスゴーだとしても、彼の見方は変わらないということですか」

「ホークスビー警視長、ジャッキー、彼らの囮捜査官の共通点が何か、もうわかったか？」

「いいえ」ポールがグラスを置いた。「考えたこともありません」

「三人ともローマ人なんだ」

「カトリック教徒ということですか？」

「正解だ。一方で、ラモントはフリーメイソンだ。奇妙な握手の仕方をするから、よく見てみろ。それから、彼らはみんな、おまえさんとおれに気を許さない。その理由は、大卒は昇任が早いという制度をおれたちが利用しているからだ。だから、おまえさんとおれは団結して力を合わせるべきだ。まあそれはともかく、そもそもどうして警察官になろうと考えたんだ？」

「子供のころにコナン・ドイルを読みすぎて、サッカレーを充分に読まなかったからです。父は教師で、少なくとも警視長にならなかったら、いい教育を受けたことが無駄になると言って止めようとしたんですが、徒労に終わりました」

「おれの親父も同じだよ」ウィリアムはグラスを挙げた。「ただし、おれの場合は警視総監にならなくちゃ駄目だけどな。でも、このことはだれにも言うなよ」

「もう知らない者はいませんよ」ポールが笑った。「でも、私もあなたに負けるつもりは依然としてありませんけどね」

「楽しみにしてるよ。そういうことなら、もう一勝負するか？」

「いや、結構です。一晩分の屈辱は充分に味わわせてもらいましたから」

「今夜、うちで晩飯をどうだ？　そうすれば、ベスにも会わせられるし」

「また今度ということにしてもらえますか。今夜はデートなんです。信じてもらえないだろうことはわかっていますが、彼女は私のことをけっこう好いてくれているようなんです」

「だとしたら、間違いなく一回目のデートだな」ウィリアムは言った。


ベッドの横の電話が鳴ったとき、ウィリアムはぐっすり眠っていた。真夜中にフィッツモリーン美術館からベスに電話があるはずはなかったから、自分にかかってきたに違いなかった。甲高い呼出し音で彼女が目を覚まさないことを祈りながら、受話器をつかんだ。

「会う必要がある、大至急だ」紛れもないあの声が言った
おれのほうもだ、と言いたかったが、こう訊くだけで我慢した。「どこで？　いつ？」

「明日の十一時、テート・ギャラリー」

「なぜテートなんだ？」

「客が見つかるかもしれないと期待して、美術館をうろつく売人は多くない。おれの記憶だと、おまえは学校でも美術が好きな科目だっただろう、待ち合わせ場所は任せるよ」

「三番ギャラリーの巨大なヘンリー・ムーアの前にしよう」

「ヘンリー・ムーアってだれだ?」

「彼女を見落とす心配は絶対にないよ」

「それじゃ、明日の十一時にそこで会おう」

「もう、今日だ」ウィリアムは訂正したが、すでに電話は切れていた。

「だれだったの?」ベスが訊いた。


「ジョゼフィーヌ・ホークスビーです」

「初めまして、ミセス・ホークスビー。ベス・レインズフォードと申します。煩わせて申し訳ないのですが――」

「あなたたちの来月の結婚式に、夫ともども招待してもらっているのよね。とても楽しみにしているわ」

「ありがとうございます、そう言っていただけると嬉しいです」ベスは言った。「ウィリアムもわたしも、ご夫妻に出席していただけてとても喜んでいます。でも、この電話はそのことではなくて、個人的なことで相談に乗っていただけないかと思ってのことなんです。それで、できれば電話ではないほうがいいんですけれど」

「いいですとも。そういうことなら、今度の金曜日にお茶をどう? そうね、〈フォートナム〉に五時でいいかしら。あそこなら、どんな詮索好きな警察官にも聞き耳を立てられる心配はほとんどないから」

真夜中の電話についてラモントに報告をすませると、ウィリアムはスコットランドヤードを出て、かつての同級生に会うためにテート・ギャラリーへ向かった。エイドリアンがこんなに急いで会いたがっている理由を知りたくてたまらず、美術館の入口へつづく急な階段を上がるときには、すでにいくつかの質問を準備し終えていた。

約束の時間より早かったが、三番ギャラリーへ直行すると、少人数の来館者がムーアの「横たわる像」に見惚（みと）れていた。エイドリアンが現われるのを待つあいだ、緊張をほぐそうとそこに展示されている昔馴染みの友人と久闊（きゅうかつ）を叙したり、新たな友人を作ったりした。ときどきムーアのほうへ目をやったが、今回もエイドリアンは時間通りに現われることがなく、絵画鑑賞の二周目に、しかももっと足取りを遅くして取りかかるしかなかった。

エイドリアンが三番ギャラリーに姿を見せたときには、相手を待たせるほうが優位に立てるとでも思っているのか、十一時を二十分過ぎていた。ウィリアムはエリック・ギルの「十字架」のほうへゆっくりと歩いていき、ややあってエイドリアンがそこへやってきた。

「歩きながら話そう」ウィリアムは言った。「そのほうがだれかに聞かれる心配が少ない」

エイドリアンがうなずくと、ウィリアムはジョン・エヴァレット・ミレーの、花に囲まれて川に浮かぶ「オフィーリア」の前へ歩いていき、そこに描かれた女性ではなく、目の前にいる男に集中しようとした。「こんなに急いで会わなくちゃならなくなった理由は何だ?」

「チューリップを憶えてるか?」

「おまえの売人だろ」

「もうそうじゃないんだ」

「どうして?」ウィリアムは訊いたが、「オフィーリア」に会いにやってきた者がいたので、急いでスタッブスの「ライオンに怯える馬」へ移動した。

「チューリップはある一件で下手を打ち、逮捕される寸前にコカインを包みごと飲み込んで病院送りになった」

「職業に伴う危険ってやつか」ウィリアムは気持ちのこもらない感想を口にした。

「それで、おれはこれを利用するつもりでいるんだ。というのは、自分がいないあいだ、客の面倒を見てくれと頼まれたんだよ」

ウィリアムはコンスタブルの描くノーフォークの川の風景に集中している振りをしながら、エイドリアンの言葉の意味を考えた。

「コンスタブルとターナーの生まれ年はわずか一年違いだが」だれかがやってきたので、ウィリアムはごまかした。「作品はもっと大きく違っている。一方は保守的で伝統的、もう一方はまったく独創的で反抗的だ。二人は終生仲良くなれなかったが、たぶんそれが原因かもしれない」

「おれとおまえみたいだな」エイドリアンがその場を離れて別の絵を観ている振りをし、ウィリアムが追いつくや言った。「まあ、それはともかく本題に入らせてくれ。実は頼みがある」

「どんな頼みだ？」ウィリアムが訊いたとき、来館者の一人がやってきてモーランドの「占い師」に見入った。

「チューリップがいないあいだは大金を手に入れるチャンスで、その金があれば、おれは逃げ切ることができる。そのためには、おまえの仲間に、おれのすることに目をつぶっていてもらう必要がある。一週間でいい、それ以上とは言わない」

「おれがうんと言うと考える理由は何だ？」

「チューリップが戻ってきたらすぐ、おれがやつの連絡員の名前を一人残らずおまえに教えてやるからだよ」

「おまえ、やつに殺されるんじゃないか？」

「やつが気づく前に、おれが地球の裏側へ行っていれば大丈夫さ。殺されることはない」

「チューリップの連絡員の名前だけじゃ足りないな」ウィリアムが言ったとき、来館者が二人ほどモーランドの作品の前で足を止めた。

「ほかに何が欲しいんだ？」次の作品へと向かいながら、エイドリアンが訊いた。

「ラシディの殺人工場の場所だ」

「マリアもさすがにそれは知らないよ。だけど、おれが突き止める努力をしているところだ」

「そういうことなら、もう少し簡単なことから始めて、おまえの善意の証を見せてもらおうか」

「何をしてほしいんだ？」

「チューリップの客の一人に、マイルズ・フォークナーという男がいる」

「その名前ならチューリップのリストに載っていたが、常連じゃないぞ。常に最高級品を要求して、最高金額を払うと決まってる。だけど、最近は連絡がないな」

「必ず連絡してくるさ」ウィリアムは説明抜きで言った。「連絡があったら、どういう種類のドラッグを注文してどこへ届けさせるかを、正確に教えてもらいたい」

「それを教えたら、チューリップが戻ってくるまで、おれに自由に仕事をさせてくれるか？」

「それには上司の認可が必要だが、同意が得られればいいだろう。ただし、フォークナーの件を教えてくれなかったら、おれが直接病院へ行ってチューリップに会い、留守のあいだにおまえが何を企んでいるかをばらすからな」

「おまえのことだ、古い友だちにそんな仕打ちはしないよ」

「ターナーと同じで、おまえはおれの古い友だちじゃない」ギルの「十字架」に戻ったとき、ウィリアムは言った。

「白状するが」エイドリアンが言った。「ムーアはいいな」

8

「ナンバープレートは違っているけど、同じタクシーね」ジャッキーが双眼鏡を下ろして言った。

「そう言いきれる根拠は？」ボルトンズへゆっくりと入っていく黒塗りのタクシーを彼女と一緒に見ながら、ウィリアムは訊いた。

「後ろの棚に置いてあるクリネックスの箱が同じだもの」

「よく気づいたものだな」ウィリアムは感心した。タクシーから目を離さずにいると、ラシディが降り立ち、二四番地の正面の門を開けた。

「帽子も、手袋も、コートも、マフラーも同じだ」ポールが言った。「明らかに習慣を変えない性質(たち)ですね」

「それがやつの命取りになるかもしれないぞ」

ラシディがタクシーを降りた瞬間から、カメラマンがシャッターを切りはじめた。もっとも、顔はしっかり隠されているから、出来上がった写真の首尾が先週と違うものになるとは限らないという但し書きがついていたが。

ラシディにノックする余裕を与えることなく玄関のドアが開いたと思うと、先週と同じ抱擁(ハグ)がつづき、左手の手袋の拡大写真を撮影するチャンスをカメラマンに与えてくれたあと、母と息子は家のなかへ消えていった。

ウィリアムはスコットランドヤードへの直通無線のスイッチを入れて報告した。「全員位置に着いて待機しています。対象は既知の住所に到着、いま家に入りました。もし先週の訪問と同じだとすれば、少なくとも二時間は出てこないものと思われます」

「後方支援は大丈夫か?」ラモント警視が訊いた。

「タクシー三台を広場のすべての出口に配置して、指示があり次第動けるようにしてあります」

「それ以外の地上要員はどうなってる?」

「それぞれのタクシーの後部席に私服警官を二人待機させて、やつがタクシーを降りたら徒歩で尾行できるようにしてあります」

「車は?」

「覆面警察車両を四台、ボルトンズとアールズ・コートのあいだに配置して、指示があり次第動けるようにしてあります」

「やつが出てきたら、すぐに知らせてくれ」

「了解しました、サー」

ラモントは無線を切って言った。「われわれも現場へ行って、自ら指示を出したくありませんか？　ここで拱手（きょうしゅ）傍観しているのではなくて？」

「そうだな」ホークスビー警視長が認めた。「だが、妻には内緒だぞ」

「ミルクとお砂糖は？」

「ありがとうございます、ミルクだけお願いします、ミセス・ホークスビー」

「ジョゼフィーヌと呼んでちょうだい」ミセス・ホークスビーが言い、お茶のカップをベスに渡した。「このあいだの電話のことだけど、あれからずいぶん考えたの」

「でも、あのときはお目にかかりたい理由を説明していませんけど」

「見当をつけるのはそんなに難しくなかったわ。たぶん、三十年以上も警察官を夫として暮らすのがどんなものか、それを知りたいんじゃないの？」

「そんなに見え見えでしたか？」ベスは言った。

「〝この世の地獄〟というのが、その答えね。真夜中の帰宅、土壇場での約束破り、訊いてはいけない質問の山、なかでも最悪なのは、いつか帰らない日がくるんじゃないかという恐怖ね。だけど、絶対に変わることのないジャックへの愛が、それに勝っているの」

「でも、警察官の離婚は本当に多いんですよね」ベスは言った。「たとえば、ラモント警視もそうですし、ジャッキーもそうです。しかも、同じ班のなかだけでです」

「確かにそうね。でも、いずれはあなたも受け容れることを学ぶんじゃないかしら、警察官は犯罪者と同じ時間帯に活動しなくちゃならないんだということをね。もっとも、犯罪者のほうが休暇を長く取るし、行く場所ももっとエキゾチックだけど」ベスは笑った。「九時から五時までの仕事なんてことには絶対にならないしね。ただ、ジャックから聞いた話だと、多くの男性警察官が抱える問題に直面する心配は、ウィリアムにはないそうよ」ベスはカップを置いた。「多すぎるテストステロンと多すぎる女性警察官に悩まされる心配ってことだけどね」

「本当に本当ですか？」ベスは訊いた。

「本当に本当なんて断言はできないけど、あなたは例外的な男性を見つけたって、ジャックは言っているわね。一生、あなたしか眼中にないだろうって」

「そして、わたしも彼しか眼中にありません。でも、彼がパートナーとして必要としているのは例外的な女性で、わたしは仕事時間が九時から五時までの、フィッツモリーン美術館の企画管理者補佐にすぎません」

「どちらか一人が普通の生活をできるのはいいことよ」ジョゼフィーヌが胡瓜（きゅうり）のサンドウイッチを手に取りながら言った。

「でも、彼はもう結婚してるんじゃないかって心配なんです」

「仕事と?」ベスはうなずいた。「優秀な警察官は例外なくそうよ、マイ・ディア。だけど、もし三十年前に戻ることができて、ジャックにもう一度プロポーズされたら、わたしはやっぱりジャック・ホークスビー巡査と結婚したでしょうね」

「立ち入ったことを訊いてもいいでしょうか、ジョゼフィーヌ?」

「いいわよ」

「離婚を考えたことは一度もありませんか?」

「離婚はないけど、殺してやろうかと考えたことは何度かあるわね」

「結婚式には招待されているんですか?」ラモントは訊いた。

「ああ。ジョゼフィーヌも私も楽しみにしているよ。もっとも、招待客のなかには、証人席にいるときしか会ったことのない刑事弁護士が多すぎるぐらいいるんだろうな」

「あの犯罪者もどきもいるかもしれませんよ」

「それはない」ホークスビーが一言の下に否定した。「サー・ジュリアン・ウォーウィック勅撰弁護士は楽しみと仕事を峻別(しゅんべつ)する人物だ。だとすれば、ブース・ワトソンが招待されることはあり得ない」

ラモントは小さく笑った。「もうベスには会いましたか?」

「レンブラントの除幕式のときに、フィッツモリーン美術館で一度会っただけだが、ウィリアムが彼女に惚れた理由はすぐにわかったよ」

「天が哀れな娘をお助けくださるといいんですがね」

「どうしてそんなことを言うんだ、ブルース?」

「私は三度、ロイクロフト捜査巡査は一度、離婚しています。実際、あなたは例外なんですよ」

「たぶん、ウィリアムはその例外でありつづけるんじゃないかな。心配があるとすれば、ベスが彼に警察を辞めさせようとするのではないかということだ」

「私の女房の場合、三人が三人ともそうさせようとしましたよ」ラモントは言った。「あいつら、それで何を手に入れたと思います? 三人とも、離婚したのは必ず私が昇任したあとで、そのたびに銀行口座を空にしてくれたんです」

「断言してもいいが、ウィリアムがその道をたどることはないな」ホークスビーが言った。「だが、私は依然としてきみを当てにしているんだぞ、彼のなかに潜んでいる少年聖歌隊員の最後の衣装を剝ぎ取ってくれるのをな。そうでないと、彼を警部に昇任させることなど考えられない」

「アダジャはどうです?」

「仕事中に街なかで直面することになるだろう、人種的な偏見にうまく対応することができれば……」

「もちろん、この建物のなかの人種的偏見にも、うまく対応しなくちゃなりませんがね」ラモントは言った。「実は自分でも気づいているんですが、私も必ずしもその責めを免れないんです。何しろ、私が奉職したときには、黒いものといえばコーヒーしかありませんでしたからね」

「『ロンドン特捜隊スウィーニー』は観たことがあるか?」ホークが訊いた。

「一話として欠かしたことはありません、ジョン・ソウを私自身になぞらえて観ています」

ホークが微笑した。「だが、先週の再放送のなかに間違いが一つあったのがわかったか?」

「いや、気づきませんでした」

「あの年取った囚人護送車（ブラック・マリア）は、その名前を裁判所の審理に必ず黒ずくめで出席する女性に因（ちな）んでつけられたんだとリーガン警部が主張しただろう。だが、アダジャ巡査が教えてくれたところでは、実はあの名前の由来は、ボストンで手がつけられないほどひどい下宿屋をやっていて、警察がひっきりなしに足を運ばなくちゃならなかった、マリアという女性なんだそうだ」

「役にも立たない情報をわれわれに浴びせるところは、アダジャもウォーウィックといい勝負のろくでなしですね」ラモントは言った。

「そして、いい勝負の頭の良さだ」ホークが応じた。「彼はウィリアムの真の好敵手になる可能性がある。首都警察は二〇二〇年までに、最初の黒人警視総監誕生の準備ができているかもしれないぞ」

「まあ、少なくとも最初の女性警視総監よりはましでしょうよ」

ホークがそれに応じようとしたとき、無線の呼出し音が鳴った。

「対象が動き出しました」ウィリアムの声だった。


同じように抱擁（ハグ）したあと、同じようにゆっくりと小径（こみち）を戻る。今回の唯一の違いは、歩道に出るや右ではなく、左に曲がったことだった。

「第一班、待機せよ。対象はボルトン・ガーデンズのほうへ向かっている。待機せよ」ウィリアムは繰り返した。

「対象を確認」無線が報告した。「いま、タクシーに乗り込むところです。明かりはついていません。動き出しました。ブロンプトン・ロードを西へ向かっています」

「対象を確認――視界にとらえています」ダニー・アイヴズ巡査の声だった。

「尾行してくれ」ウィリアムは指示した。「だが、一マイルだけだぞ。おまえさんのすぐ後ろに覆面車両を置いて、いつでも交代できるようにしてあるからな」

「了解」ダニーは答えて距離を維持しつづけたが、標的を視界から逃すことはなく、ややあってから報告した。「対象が車線を変えた。右折の可能性があります」

「直進する可能性も否定できない」ウィリアムが言った。「その場合は、やつがどこに住んでいるかを突き止められるかもしれない」

「どこで仕事をしているかを突き止められるほうがいいんだがな」ラモントは言った。

「だが、そこまでの幸運は期待しないでおこうか」

「退がれ、ダニー」ウィリアムがふたたび指示した。「後続している覆面車両と交代しろ。だが、そのまま覆面車両の後ろについていてくれ、あとでまたおまえさんが必要になるかもしれない」

　面白いことに、ウィリアム指揮下の四台の覆面車両はすべて五年物のオースティン・アレグロで、色は何の変哲もなかったが、エンジンはパワーアップされ、必要とあらば時速百二十マイルを出すことができた。グレート・ウェスト・ロードの中央車線を時速四十マイルで下っていく彼らに目をくれる者はいなかった。

「対象はコーリッジ環状交差路に到着、Ｍ４のほうを目指す可能性があるようにも見えます」

「仮にＭ４に乗ったとしたら、タクシーは最終的にどこへ行き着くんだ？」ウィリアムは大仰な物言いで訊いた。

「空港です」ダニーが答えた。

「それがわかれば充分だ」

「明らかに高速道路へ向かっていますね」覆面車両の運転手が言った。「脇道へ入ろうとする気配がまったくありません」

「ハマースミスの立体交差で対象から離れて、ダニーと交代してくれ。高速道路上で同じタクシーが後続したら、不審に思われる可能性が高い。ラシディが空港を目指しているのなら尚更だ。だが、ダニー、やつのタクシーがいまの車線にとどまりつづけたら、別の覆面車両と代わるんだ。おまえさんはヒースロー出口で高速道路を降りて、スコットランドヤードへ戻れ」

「了解、捜査巡査部長（サージ）」

「対象が車線を移って減速している」ダニーが報告した。「あんたの言うとおりだと思いますよ、サージ。行先はヒースロー空港で決まりです」

「くそ」ウィリアムは毒づいた。「三つのターミナルすべてを押さえるだけの人的余裕がないじゃないか」

「第一ターミナル、国内線です」

「距離を保ちつづけてくれ」ウィリアムは指示した。「ポール、やつを尾行してターミナルへ入る準備をしろ」

「いつでも大丈夫です、サージ」

短い沈黙があり、ウィリアムは部屋のなかを歩き回らずにいられなかった。毎週これがつづいたら、対象の行先がわかる前に靴が駄目になってしまうのではないかと怖かった。

「対象がタクシーを降りて出発エリアへ向かいました」ダニーが報告した。「ポールが尾行しています」

「対象は何か持っているか?」

「何も持っていません、サージ」

「それなら、どこかへ飛ぶ可能性は低いな」

「だれかに会うつもりかも」ジャッキーがほのめかした。

「出発エリアでは、それはないと思う」ウィリアムは言った「万一の尾行を警戒して、それをまくためのもう一つの作戦なのかもしれない」

「ポールがターミナルに入ります」ダニーが告げた。

「ラシディのタクシーはどうした?」ウィリアムは訊いた。

「また動き出しました。尾行しますか?」

「いや、それには及ばない。運転手がプロなら、もうおまえさんに気づいているはずだ。ポールがラシディの最終目的地を突き止めるのを待とう」

「対象を見失いました、サー」ポールの当惑した声が届いた。「出発エリアには十を超える出入り口があり、千人を超える乗客がそのすべてに向かっているんです」

「しまった」ウィリアムは悔やんだ。「ダニーにタクシーを尾行させるべきだった」

「いいか、来週は三つのターミナルすべてに充分な人員を配置するんだ」これまでの会話の一言一言を聴いていたホークスビーが言った。

「やつが来週も母親に会いに行くと考える根拠は何ですか?」ウィリアムは不首尾に終わった苛立ちが声に出ないよう、苦労しながら訊いた。

「ミスター・ラシディと私には、一つだけ共通点がある」ホークが言った。「絶対に母親を待たせないことだ」

9

ベスの父親は寝室のドアを穏やかにノックした。「車がきたぞ」

「もうすぐ支度が終わるから」彼の妻が応えた。「ちょっと待っていてちょうだい」

アーサー・レインズフォードは時計を見た。運転手は今朝早く教会まで試走し、十一分かかると教えてくれていた。昨今流行しているように、花嫁が時間に遅れて気を持たせるだろうとみんなが予想していることは、もちろんアーサーも織り込んではいた。だが、花婿を、いわんや花婿の両親を不安にさせるわけにはいかなかった。

ベスは鏡に映る自分の姿をもう一度検めた。さっきとまったく同じだった。これ以上美しいドレスは想像できなかったし、今日という日を決して忘れられないものにするために犠牲を払ってくれた父親には、どんなに感謝してもしきれないこともわかっていた。

「花嫁って、例外なく自分の結婚式の日には不安になるものかしら？」ベスがほとんど自問するかのように訊いた。

「わたしはそうだったわね」母が娘のヴェールを改めて直してやりながら言った。「だから、その質問の答えはイエスなんじゃないかしら」

　ドアにふたたびノックがあった。

「花嫁がいなくて式が始められないという、稀な例になることを心配しているんだがね」

アーサーは念を押してから一階へ下りると玄関のドアを開け、小径を往き復りつしながら二人を待った。

　ややあって娘が玄関の階段の上に姿を現わし、それを見たアーサーは花嫁の父親の例に漏れず、地上で最も誇らしい男になった。そして、待たせてあるロールスロイスの後部席のドアを開け――それさえもリハーサル済みだった――、ベスが乗るのを待って隣りに腰を下ろした。車がゆっくりと走り出すと、もう少し急いでくれと指示するべきではないかという誘惑に駆られたが、何とか考え直してそれを抑え込んだ。

「今日のおまえははっとするほど美しいな」アーサーは改めてわが娘に見惚れた。「ウィリアムは本当に幸運な男だ」

「わたし、すごく緊張してるの」ベスが言った。「それが表に出ていなければいいんだけど」

「それは当然だよ、お嬢さん。これから人生の共同経営契約書、しかも免責条項のない契約書にサインしようとしているんだから」

「わたし、どう感謝すればいいかわからないわ、お父さん。お父さんの、今日だけじゃなくて、長年にわたる、普通ではあり得ない優しさと寛容さがなかったら、今日の日は迎えられなかったはずだもの。わたしへの心配や腹立ちで頭がおかしくなりそうなときだってあったに違いないのに」

「ああ、けっこう頻繁にあったな」アーサーは小さく笑って応じた。「だが、今日、その責任をあの青年に引き渡せるとあって喜んでいるよ。私を刑務所から出して仕事に復帰させてくれた、おまえを別にすれば唯一それが可能だと信じてくれた青年にな」そして、娘の手を取った。「父親というのは自分の娘にふさわしい男などいるはずがないと例外なく思い込んでいて、それが一人娘であれば尚更だ。しかし、ウィリアムが義理の息子になるのであればこんな嬉しいことはない。もちろん、いまの彼はおまえにふさわしいとは言えないが、この先は必ずそうなるはずだ！」

ベスが笑って言った。「お母さんが言ってたけど、お父さんも彼の独身最後の夜(スタッグ・ナイト)で地元のパブへ行ったんですってね」

「そんなに長居はしなかったさ」

「お母さんはそうは言ってなかったわよ」

「心配しなくて大丈夫だ。首都警察の半分がそこにいてウィリアムに目を光らせていたし、二度は口にできない冗談のいくつかと恐ろしく調子外れの歌のいくつかを除けば、私が彼を家に送り届けたときもまだ充分に素面だったからな。ウィリアムのニックネームを知ってるか？」アーサーが訊いたとき、車がハイ・ストリートへ入り、古めかしいセント・アントニー教区教会が見えてきた。

「少年聖歌隊員でしょ」ベスは答えたが、ウィリアムと二人だけのときに自分が彼を何と呼んでいるかは教えなかった。

今週になって二度、ウィリアムと一緒に結婚式のリハーサルをしに教会へ行ったのだが、そのとき、敬うべき老紳士である教区司祭のマーティン・ティーズドル師は、ゆっくりと式次第を進めながら、全能の神のあらせられるところで結婚の誓いをなすことの重要性を口を極めて強調した。そして、当日に何か手違いが生じたとしても、それは常にあり得ることだという警告で締めくくった。

ロールスロイスが教会の前で停まると、アーサーはもう一度時計を見た。五分遅刻していて、ウィリアムがそろそろ本気で心配しはじめているのではないかと思われた。が、その心配は歓喜の鐘が鳴り響き、花嫁が通路に姿を現わしたとたんに霧消することもわかっていた。

アーサーは車を出ると後部席のドアを開け、降りてきた娘を隣りに立たせた。未婚付き添い（ザ・メイド・オヴ・オナー）女性の長が急いで進み出てきてベスの裳裾（もすそ）を直し、新婦付き添い（ブライズメイド）の女性たちにうなずいて、滞りなくしきたりに従わせた。ベスは父親の腕に自分の腕を絡ませると、メンデルスゾーンの「結婚行進曲」が流れる教会へ入った。

会衆が一斉に立ち上がるなか、ベスはゆっくりと通路を上っていった。左側では学校やダーラム大学の友人が、フィッツモリーン美術館の大代表団に囲まれていた。

ちらりと右に目をやると、信徒席は警察の代表者会議の出席者かラグビーのヴィジター・チームのように見える人々でいっぱいで、そのなかにウィリアムの学校やロンドン大学キングズ・カレッジ時代の友人が散見された。ジノの姿があるのに気づいて、ウィリアムとの最初のデートを思い出し、思わず口元が緩んだ。

さらに通路を歩いていくと、ジャックとジョゼフィーヌのホークスビー夫妻、グレイスとクレア——二人は手をつないでいた——、ポール・アダジャ、そして、ティム・ノックス——彼はベスにうなずいた——の姿があった。そのあと、祭壇へ上る階段のてっぺんに立っているウィリアムが目に入った。裾の長い燕尾服に白いシャツ、銀のネクタイ、ボタンホールにピンクのカーネーションといういでたちで、とてもハンサムに見えた。彼は緊張した笑みをベスに向けたが、それはティム・ノックスがするはずだった講演を目当てにフィッツモリーン美術館へやってきたときに、ベスが最初に気づいたものと同じだった。もしティム・ノックスが病気にならなかったら、土壇場になって代わりを務めてくれと頼まれなかったら、彼と出会うことはたぶんなかっただろう。だれにも、ウィリアムにさえも認めていなかったが、聴衆を前にしての初めての講義は充分に厳しい試練だったし、とてもハンサムな若者が見ているのが、必ずしも絵画だけでないことは助けにならなかった。

祭壇への階段の下へたどり着くと、アーサー・レインズフォードは未婚のわが娘をついに解放し、一歩下がって、信徒席の最前列にいる妻の隣りへ戻った。

ベスは階段を上がってウィリアムのところへ行った。ウィリアムのほうは、自分がとんでもない幸運に恵まれたことがいまだ信じられないかのように、彼女を見つめていた。

「七枚目の最後のヴェールを早くめくりたくてたまらないよ」ウィリアムがささやいた。

「お行儀よくなさい、野蛮人」ベスはたしなめたが、ヴェールに隠れているおかげで顔が赤くなっているのを見られずにすむのがありがたかった。

最後の調べが鳴り響いてオルガンが静かになると、教区司祭がまず花嫁と花婿を歓迎し、そのあとで、ぎっしり埋まった信徒席を見下ろして宣言した。「親愛なるみなさん、私たちが今日ここに集（つど）っているのは、神の御前で、そして、ここにおられるみなさんの前で……」

ベスは式次第を、人生で最も重要な舞台の幕が上がるのを待っている若い女優のように、ほとんどそらで憶えていた。「それゆえに、もしだれであれ男性が」と司祭が言葉をつづけた。なぜ女性ではないのだろうかとリハーサルのときに考えたことをベスは思い出した。「この二人が正当な夫婦として認められないという疑義を正しい根拠を持って提示できるのであれば、いまここでそれを行ない、さもなくば沈黙を守るように」

リハーサルのとき、司祭はこう教えていた——自分はしきたりどおり、一瞬の間を置いてから、「汝はこの女を正当に娶った妻とするか?」と訊くから、と。というわけで、司祭が間を置いたとき、男の声が響いた。「正しい根拠を持って疑義を提示します!」

信徒席はぎょっと驚き、すぐに全員が首を巡らせて、たった一つの声の主を探し出そうとした。ベスが一度しか会ったことのない男が通路へ出ると、もうすぐ彼女の夫になるはずの男性のほうへと確固たる足取りで歩き出し、祭壇へ上る階段の下に着いたとたんに彼を指さしてふたたび口を開いた。「この男は私どもの結婚生活を破綻させる原因を作りました。この女性に誠実であろうとする意図などあるはずもなく、私はそれを証明することができます」

ショックを受けてささやかれる言葉が小波のように広がり、ベスが泣き出すと大きなうねりになった。ウィリアムは新郎付き添い役と二人の案内人を置き去りにし、一歩前に足を踏み出してフォークナーに詰め寄った。

聖職者として四十年以上さまざまな式を取り仕切ってきたティーズドル師も、結婚式のさなかに異議申し立てをされた経験はこれが初めてで、司教に電話して対応策を教えてもらうわけにもいかず、必死で解答を思い出そうとした。

そのとき、サー・ジュリアンが救いの手を差し伸べ、信徒席の最前列からささやいた。「聖具室へ移って、両家の家族、ミスター・フォークナー、そして、師の四者で問題を処理すべく話し合ったらどうでしょう?」

「当家のご家族、それから、ミスター・フォークナー、私がご案内しますので聖具室へ移っていただけますか？」

ウィリアムとベスは渋々祭壇を離れ、司祭に従って聖具室へ入った。花嫁と花婿の両親もやってきて、ウィリアムを告発した男を沈黙のうちに待った。フォークナーはゆっくりと、急ぐ様子もなく姿を現わした。

「改めてお名前をお伺いしたいのですが、サー？」司祭が訊いた。

「マイルズ・フォークナーです」その声は、この前証人席で見せたのと同じ自信を感じさせた。

「つい最近、盗品故買の罪で四年の執行猶予判決を受けている人物です」サー・ジュリアンが補足した。「私の息子が逮捕しました。これは明らかに、逆恨みをしている男が嫌がらせに復讐をしようとしているにすぎません」

「盗品故買の罪で有罪判決を受けたのは事実ですか、ミスター・フォークナー？」司祭が訊いた。

「事実です」フォークナーが答えた。「しかし、その裁判で明らかにされていない事実があり、私が復讐を目論んでここにきたというサー・ジュリアンの主張が私を黙らせる企て以上の何物でもないことを、その事実が証明してくれるはずです。実際、私はキリスト教徒としての義務を果たそうとしているのです」

全員が同時に口を開いたが、ティーズドル師だけは沈黙を守り、双方の告発合戦が一段落するのを待ってこう言うにとどめた。「あなたの話を聞かせてもらいましょう、ミスター・フォークナー。ここは法廷ではないかもしれないが、私たちの前にはそれよりはるかに大きな権限を持つ方がいらっしゃいます。その方が最終的な判断を下されるでしょう」

フォークナーが頭を下げ、師の発言の意味を重く受け止めたことを示した。

そして、重々しく口を開いた。「私はこの男を告発します。この男はこの女性と婚約している身でありながら、私の妻と浮気をしたのです。私の結婚が修復しがたい破綻をきたす原因となった不貞行為です」

少しリハーサルが過ぎたようだというのがサー・ジュリアンの感想で、その台詞（せりふ）の原稿をだれが書いたかは疑いの余地がなかったが、ウィリアムが無実を証明できるかどうかはよくわからなかった。

「ミセス・フォークナーと会ったのは三度です」ウィリアムは抵抗を試みた。「三度とも、警察官としての職務を行なったにすぎません」

「その三度のうちの一度で、モンテカルロの私たち夫婦の家で、私の妻と一夜を過ごしたことを否定できるのか？　私が何も知らずに地球の反対側にいるときに？」

「確かに同じ家で一夜を過ごしたけれども」ウィリアムはきっぱりと言った。「同じベッドではない」

「あの晩、妻と一つのベッドに一緒にいなかったと、神の前で誓えるのか?」

ウィリアムは答えず、今度ばかりはサー・ジュリアンも助け舟を出すことができなかった。

「残念だけど、それは本当のことよ」聖具室の入口で声がした。全員が振り返ると、声の主がそこにいた。クリスティーナ・フォークナーが進み出てきて言葉をつづけた。「あの夜、ウィリアムはわたしの家にお客さまとして泊まり、わたしは彼がベッドに入ったのを見計らって招かれもしないのに寝室に忍び込んで、彼の横に潜り込みました」

アルバート・ホールで初演の夜の演技を披露しているのだとしても、これ以上に観客を引き込むことはできないだろうと思われた。

「拒絶されるのが好きな女性はいません」彼女は小声でつづけた。「でも、ウィリアムはまさにそれをしました。静かに、出口を文字通り指さしたのです。そのときの彼の言葉を忘れることは死ぬまでないでしょう。それはこうでした——『私は瞠目(どうもく)すべき女性に恋をしています。盗まれたレンブラントをフィッツモリーン美術館に返すとたとえあなたが約束してくれたとしても、その女性を裏切る気にはなれません』。そのときのわたしは惨めだったに違いないとお思いなら、ちょっと想像してみてください、いま、神とここにいるみなさんの前で味わわされているのは何でしょうか?」そして、ふたたび間を置いてからとどめの一撃を繰り出した。「あなたが関心をお持ちになるかもしれない、二つの簡単な事実があるのです、司祭さま。その一つは、わたしがウォーウィック捜査巡査部長と出会うはるか以前から、離婚手続きを進めていたという事実です。そして、二つ目は、こちらのほうが重要かもしれませんが、あれ以来、わたしとウォーウィック捜査巡査部長が会ったことはないという事実です。これについては、夫の雇った私立探偵が、間違いないことを確認してくれるはずです」

ベスがウィリアムを抱擁し、そっと唇にキスをした。「わたしのことをレンブラントより大事だと思ってくれているとわかって嬉しいわ。これ以上の結婚の贈り物は考えられない」

フォークナーを除く全員が温かい拍手を送った。そのときまで一言も発していなかったアーサーが一歩前に出たと思うと、かつてアマチュア・レスラーだったときの技術を駆使してフォークナーの一方の腕を後ろへ捩じり上げ、力ずくで裏口へ押していった。そして、空いているほうの手でドアを開け、磨き上げた靴の助けを借りて相手を墓地へ蹴飛ばした。

フォークナーはつんのめるようによろめいて片膝を突いたが、何とか体勢を立て直すと、そのまま歩き去った。その背中に向かって、アーサーが聞こえるように怒鳴った。「私はもう一度、殺人罪で捕まっている。もう一度そうなる原因を作らないでくれ！」そして力任せにドアを閉めると、みんなのところへ戻って司祭の言葉を聞いた。

「復讐するはわれにあり、と主は言っておられます。すなわち、報復という行ないは、主以外はしてはならないということです。フォークナーごとき、復讐を口にすることすら論外でしょう」

花嫁と花婿は縦一列になって身廊に戻り、階段を上って祭壇の所定の位置に着き直した。そこにいる人々の温かい拍手が、聖具室の扉を司祭が閉め忘れていたことを物語っていた。「あの無礼な邪魔が入る前はどこまで進んでいましたかな？」司祭が訊き、笑いとさらなる拍手に迎えられた。「ああ、そうでした。汝はこの女を正当に娶った妻とするか？」

ウィリアムとベスが誓いを交わすと、司祭が宣言した。「いま、汝たちは妻と夫になった。花婿は花嫁にキスを」全員が立ち上がって拍手喝采するなか、新婚ほやほやのウォーウィック夫妻は通路を下っていった。

披露宴ではみながフォークナーの無粋極まる邪魔を悪しざまに言い募ったが、そのあとの祝辞では、さすがにそれを口にする者はいなかった。四時になるとアーサーはふたたび心配が頭をもたげ、新婚旅行へ出発するためのベスの着替えがこれ以上手間取ったら、夫婦は予定している飛行機に乗り遅れてしまい、夫と妻としての初夜を車の後部席で迎えることになるのではないかと、気が気でなくなりはじめた。

ガトウィック空港まで少なくとも一時間はかかることを、ベスには何度も念を押してあったが、娘は今度も父親の警告を無視していた。しかし、その娘が紺と赤のカシミヤの装いで、それにぴったり合う赤いスカーフにベージュの小さなハンドバッグという姿で再登場したときには、すべてを赦す気になった。というわけで、運転手に十ポンドのチップをはずみ、絶対に飛行機に間に合わせるよう、ここでも念を押した。

「しっかりつかまっててくださいよ、サージ」二人が後部席に乗り込むと、運転手が言った。「制限速度を無視することになるかもしれませんからね」

「おい、やめろよ、どうしておまえさんなんだ、ダニー？」ウィリアムは呻（うめ）いた。「今日の悪いことは、本当にこれで最後なんだろうな？」

四十五分後に空港へ着いて出発エリアへ飛び込むと、新婚夫婦は館内放送の声に迎えられた。「ローマ行き〇一九便の最終のご案内を申し上げます。当便にご搭乗のお客さまは三一番ゲートへお急ぎください」

ウォーウィック夫妻は最後の搭乗客のなかにいて、安心できたのは滑走路へのタキシングが始まってからだった。ウィリアムがベスの手を握り締めて離陸を待っているとき、操縦室から機長の案内放送があった。「当便の機長です」友好的な口ぶりだった。「まことに申し訳ありませんが、右側エンジンに小さな不具合があると機関士から報告があり、ゲートへ引き返さなくてはならなくなりました。それゆえ、お客さまには一旦降機していただき、ローマ行きの代替機の手当てができるのを待っていただかなくてはなりません」

客室が不満の呻きに満ちたと思うと、無数の質問が浴びせられたが、乗務員が答えられるものは一つもなかった。

「断言いたしますが、私どもが最優先するのはお客さまの安全です。そう長くお待ちになることなく旅が再開できることをお祈りいたします」

「その機関士ってのがフォークナーだったりして」ウィリアムは頭上の手荷物収納棚からベスのバッグを取り出しながら言った。だが、ベスは笑わなかった。

　乗客は係員に案内されて降機すると、ターミナルへ戻ってラウンジでお茶とビスケットを振る舞われ、次の状況説明を待った。「もう長くお待ちいただかなくてすむはずです」几帳面なスタッフが定期的に繰り返したが、口調はそのたびごとに自信がなさそうになり、ついには航空会社からの公式な情報提供はなくなってしまった。

「申し訳ないのですが、代替機の調達がまだできておりません。明朝のローマ行き第一便にみなさまの席をご用意させていただきます」

「どうやら、ミセス・ウォーウィック、われわれは妻と夫としての初夜を空港のラウンジで迎えることになるみたいですよ」ウィリアムはベスを抱擁した。

「少なくとも、息子への話の種にはなるわね」ベスが言った。

「息子？」

「娘かもしれないけど、ミスター・ウォーウィック、わたし、妊娠しているんです」

10

「ウォーウィックご夫妻でいらっしゃいますか?」

　この呼び方に慣れるまでどのぐらいかかるんだろうと思いながら瞬きをして顔を上げると、機内で見憶えのある女性客室乗務員の顔があった。

「そうだが?」

「奥さまとご一緒に、わたくしといらっしゃっていただけないでしょうか?」

「何なの?」ウィリアムにそっと起こされたベスが眠たそうな声で訊いた。「寝ついたばかりなんだけど?」

「わからない。だけど、航空会社のこの女性についていけば、その疑問が解消されるんじゃないのかな」

　ベスが立ち上がり、冬眠から覚めた動物のように伸びと欠伸(あくび)をしてから、渋々夫と歩き出した。

「ファーストクラスのラウンジに連れていってくれるのかもしれないぜ」ウィリアムはさ

さやいた。

「眠れないソファしかないクラスよりはましね」

「それに、食べ物と飲み物も無料だしね」

「また間違ったわね、まったく大した刑事だこと」ファーストクラスのラウンジの前をそのまま通り過ぎるとベスが言い、結局はターミナルの外へ出ることになった。

　航空会社のロゴマークをつけた送迎車両が待っていて、運転手が後部席のドアを開けた。

「いよいよもって奇妙だな」ウィリアムは訝りながら席に腰を下ろした。

「どこへ連れていかれるのかしら？」ベスが訊いた。

「ローマでないことは確かだ」ウィリアムが応えたとき、車が動き出した。

「ロンドンでもないわね」車が高速道路への標識を無視して田舎道へ左折すると、ベスが言った。

　車はさらに二マイル走って減速すると、両開きの鍛鉄の門を通り抜けて、鬱蒼とした森を貫く、さらに細い小径へ入った。そこを一マイルほども走ったと思われるころ、見事に均整が取れ、正面が蔦に覆われた、蜂蜜色の石造りのジョージ王朝様式の大邸宅が目の前に立ちはだかった。車が正面入口の前で停まると、洒落たグリーンの制服を着た若者が小走りにやってきて、後部席のドアを開けた。

「ウォーウィックご夫妻でいらっしゃいますね、私どもの〈レイクサイド・アームズ・ホテル〉へようこそお越しくださいました」若者が挨拶し、ベスとウィリアムが砂利敷きの車道に降り立つと、つづけて言った。「ご案内いたします」

　大きな樫の扉が開けられ、さらに数歩歩いていくと、黒の上衣にストライプのズボン、銀灰色のネクタイという上品な服装の長身の男が迎えた。まるでベスとウィリアムの結婚式からやってきたばかりのように見えた。

「お待ち申し上げておりました、ウォーウィックさま」男が言った。「ブライアン・モリスと申します、当ホテルの支配人をしております」

　支配人はそれ以上何も言わずに新婚夫婦を案内すべく先頭に立つと、分厚い絨毯を敷いた広い階段を二階へ上がって廊下を進み、両開きのドアの前で足を止めた。金の葉を象った銘板に〈ネル・グウィン・スイート〉と記されていた。支配人はマスター・キイでドアを開け、広い部屋がつながっているスイートに夫婦を招き入れた。ベスとウィリアムの新居となる、フラムのフラットより大きかった。

「ここはブライダル・スイートで、湖を望むことができます」支配人が大きな張り出し窓へ歩きながら説明した。「孔雀が何羽もおりますので、お邪魔をしなければいいのですが」そして、皺一つないナプキンが二組置かれているダイニングテーブルでちょっと足を止めたあと、夫婦を主寝室へ案内した。四人が一度に占領しても、だれも身体がぶつかる心配をせずに気持ちよく眠れるのではないかと思われるほど巨大なベッドが、これ見よがしに鎮座していた。しかし、ガイド付きのツアーはまだ終わりではなかった。案内された次の部屋では、サッカー・チームが一つ、丸ごと入れそうなジャクージと、ウォークイン・シャワーがふんぞり返っていた。

　言葉を失ったまま支配人に付き従って寝室へ戻ると、忽然とスーツケースが現われていて、そこから取り出された二人のナイトウェアがベッドにきちんと準備されていた。アイスバケットにシャンパンが冷えていて、支配人はその栓を抜くと、二つのグラスに注いで客に手渡した。

「ディナーはいつでもかまいません、ご都合のよろしいときに電話でお申しつけください」支配人は言った。「メニューはダイニングテーブルの上にございます」

「死ぬまでここに滞在していいかしら？」ベスが訊いた。

「明朝、ローマへ向かいたいといまもお望みであれば、それは無理かと存じますが、マダム」支配人が答え、お辞儀をして引き下がると、廊下へ出て音もなく両開きのドアを閉めた。

「わたし、夢を見てるのかな？」ベスがグラスを挙げた。「だって、航空会社が、晩足止めされた乗客全員にこんなことをしてくれるとは思えないもの」

「疑問は持ちすぎないほうがいいんじゃないかな、さもないと、空港のラウンジに戻っていることに気づくはめになるかもしれないぜ」ウィリアムはダブルベッドを見て、ベスの上衣のボタンを外しはじめた。

「野蛮人」彼女が言った。

「多少は野蛮なのもいいかもしれないぞ」


「彼女は何を欲しがっているんだ？」フォークナーは訊いた。

「リンプトン・ホールを欲しがっている。家具調度から備品、丸ごとそのままでだ。そこには七十三点の油彩画も含まれている。ただし、きみ自身の像はいらないと言っているけどな」

「敢(あ)えて訊くが、それだけか？」

「彼女の雇人の給与を年に二万ポンド」ブース・ワトソンはつづけた。「さらに、最終的な和解金として百万ポンドを支払うこと、だそうだ」

「本当にそれで終わりなんだな？」

「実はそうでもない。自分の私物はすべて、このまま自分が持っていると主張している。宝石、衣服、などなどだ。それから、メルセデスと、きみの運転手のエディも、自分が使うそうだ。給料はきみ持ちでな」

「ふざけるなと言ってやってくれ」

「もう言ってやったよ、言葉遣いはちょっと違っているけどな」

「いいか、あの女はモンテカルロでウォーウィックと寝てるんだぞ、しかも、いまも愛人同士だ」

「私はそうは思っていない、きみだってわかっているはずだろう、マイルズ。ウォーウィックの結婚式、私が行くなと止めた結婚式で、身をもってな」

「忘れるなよ、あの台本を書いたのはあんただぞ」

「書きたくて書いたわけじゃない」ブース・ワトソンが言った。

「しかし、クリスティーナがあそこにいるとは予想外だったよ」

「きみと違って、招待されていたんだ。二人が愛人同士でない、かなりの証拠になると思うがね」

「いずれにせよ、私はいまもクリスティーナの言い分を呑む気はないからな」

「不当な扱いを受けたと涙ながらに訴える妻と、盗品故買の罪で執行猶予付きの有罪判決を受けた夫と、陪審員はどっちの言い分に肩入れすると思う？」

「それは問題にならないだろう、だって、あんたがたびたび教えてくれているとおり、私に前科があることを陪審員に知らせるのは禁じられているんだから」

「馬鹿げた規則だが、きみに有利なものであることは認めざるを得ないな。もっとも、陪審員のなかに去年の新聞を読んでいる者がいたら、話は別だがね」

「裁判で決着をつけることになると思うか？」

「彼女が提示している条件を飲んで和解する気がきみにないのなら、そうなるだろう」

「戦いもしないで、むざむざあのコレクションを持っていかせるつもりはない」フォークナーは言った。「一生かかって集めたものなんだぞ」

「きみがあのコレクションを手放したくないとしても、マイルズ、見返りなしにクリスティーナがうんと言うはずがない。そして残念なことに、三軒の家とヨットと自家用機を全部合わせても、あのコレクションの価値に及ばない。それに、そもそもクリスティーナは、家にも、ヨットにも、自家用機にも興味がないときている」

「和解の交渉をできるだけ長く引き伸ばしてくれ、BW。もしかするともう一枚、切り札が隠れているかもしれない」


翌朝の十時、二人のスイートに朝食が運ばれ、サイドテーブルに〈タイムズ〉と〈テレグラフ〉が置かれた。

「彼らの最初の過ちね」ベスがにやりと笑みを浮かべて言った。「でも、〈ガーディアン〉を読みたがる客は多くないでしょうからね」

「それを言うなら、〈サン〉もだよ」ウィリアムはそう言って完全版のイングリッシュ・ブレックファストを貪りはじめ、ベスは搾りたてのオレンジジュースを飲みながら、アンドリュー王子とファーギーの結婚の予定についての記事に目を通していった。

十時二十分、ドアに静かなノックがあり、困っているときに突然現われる親切な人のようにモリス支配人が再登場して、敢えて訊いた。

「よくお寝みいただけましたか？」

「最高だったよ」ウィリアムがコーヒーを飲み干して答えた。

野蛮人と結婚したら、よく寝むチャンスなんてほとんどあるものですか、とベスは教えたかったが、口には出さずに胸にしまっておくことにした。

「昨夜、ディナーのご注文がなかったので、一応お尋ねさせていただいた次第です」

「二人とも、ポテトチップとピーナッツで満足しちゃって」ベスは思わず白状した。

「お気の毒ですが、ローマ行きの早朝便にはもう間に合いません。ですが、十二時三十五分の便は何とか予約が取れて、ビジネスクラスへの格上げも航空会社に了承させました。リムジンがお迎えに上がって、空港へお送りすることになっています」

「そりゃそうでしょうよ」ベスは言った。

「いま、何と？　マダム？」

「本当に忘れられない経験をさせてもらったと、そういう意味ですよ。この滞在が記念すべきものになったのは、あなたあってこそです」

「ありがたいお言葉をいただき、恐縮です。では、そろそろ失礼して、ポーターにお荷物を取りにこさせましょう。少しお待ちください」モリス支配人は改めてお辞儀をして部屋をあとにした。

「ウォーウィック捜査巡査部長」ベスが言った。「あなたは定期的に昇任しなくちゃ駄目ですからね」

「どうして?」ウィリアムは無邪気に訊いた。

「だって、そうじゃないと、これに慣れることができないでしょう」ウィリアムは抗議しようとしたが、それより早く彼女が付け加えた。「でも、とりあえずは年に一度、結婚記念日をこの部屋で過ごすことでよしとしてあげる。ただし、一生ですからね」


「お二人はいま、お発ちになりました、サー」支配人は自分のオフィスの窓の向こう、車道を下って消えていくリムジンを見送りながら報告した。「私どもがあなたさまの指示を寸分の違いなく実行したことが、間もなくおわかりいただけると思います」

「もうわかっているよ、ミスター・モリス。私の娘が数分前に電話をしてきて教えてくれたからね。あの二人がエンジン・トラブルで足止めを食らい、航空会社はその埋め合わせをするために格別の努力をしてくれたそうじゃないか」

「そう言っていただけるとは、何にも優る喜びです、サー。それで、請求書はどちらへお送りすればよろしいでしょう?」

「メリルボーンの私のオフィスへお願いする。宛名はアーサー・レインズフォード、親展と記すのを忘れないようにしてくれよ」

ラモント警視が机の上の電話を取ると、パブリックスクールの訛りのある声がスコットランド人の耳を引っ掻いた。

「定期連絡の電話です、サー」

「責任者としての仕事を愉しんでるか、アダジャ捜査巡査？　ウォーウィック捜査巡査部長がハネムーンで留守にしているあいだだけだとしても？」

「徹頭徹尾、楽しんでいます。ところで、捜査巡査部長の帰りが遅れる可能性はないんでしょうね、サー？　というのは、彼が帰ってくるまでに事件を解決できればと考えていたんですが」

「その可能性はないな」ラモントは答えた。「ついさっきウォーウィックから電話があって、ラシディが住んでいる場所がわかったかどうか知りたくてならない様子だったから、それを加味すると尚更だ」

「やっぱりそうですか」

「その線についてだが、何か進展はあったか？」ラモントはポール・アダジャの感想を無視して訊いた。

「空港の三つのターミナルすべてに目を光らせろという警視の考えは正解でした。今回、ラシディは第三ターミナルから入って、最終的には第一ターミナルへ行ったんです」

「そこからどこかへ行ったのか？」

「ダークブルーのＢＭＷが迎えにきていて、オックスフォードシャーのリトル・シャルベリーという村へ送っていきました」

「やつの家は突き止めたのか？　ウォーウィック巡査部長がまた電話してくるかもしれないから、一応訊くんだが？」

　ポール・アダジャが笑い声を上げた。「家なんてものじゃありませんよ、サー、城と言っていいぐらいです。自前の濠と吊上げ橋までついていて、敷地は千エーカーを超えているはずですし、一番近い隣家と少なくとも一マイルは離れています」

「それなら、おまえたちがやろうとしていることを現地警察に説明するのはやめておいたほうがいいな。それだけの大金を好きに使っているわけだから、おこぼれに与っている不届き者の一人や二人いても不思議はないし、少なくともやつに怪しまれるのは避けるべきだ」

「警察といったって、年寄りの巡査が一人いるだけで、それより年上なのは彼の自転車だけです」

「警備は？」

「最先端を行っていて、それにさらに手が加えてあります。敷地は高さ十フィートの壁にぐるりと囲まれ、壁のてっぺんに有刺鉄線が張り巡らされて電流が流れています」

「犯罪者というのは、いざ自分自身の身の安全と持物を護るとなると、善良な人々よりも厳重な予防措置を講じるものだからな」ホークスビー警視長が初めて電話に加わった。

「やつの薬物製造工場がその敷地内にある可能性はどうだろう?」

「それはないと思います、サー」ポールが答えた。「一番の理由は、工場があったら、配送センターも造らなくてはならず、材料が運び込まれたり、製品が運び出されたりするところを村人に見られずにすむはずがないからです。ですが、とりあえずはここにとどまって、噂(うわさ)とか風聞とか、その手のものが耳に入るかどうかやってみます」

「よし」ラモントは言った。「明日の午前中、首都警察のヘリを飛ばして、敷地内を空から偵察してみるとするか。まあ、いまのおまえの話からすると、犯罪に手を染めている確たる証拠はつかめないかもしれないな。そこは成功している茶葉輸入会社の会長という表の顔を世間に見せるための道具として使われている、というのがおれの見立てだ」

「ところで、やつを空港へ送ったタクシーはどうした――いまはどこでどうしている?」

ホークが訊いた。

「チズウィックに戻っています、運転手の自宅です」ジャッキーが答えた。「調べてみましたが、登録されている公認タクシーの資格を持った、まっとうな運転手です。ですが、金曜日は一人しか客を乗せません。午後四時二十分にシティへ迎えに行き、五時ごろにボルトンズで降ろします。そのあと、二時間後にその客を乗せてヒースロー空港へ向かい、週ごとに異なるターミナルで降ろします。彼のタクシーにはもう追跡装置をつけましたから、以降、すべてのターミナルに常に人を配置する必要はありません」

「それを許可したのはついさっきだぞ」ホークが言った。「装置をつけたのはそのあとなのか？　それとも、独断専行したのか？」

「四時間ほど前に独断でやったかもしれません」ジャッキーが認めた。

「そういう間違いは二度とするな、ロイクロフト捜査巡査。法廷に引っ張り出されて、作戦全体が危殆（きたい）に瀕（ひん）する恐れがあるほどのことだからな。これからは規則通りにやるんだ、さもないと、気がついたら地域巡回に逆戻りしているかもしれないぞ」

「肝に銘じます、サー」ジャッキーはそう答えたが、受話器を置いたあとで付け加えた。

「でも、犯罪者は別の規則に従って仕事をしているんですよ、サー、お忘れでないといいですけど……」


「やつの工場を突き止めることはできたのかな？」ウィリアムは大きな大理石の貴婦人に向かって言った。

「二週間ぐらいあなたがいなくたって、あの人たちのことだもの、絶対に大丈夫よ、捜査巡査部長さん」ベスがガイドブックを見ながら応じた。

「そういうことなら、午後の予定を教えてもらえるかな？」ウィリアムは多少の後ろめたさを感じながら訊いた。

「ボルゲーゼ美術館へ行きましょうよ。ベルニーニの最高傑作三点と、忘れられないラファエロに会えるわよ。それに――」

「ティツィアーノの『聖愛と俗愛』にもだ」

「製作年は？」

「一五一四年」

「あなたがキングズ・カレッジで美術史を専攻したのを忘れるときがあるのよね、昼は陸上競技のトラックを延々と走りつづけて、夜はアガサ・クリスティに読み耽るのを見てるとね」

「正しくはジョルジュ・シムノンだ。それに、フランス語で読んでる。で、ダ・ヴィンチとミケランジェロにお目にかかれるのはいつなんだろう？」

「少しは落ち着きなさいよ、野蛮人。まだ一週間あるんだから、その二人にお目見えするには充分でしょう、私見では史上最も偉大といっていい芸術家にね」

「どっちかと言えば、ぼくはカラヴァッジョに肩入れしたいんだけどな」

「だったら、もうご存じでしょうけど、彼の作品のうちの十一点を、まさにこのローマの美術館や教会で観ることができるのよ。でも、教えてほしいんですけど、ウォーウィック捜査巡査部長、もし一六〇六年に戻れたとして、彼が酒場での口論がもとで殺人を犯したとき、あなただったら逮捕して絞首刑になさる？」

「もちろんだ」ウィリアムは答えた。「ぼくは教皇パウロ五世のような強欲な偽善者じゃないからね」

「あなたが当時の教皇でなくてよかったわ」ベスが言った。「さもなかったら、いまのわたしたちは、彼の十一点の傑作のうちの九点を観ることができなかったんだもの」


「ホークはわたしたちがこういう関係なのを知ってるかしら？」ジャッキーは訊いた。

「知ってるさ」ロス・ホーガンが答えた。「だから、きみをおれの連絡係(リエゾン・オフィサー)にしたんだ」

「でも、ほとんどの人はあなたが警察を辞めたと思ってるわよ」

「おれの母親までそう信じてるよ。だけど、それもホークスビーの計画の一部だったんだ。とても多くの新人警察官が奉職二年以内に退職するし、しかも、あっという間に忘れられてしまうだろ？」

「でも、長期の囮捜査官になると決めるのは大変だったんじゃないの？　それによって生じる危険を考えれば、並大抵の覚悟じゃできないことだもの」

「おれは昔から一匹狼(おおかみ)だったから」ロスが答えた。「ホークはおれの経歴から早い段階でそれに気づいて、囮捜査官に仕立てようと決めていたらしい」

「それで、報酬はどのぐらいなの？　超過勤務手当はもらえるの？」

「それはおれが決めることじゃない。だけど、チューリップが〈スリー・フェザーズ〉の常連であることは突き止めたし、あと何人かの売人の名前も、かなり近い将来に付け加えることができるはずだ。しかし、これぱっかりは急ぐわけにいかない。囮捜査官にとって、忍耐は美徳ではなくて必須なんだ。生きていたければ尚更だ。おれが麻薬取締班じゃないかと、あのろくでなしどもの一人に一瞬でも怪しまれたら、今度きみと会うときのおれは、早朝の上げ潮の川に浮かんでいることになるだろうからな」ロスがジャッキーの腿の内側に手を入れた。

「まだよ」ジャッキーはその手をどかした。

「だけど、もう何週間もしてないじゃないか」

「わたしを騙そうとしたって駄目。ホークはあなたの最新報告を受け取り、よくやったと伝えてくれとまでわたしに言ったわ。でも、ラシディの殺人工場の所在を突き止めろという命令を伝えてくれとも頼まれているのよね」

「それにはもう少し時間がかかるかもしれない。というのは、こいつは信用できる、裏切ることはないと絶対的な確信に至るまで、ヴァイパーはだれであれ人を招き入れない。おれはまだ下っ端もいいところの使い走りにすぎないから、一夜にしてやつに信用されるのは難しいと思う」ロスはジャッキーを抱えると、優しく胸にキスをしはじめた。

ロスの舌が貪るように胸から下へ向かい出すと、ホークが答えを知りたがっていたもう一つの質問をするのを、ジャッキーは束の間忘れた。全身の力が抜けていき、ロンドンのこともイギリスのことも、とりあえずどうでもよくなった。ことが終わると、ロスはすぐにベッドを降りて服を着はじめた。

「シャワーは浴びなくていいの?」ジャッキーは訊いた。

「そういうことが必要な仕事じゃないんでね」ロスが平然と答えた。

そのとき、ジャッキーは危うく思い出した。「エイドリアン・ヒースという売人から目を離さないようにしてくれって、ボスが頼んでいたわ。あなたがこの前届けてくれたリストに、彼の名前があったのよ。何を目論んでいるか突き止める努力をして、情報を絶やさないようにしてくれって」

「どうしてそいつが重要なんだろうな。その理由について、ホークは何か手掛かりを与えてくれたか?」

「あの人は手掛かりなんか与えないわよ、与えるのは命令だけ」

「そうだな、愚かな質問だった」ロスが認め、窓を押し開けた。

「今度予告なしに現われるときは、必ずノックをしてよね」

「どうして?」非常階段に出ようとしていたロスが訊いた。

「わたしがほかの男の人とベッドにいるかもしれないでしょ」

11

　サー・ジュリアンが机から顔を上げ、向かいに立っている依頼人に微笑した。

「ご主人はリンプトン・ホール――そこにある絵画コレクションは別です――と、イートン・スクウェアのフラット――ローンの返済までわずか九か月です――をあなたに譲渡し、年間の使用人にかかる費用として一万ポンド、和解料として五十万ポンドを支払うとのことです」

「わたしはどう対応すべきでしょう？」クリスティーナは訊いた。

「リンプトン・ホールとイートン・スクウェアのフラットは応諾し、使用人にかかる経費は年間一万六千ポンド、和解料八十万ポンドから鐚一文負からないと、そうおっしゃるべきでしょう。結局のところ、あなたは誠実な妻として長年生きてこられたわけで、そういう慣れ親しんだ生き方をつづけられるよう保障するのは、夫としての倫理上かつ法律上の責任なのですからね」

「きっとあなたは人生を愉しんでいらっしゃるんでしょうね、サー・ジュリアン」

「それがそうでもないのですよ、マダム。私の人生は依頼人の代理として受託義務を実行することで手一杯で、それ以上のものではありません」

「でも、絶対にそれ以下でもないわよね」

サー・ジュリアンは苦笑せずにいられなかった。ミセス・フォークナー自身に興味はなかったが、彼女といると常に楽しいことは認めざるを得なかった。「伺っておかなくてはならないのは」勅撰弁護士はつづけた。「最終的に和解するための条件として、ミスター・フォークナーの絵画コレクションに、あなたがどれだけ強い思いを抱いておられるかです」

「これ以上無理だと言っていいぐらいの強い思いを抱いています」クリスティーナが答えた。「実際、それが受け容れられなければ、交渉をご破算にしてもいいと考えています」

「美術に特段の関心はないと極めて明白におっしゃっていましたが、あのときそう言われた理由をお尋ねしてもよろしいですか？」

「離婚が確定したと裁判所が判決を下してくれたら、すぐに全作品をオークションにかけます。マイルズはそれらを買い戻したいという欲望に抵抗できないでしょうから、相当な高値で買い戻させ、散財させてやりたいんです」

サー・ジュリアンは答えのわかっている質問を回避し、こう言うにとどめた。「では、リンプトン・ホールの絵画コレクションも離婚の条件だと、私は頑強に主張することになりますね」

「七十三点、全部でないと駄目です」クリスティーナが強調した。「それから、複製や贋作を押しつけようなんて手間は省いたほうがいいと、マイルズに教えてやっていただいてかまいません。そんなことをしたとわかったら、その瞬間にわたしはホークスビー警視長に電話するからって」

　サー・ジュリアンは口元が緩みそうになるのをこらえた。「和解に関して、ほかに質問はおありですか、ミセス・フォークナー？」

「一つだけあります。相手側はあなたの手数料を持つことに同意しましたか？」

「しました」

「そういうことなら、これからも助言を乞いに定期的に足を運ばせてもらいますね、サー・ジュリアン。必ずしもマイルズについてのことではないかもしれないけど、彼のほうは常に気にすることになるでしょうからね」

　ウィリアムの机の電話が鳴りはじめ、ジャッキーは部屋の反対側へ急いだ。

「ロイクロフト捜査巡査です」電話が切れた。

「たぶん、ウィリアムの昔の同級生だろう」ラモントが言った。「残念ながら、ウィリアム以外と話す気がないらしい」

「またかかってきたらどうします?」

「それまでにウィリアムが戻ることを祈るしかないな」

「戻らなかったら?」

「そのときは、ハネムーンの邪魔をするかどうかを決めるという、だれもしたがらない仕事をおまえさんが引き受けることになる」


ウィリアムはシスティナ礼拝堂の天井を見上げていた。ガイドブックによれば、それが西洋美術の歴史を変えたと学者たちは考えていた。

「ミケランジェロはこのフレスコ画を完成させるのにどのぐらいかかったのかしら?」ベスが訊いた。

「一五〇八年から一五一二年まで、倦むことなく作業をつづけた」ウィリアムは答えた。

「気の毒なことに、その間のほとんどを、ぞんざいに組まれた足場の上で仰向けのまま過ごさなくちゃならなかった。完成したときには、事実上身体が不自由になっていた。それだけの時間がかかったんだから、教皇ユリウス二世が画料を分割払いにしたのも仕方がなかったのかもしれないな」

ベスはその事業の途方もない規模に呆然とする思いで、首が痛くなるまで、天井から目を離すことができなかった。

「大きな鏡を借りて、それに映して観ることもできたんだぜ」ウィリアムは言った。

「絵葉書も買えたわね。ローマのあちこちにたくさんの傑作がなかったら、毎日、あなたに引きずり出されるまでこの礼拝堂にくるんだけどな」

「毎朝早くからできる、熱心な観覧者の長い列に並ぶことになってもか？」

「この二つとない傑作を完成させるために、ミケランジェロは四年も仰向けで過ごしたんでしょ？　彼の記念碑的偉業に敬意を表するためなら、二時間ぐらい、喜んで並ぶわよ」


ウィリアムの机でまた電話が鳴った。午前中、三度目でなかったら、ラモントは無視したはずだった。

「出ろ」彼は苛立って急かした。「かけてきたのがだれだろうと、ウィリアムはまだハネムーンの最中だなんて教えるんじゃないぞ」

ジャッキーが受話器を上げて応えた。「ウォーウィック捜査巡査部長はいま、電話に出られないのですが」

「大至急、彼と話さなくちゃならないんだ」

「わたしがお聞きして、彼に伝えることはできますが」

「フォークナーからディナーの注文がきたと伝えてくれ」

「それだけでよろしいですか？」

「一時間後にまた電話する。そのときは彼に電話の前にいてもらいたい。フォークナーを現行犯逮捕する以上に重要なことがあるとは思えない」

「一時間後に電話に出るのは不可能です」ジャッキーは言ったが、すでに電話は切れていた。

髭を剃り終えたちょうどそのとき電話が鳴り出し、ウィリアムはベスを起こしたのではないかと心配しながら内線電話の受話器をつかむと、声を抑えて応えた。

「もしもし」

「ウィリアム、ジャッキーよ。あなたの昔の同級生からたったいま電話があって、フォークナーがディナーの注文をしたと伝えてくれって頼まれたの。どういう意味かはわからなかったけど。それで、そのことについて、あなたと大至急話さなくちゃならないんだと言っていたわ。今度電話があったら、あなたの電話番号を教えてもいい？」

「もちろん。できるだけ早く連絡をくれと言ってもらってかまわない」ウィリアムは相変わらず抑えたままの声で告げて受話器を戻した。

寝室に戻ると、眠たそうなベスが訊いた。「女性ね？」

「そうだけど、きみが心配することには絶対にならない女性だよ」ウィリアムは答えてベッドに腰を下ろし、彼女のお腹にそっと耳を当てた。「何か聞こえるぞ」

「男の子かしら？」

「いや、女の子だな」

「どうしてわかるの？」

「ぶつぶつ不満を漏らしているからさ」

「それは人生であなた以外に一人しかいない男性と、さらに一日をわたしが過ごすのをあなたが嫌って、わたしとお腹の子の意向を無視して帰りたがっているからよ」

「それはつまり、きみの今日の予定はそれだってことか？」

「そうよ。もう一度システィナ礼拝堂へ行きたいの」

「いいけど、きっと行列ができてるぜ」

「わたしが列に並んで入場券も買っておくから、あなたは二時間遅れで合流すればいいわ。そうすれば、電話の相手をわたしに知られる心配をせずに、仕事場からのメッセージを受け取れるでしょ。どんなメッセージか知らないけど」そう言い捨てて、ベスはバスルームに消えた。

「いいお知らせですよ、ミセス・フォークナー」サー・ジュリアンが言った。「こちらが提示した直近の条件を、相手側が全面的に受け容れました。これで最終的な和解が成立するということです」

「あのマイルズが、リンプトン・ホールの絵画コレクションのすべてをわたしが所有することに同意したんですか?」クリスティーナは納得していないようだった。

「一点の例外もなく、です。すでに目録が届いていますから、コレクションがすべて揃っているかどうか、あなた自身の目で確認してください」サー・ジュリアンが二ページからなる書類を差し出した。

クリスティーナは目録を慎重に検めていき、ようやくフェルメールにたどり着いたところで懸念を口にした。「複製に決まっているわ」

「そうおっしゃるのではないかと思っていました」サー・ジュリアンが応じた。「それで、あなたに指示されたとおり、すでにブース・ワトソンに警告してあります。〈クリスティーズ〉の専門家が本物かどうか鑑定し、本物であることが証明されてからでないと、法的拘束力を持つ書類には一切サインしない、とね」

「それで、向こうは何と答えたのかしら?」

「それは当然のことだと自分の依頼人も考えている、と」

「そんなの信じられるものですか」クリスティーナは言った。「マイルズがこんなに簡単に諦めるなんてあり得ないもの」そして、しばらくして付け加えた。「何か企んでいるに決まっているわ」

一時間が過ぎたが、エイドリアンから電話はなかった。常に主導権を握っていなくてはならないと感じて、勿体をつけているのかもしれなかった。ウィリアムは数分おきに時計を見たが、電話は頑なに沈黙を守っていた。ベスの恨みを買うのを覚悟してシスティナ礼拝堂へ行くのを取りやめにすべきか、それとも、このまま一緒に行って、問題のない一日を過ごすべきか、迷うところだった。上衣を着ようとしたそのとき電話が鳴り、ウィリアムは二度目の呼出し音より早く受話器を取った。「ウィリアム・ウォーウィック」

「リンプトン・ホールでの土曜のディナー・パーティのメニューを知りたがってたよな」

ウィリアムはさえぎらなかった。「まずは最高級の、逸品以外の何物でもないマリファナ、それにつづく主菜はコロンビア産の純度九十六パーセントの最高級コカインだ」相手が間を置いた。「これで二百ポンド上乗せだな」

「満額払うよ」ウィリアムは言った。「だけど、おまえが物を届けてからだ」

「おれは土曜の七時にリンプトン・ホールへ行くことになってるから、八時ごろにはおまえと会って、おまえの金を受け取れると思う」

おれの金じゃないけどな、とウィリアムは内心で独りごちたが、実際にはこう口にするだけで満足することにした。「フォークナーにドラッグを売ったと、法廷で証言してもらえるんだろうな？」

「たぶん、大丈夫だと思う。だが、条件を話し合う必要がある。証言することに同意したら、おれは二度とイングランドで仕事ができなくなるわけだから、何であれ相応の対価は支払ってもらわないとな」相手は〝じゃあな〟とも言わずに電話を切った。

すぐさまラモントに電話をして報告を終えると、ウィリアムは急いで部屋を出た。まだ間に合う自信はあった。だが、「アダムの創造」に集中するのは難しく、〝マイルズの没落〟のほうが気になるのではないかとも懸念された。

「たったいま、ウィリアムから電話がありました」ラモントは報告した。「昔の同級生との会話の内容を説明してくれたんですが、私としては、土曜の夜は最大規模の作戦を展開することを薦めます。その強襲に立ち会えないウィリアムには気の毒ですが」

「ベスがまずはウィリアムを殺し、次に私を殺そうとする恐れがなかったら」ホークが言った。「ハネムーンを途中で切り上げて帰ってくるよう頼むところだが、仕方がない。ブルース、きみの作戦を詳しく教えてくれ。私から警視総監に説明するから、そのつもりで頼む」

「リンプトン・ホールの捜索令状はすでに取得してあります……」

「予定はあと二日あるけど、早めに切り上げて帰るほうがいいんじゃないの?」ホテルへ戻りながら、ベスが提案した。

「それはないって」ウィリアムは答えた。「ハネムーンは人生で一度しかするつもりがないし、そのうちの一日だって、マイルズ・フォークナーと一緒に過ごすつもりはないよ」

「でも、あの男を逮捕するチャンスは二度とないかもしれないし、電話がかかってくるまで十日も生き延びたじゃない」ウィリアムは応えなかった。「今度の土曜の夜、あなたはカンポ・デ・フィオリでわたしとまたスパゲッティを食べるんじゃなくて、リンプトン・ホールでフォークナーと過ごしているほうがいいんじゃないかって気がしてるのはなぜかしらね?」

「だから、それはないって」ウィリアムは改めて否定したが、さっきと同じぐらいはっきりした確信のある口調とは言えなかった。

「あなたは意外に思うかもしれないけど、ウォーウィック捜査巡査部長、わたしたちの結婚を阻止しようなんて馬鹿げた企てをしてくれたあの男が鉄格子の向こうに閉じ込められるのであれば、それを喜べないとはわたしはもう思えなくなっているの」

「だけど、あの二人の離婚が成立したら、すぐにもフォークナーのコレクションの何点かがフィッツモリーン美術館の手に入るのを、きみはいまも期待しているんだろう」

「特に欲しいと思っているのは一点だけよ」ベスが答えた。「白状するけど、それを展示できれば、美術館の価値が上がるの。でも、実際に展示された実物をこの目で見ないことにはね」

「ぼくの知らないところで何を企んでいたんだ?」

「わたしの新しい親友のクリスティーナ・フォークナーが、離婚が成立したらすぐに、リンプトン・ホールにある七十三点の絵のどれでも、第一番にフィッツモリーンに選ばせてくれるって約束してくれているの。わたしが目をつけてるのは、フェルメールの小振りだけれどもとても繊細な美しさを持っている、『レースを編む女』なの。フィッツモリーン美術館の南口をとても優雅にしてくれるんじゃないかしら」

「彼女が夫より誠実で、ちゃんと約束を守るだろうと考える根拠は何なんだい」

「あなたのお父さまが彼女の弁護士で、クレアが同意書を作成しているからよ。わたしたち、いまは一つのチームなの」

ウィリアムはコンシェルジェのデスクで足を止めた。

「お帰りなさいませ、シニョール、ご用向きを承ります」

「いまから一番早いロンドン行きの便の座席を二枚、予約してもらいたい」

ウィリアムは客室乗務員がドアを開けるや否や首輪を外された猟犬のように隙間から飛び出し、走りに走って公衆電話の列にたどり着いた。

「いま、どこだ?」ラモントが訊いた。

「ガトウィック空港です。一時間ほどで合流できると思います」

「ベスはどうなんだ、さぞかしご機嫌斜めなんじゃないか?」

「帰ろうと言ったのは彼女です。いずれにせよ、仕事のせいで腰に問題を抱えた紳士がいて、彼に会うためにもう一度行きたいと考えてはいますけどね」

「そういうことなら、跪(ひざまず)いて祈るよう、彼女に言ってやれ。この仕事を成功させるには、万能の神の助けが必要になるかもしれないんでな。ともかく、可及的速やかにここへ戻ってこい」

　ウィリアムはその足で入国審査を待つ列の先頭に出ると、身分証明書を提示した。係官はパスポートを一瞥(いちべつ)しただけですぐに通してくれた。荷物は自分が面倒を見ると言ってくれたベスのおかげで、コンベアに載ってくる荷物を待つことなくガトウィック・エクスプレス乗り場へ直行することができた。三十分後、列車がヴィクトリア駅に停まると、だれよりも早く改札を出てスコットランドヤードへと走った。自動ドアが開くと、エレベーターには目もくれずに階段を六階へ駆け上がり、一目散に警視長のオフィスを目指した。

　廊下を走っていると、出くわす同僚が例外なく妙な顔をすることに気づき、そういえば花柄の開襟シャツにジーンズ、スリップ-オン・サンダルという格好のままだったと思い出した。だが、ウィリアムがほんの数時間前まで華氏九十度のローマを歩き回って楽しんでいたことを、彼らが知っているはずもなかった。警視長のオフィスのドアをノックし、少し間を置いて、息を整えてから入室した。とたんにチーム全員が一斉に立ち上がり、拍手の代わりに掌でテーブルを叩いて歓迎の意を表わした。

「坐ってくれ」騒ぎが静まるのを待って、ホークスビー警視長が言った。「きみのおかげで、副総監から作戦開始の正式な許可が出た。それで、明日の夕刻、フォークナーの自宅に最大規模の強襲をかけると決まった。そのときのきみの役目はしっかりと考えて私の頭に入っているが、容疑者逮捕の任務を遂行するには、その服装はふさわしいとは言えないな。たとえイタリアの警察でも、いい顔はされないはずだ」

12

ウィリアムはタクシーの後部席に坐り、ラモント警視がやってくるのを待った。

昨日の警視長のオフィスでの最終作戦会議は三時間以上つづき、詳細な点まで一つ残らず議論し尽くして、それを三度繰り返してようやく終わったのだった。

その後、ラモントは大食堂（カンティーン）の隅のテーブルで昼食を食べながらも、スープが冷めるのもお構いなしに作戦の再検討を行ない、いかなる瑕疵（かし）もないことを確認した。ウィリアムはわかっていたが、この上司に〈青の時代作戦〉の失敗を繰り返す余裕は――スコットランドヤードでの日々をどう終わらせるかを考えれば――なかった。

五時を過ぎてすぐ、ラモントがウィリアムの待つ偽装タクシーに乗り込んできた。運転席で待機していたダニー・アイヴズは、行先を指示されるまでもなかった。すでに昨日のうちに試走を終えて、二人を降ろす地点までも選び出していた。アダジャ捜査巡査、ロイクロフト捜査巡査、そして、カメラマンは二台目のタクシーにいて、ダニーが動き出すのを待っていた。

二台のタクシーはスコットランドヤードを出ると、M４のほうへと西を目指した。リンプトン・ホールまで五マイルのところで、ダニーはガソリンスタンドへ寄った。燃料の心配があるわけではなく――プロとして、そんなへまをすることはあり得なかった――、太陽がもっと西へ進んでから目的地までの最終行程を始める必要があるからだった。

ジャッキーが車から出てきて足を伸ばし、ウィリアムは売店で〈キットカット〉を買った。空腹のせいではなく、時間を潰すためだった。ガソリンスタンドを何周かしたあと、ラモントがようやく言った。「行くぞ」

こんなに緊張したことは、ウィリアムはこれまでなかった。いまや、すべては自分の連絡員、すなわちエイドリアン・ヒースがもたらした情報の信憑性に懸かっていた。もしヒースが現われなかったら、作戦を丸ごと中止してスコットランドヤードへ帰り、そこで報告を待っているホークの怒りをまともに食らうことになる。その責任を負うべき人間は一人しかいないことを、ウィリアムはわかりすぎるぐらいわかっていた。身分証の肩書が〝捜査巡査部長〟からただの〝巡査部長〟になり、制服からその徽章が外されるのだ。

二台の偽装タクシーは少し走っただけで高速道路を下りると田舎道に入り、一マイルかそこら進んだところで道を外れて、雑木林に入って停まった。そこから、リンプトン・ホールをはっきり見ることができた。ラモントはすぐさま一台目のタクシーを降りると、急いで双眼鏡を構え、正面ゲートに焦点を合わせた。

「完璧だ、ダニー」彼は言った。「われわれは敵が見えるが、敵にはわれわれが見えない」

二台目のタクシーに乗っていたカメラマンが、樫の木をよじ登って枝のなかに隠れた。いまの彼は道路をはっきり見通せるだけでよく、明日の朝、警視長のオフィスでの事後説明会議で顔を合わせるまでは、みんなに見せるものは何もなかった。もっとも、いま明日のことを考えているのは彼だけだったが。

ラモントは道路の反対側の畑へと双眼鏡を巡らした。四台のパトカーと窓のない黒の大型ヴァンに乗った警察官が、納屋の陰に隠れて出番を待っていた。

「どうやったらあんなことができるんです？」ウィリアムは訊いた。

「たまたまあの畑の持ち主がベンチに坐っていて、何と言うか、昔からフォークナーをよく思っていなかったようなんだ。大喜びで協力してくれたよ」

ジャッキーが無線を持ってやってきた。「偽装タクシーはすべて地元の鉄道駅に到着し、駐車して、フォークナーの客のだれかが万一鉄道でやってきた場合に備えて待機しています」

「その心配はたぶん無用だ」ラモントが言った。「犯罪者が移動に列車を使うことは滅多にない。あいつらだって捕まる可能性が高い状況にわざわざ身を置きたくはないから、なるべく人目につかない手段を取りたがる。だとしたら、列車はまず選択肢から外される」

「警視長はいま、どうしておられるんですか？」

「自分のデスクでじりじりしながら報告を待っているよ。ここへ出張ると言って聞かなくて、思いとどまらせるのにほとほと手を焼かされた」

「ウィンストン・チャーチルもジョージ六世王を相手に同じ苦労をしたようですよ、Dデイのときですけど」ウィリアムは言った。

「そうだとしたら、多少の慰めにはなるか。まあ、ささやかな、という条件付きだがな」

緊張と不安を紛らわせる、スコットランド人ならではの乾いたユーモアだった。車に戻ると、ダニーだけはリラックスしているようだった。

「机上の計画では、ウォーウィック捜査巡査部長、そろそろおまえの元同級生の車があの丘の上に姿を現わし、フォークナーに物を届けることになっているんだが、もしそうならなかった場合」ラモントが口調を変えて付け加えた。「ホークの命令は明白かつ一つだけ、中止、だ。フォークナーを有罪にするに足る確実な証拠が届けられない限り、やつの屋敷を強襲することはない」

「プレッシャーをかけないでくださいよ」ジャッキーが小声で言い、ウィリアムは時計を見た。十八時四十七分。

誰一人口を開かず、全員が同じ方向にじっと目を凝らして、車が現われるのを待ち兼ねていた。エイドリアンはおれと会うときは時間にいい加減だったかもしれないが、フォークナーのような大事な客の場合は時間を守らないはずがない。数分が過ぎて、ウィリアムは安堵の吐息を漏らした。赤いＭＧＢが自分たちのほうへ向かっているのが見えた。双眼鏡で確かめると、ハンドルを握っているのは間違いなくエイドリアンだった。ウィリアムたちの前を通り過ぎたときは、七時を何分か過ぎていた。

ラモントが目で追っていくと、車は正面ゲートに着いて一旦停止した。門衛詰所から門衛がクリップボードを手に現われ、ヒースとちょっと言葉を交わしてから門を開けた。ＭＧＢは長い車道（ドライヴ）を上がって見えなくなった。

ラモントは無線を取って通信ボタンを押した。「昔の同級生が到着して敷地内に入りました」

「了解、サー」

「出てきたら、すぐに連絡をくれ」

ラモントは木々のあいだをうろうろと歩き回らずにいられなかった。作戦の成否が自分の手から離れてしまって気持ちが落ち着かず、言うべき言葉はこれしか残っていなかった。

「サンドウィッチは忘れてないだろうな、ジャッキー？」

「もちろんです、サー。チーズとトマトがいいですか、それともハムにします？」

「チーズとトマトだ」

「ウィリアムは？」

「いや、結構」ウィリアムは答えた。思い出してみれば、カンポ・デ・フィオリのレストランでベスと食事を愉しみ、リングイネ・アッレ・ヴォンゴレを食べて、ピエモンテの葡萄で造ったワイン、バローロを堪能してから、まだ四十八時間と経っていなかった。

二十六分後、ゲートがふたたび開いて、エイドリアン・ヒースの車が戻ってきた。全員が固唾を呑んで見守るなか、その車は徐々に近づいてきたと思うと、ウィリアムたちが隠れている前を通り過ぎて丘の向こうへ走り去った。ラモントは警視長に無線で情報を更新した。

「机上の予定では」ホークが言った。「次にやってくる車に乗っているのは最初のディナー客だ。全員が姿を見せるまで、無線は使わないこととする」

長く待つまでもなく、緑色のジャガーが通り過ぎていったが、灰色のスモーク・ウィンドウのせいで、後部席にいるはずの客の姿はまったく見えなかった。

「後部席の窓が素通しなら、客は隠すものがないということだ」ラモントが言った。

「フォークナーの友人で、隠すものがないやつなんてそんなにいないと思いますよ」ウィリアムは手帳に車のナンバーをメモしながら言った。さらに三台の車が間を置かずに通り過ぎていき、ウィリアムの手帳のナンバーが三つ増えることになったそのとき、ふたたび無線が鳴った。地元の鉄道駅の臨時雇いのポーターからだった。

「どうした、アダジャ捜査巡査」ラモントが応えた。

「客の一人がたったいま、ウォータールー駅からの列車で七時三十二分に到着し、われわれの最初のタクシーでリンプトン・ホールへ向かいました」臨時雇いのポーターに変装したポールが報告した。

「それなら、ほんの数分のうちに、門をくぐって屋敷へ上っていく者が現われることになるな」

「客を送っていって戻ってきたら、警視に報告するよう運転手に言っておきました」

「よく思いついたぞ、ポール。今後もプラットフォームから目を離すなよ」

数分後、黒いタクシーが彼らの前を、ヘッドライトを二度点滅させて通り過ぎた。カメラマンがほくそ笑んだのは、乗客の姿を初めてはっきり見ることができたからだった。ラモントは片方の手にストップウォッチを握り、もう一方の手に構えた双眼鏡でタクシーを正面ゲートまで追いつづけた。二分と十八秒後、門衛が招待状の確認を終え、ふたたび門が開かれた。

「何であれ運がよければ」専属運転手付きの大きな車が通り過ぎていくのを見ながら、ラモントが言った。「数分後には前のタクシーを運転していた部下がやってくるから、われわれがまだ答えを持っていない、いくつかのことについて質問ができるはずだ」

「それにしても、悪党というのはロールスロイスが好きなんですね」つづいて通り過ぎていったシルヴァー・クラウドのナンバーをメモしながら、ウィリアムは感想を口にした。

「しかも、去年のモデルじゃ嫌だときてる」ダニーが応じた。

「犯罪者の世界で自分の序列を誇示するための下らんステータスシンボルにすぎん」ラモントが鼻で嘲(あざわら)った。

ウィリアムは水を一口飲んだが、ハム・サンドウィッチの最後の一切れには依然として手を出さなかった。これ以上心臓が速く打つことができるだろうかと思ったのは、あのタクシーが門をくぐって戻ってきて、路肩に停まったときだった。運転手がウィリアムたちの乗っている車にやってくると、ラモントが双眼鏡をジャッキーに渡して役目を交代した。

「おまえが乗せた男だが、何か価値のある情報を引き出せたか?」ラモントの最初の質問だった。

「銀行家でしたが、どの銀行かは聞き出せませんでした。訛りからすると、中東の人間だと思います。あなたたちのところを通り過ぎるときに減速しましたから、カメラマンが何枚かはきちんと写った写真を撮っているはずです。お教えしておきますが、タクシーの後部ウィンドウはこれ以上は無理だというぐらい、まるで映画に出てくるタクシーのようにきれいにしておきましたからね」

「ゲートから屋敷の正面入口までの時間は?」

「一分四十秒ですが、私の場合は急いだわけではありませんから、その気になれば少なくとも二十秒は短縮できるはずです」

「ほかの客の乗ってきた車はだが、屋敷の前の車道(ドライヴ)に駐(と)めてあるのか?」

「いえ、温室の奥の小放牧場です。そこから聞こえる音から判断すると、運転手だけのパーティが開かれているようでした」

「だが、酒を飲んではいないはずだ。それに、そのなかに一人や二人は、今夜のために運転ではなくて別の、もっと力がいる仕事の腕を買われて採用されたやつがいるに違いない。よくやった、巡査。駅へ戻ってくれていいが、ぐずぐずするなよ。あとで応援が必要になるかもしれんからな」

「ぜひそう願いたいものです、サー」巡査が応え、全員の笑いを誘った。

「九人目の、最後の客が現われました」ジャッキーが報告し、大型の乗用車が通り過ぎていった。

　ラモントが目で追っていくと、車は門衛詰所の前で停まり、運転手が招待状を提示した。その車が車道(ドライヴ)を上って見えなくなるまで、ラモントは双眼鏡を下ろさなかった。

「これで客の全員が揃ったわけだ」ラモントはそう言うと、無線を使って警視長に情報を更新した。そのあとで、車両隊を率いている警部と、いまも次の列車を待ってプラットフォームを監視しているアダジャ捜査巡査に最新状況を説明した。「さて、これから考えなくてはならないのは、門衛詰所をどうやって突破するかだ」ラモントが言った。「おれの見たところでは、門衛はプロだ。それに、緊急時に警報を発する手段を複数持っているに違いない。だとすると、われわれがシンデレラと違って舞踏会への招待状を持っていないことを知られる前に、やつを排除しなくちゃならん」

「行動開始は何時ですか、サー？」ウィリアムは訊いた。

「十時過ぎだ。そのぐらいの時間をくれてやれば、やつらもゆっくりディナーを終えてデザートの品定めをしているはずだからな。おれたちはその現場へ踏み込む」

「本当にただのデザートだったりして」ジャッキーが言い、ウィリアムとラモントに呻き声を上げさせた。

それから一時間、ウィリアムはひっきりなしに時計に目を走らせたが、針の進み方が速くなることはなかった。

十時になる直前、ラモントが無線を通して警告を発した。「全員、気を引き締め直せ」そう言われても、ウィリアムはもうこれ以上気を引き締めようがないほど緊張していた。

「あと五分ほどで行動開始だと考えろ」無線が鳴らなかったら、実際にそうなっていたはずだった。

「おまえ、一体何を遊んでるんだ、ポール？」

「知らせておいたほうがいいと思ったものですから、サー。ほとんど裸同然の若い娘が十人、ロンドンからの最終列車で到着して、われわれのタクシー三台に分乗してリンプトン・ホールへ向かいました」

「無線を使っていいから、正面ゲートをゆっくり通り過ぎるよう運転手に伝えろ。そうすれば、こっちの車両隊が後ろにつづいてゲートを通り抜けるチャンスが出てくる。われわれの最大の難問の一つが解決できるというわけだ」

「了解しました、サー。十分後にあなたたちの前を通り過ぎるはずです」

ラモント警視が次に連絡したのはホークスビー警視長だった。警視長は最新の知らせに関心を持った様子で耳を傾けていたが、ついにこう命じて警視を驚かせた。「『行動開始を一時間遅らせろ、ブルース」

「なぜですか、サー？」

「ズボンを穿いていないところを捕まえられるからだよ」

13

「自分は上流婦人（マダム）だと自惚（うぬぼ）れたことはないか？」

「やめてください、サー」ジャッキーが拒否した。「そういうことはわたしの仕事の守備範囲ではないはずです」

「そうかな？　巡査部長に復位したいといまも願っているんだったら、その返事はないんじゃないか？」ラモントが言った。

ラモントがジャッキーに作戦を説明し、ウィリアムはそれを聞いて、思わず頬が緩みそうになった。

「私が乗せていってもいいですよ」ジャッキーに演じてほしい役をラモント警視が最後まで説明し終えると、ダニーが名乗りを上げた。「そうすれば、門衛も駅からきたと思うはずです」

「いい考えだ、ダニー」ラモントが言った。「だが、話をするのはジャッキーに任せろ。それがおまえの得意技だったためしはないからな」

「ありがとうございます、サー」ダニーが応じた。

「よし、もう一度おさらいをするぞ」と、ラモント。「ジャッキーは……」


十五分後、ダニーは黒いタクシーの後部席に客を一人乗せて道路に出ると、ゆっくりとリンプトン・ホールのほうへ走っていって、閉じられたゲートの前で停まった。門衛詰所から門衛が姿を現わし、急ぐ様子もなくタクシーに近づいてきた。ジャッキーはウィンドウを下ろすと、スカートを直してから、自分にできる最高の蠱惑的な笑顔を作って挨拶した。

「ご用向きをお伺いしましょうか、マダム」

「少なくとも、その呼称は正しいわね」門衛の目が自分の脚にとどまっていることにほっとしながら、ジャッキーは言った。「でも、ブランシュと呼んでもらって結構よ。わたくしの娘たちがちゃんと着いているかどうか、確かめにこさせてもらいました。サーヴィスの一部なの」

門衛がクリップボードを確かめた。「しかし、あなたのお名前は私のリストにありませんが」

「娘たちの名前もないはずよ」ジャッキーは危険を覚悟して言った。「だけど、それがマイルズの好きなやり方なの、もちろん、あなたもご承知だと思うけど」

門衛は納得がいかない様子で、しかし、慇懃に訊いた。「どちらからいらっしゃいましたか？」

ダニーがタクシーのドアハンドルを握った。

「駅からよ」ジャッキーは答えた。「娘たちもそうだけど」

「しかし、リンプトン・ホルト駅までの最終列車は一時間以上前に終わっていますが」門衛が言った。「ホールへ電話をして、あなたがいらっしゃることになっているかどうか、執事のミスター・メイキンズに確認させていただきます。お名前を頂戴できますか、マダム？」

ダニーがいきなりタクシーのドアを開けて門衛にぶつけ、不意を打たれた門衛は無様に地面に転がった。ジャッキーはその隙に車を飛び降り、門衛を尻目に門衛詰所へと走った。〈正面ゲート〉と記されたスイッチを突き止めた瞬間、そのときには態勢を立て直していた門衛が詰所に飛び込んできて、スイッチを押そうとしているジャッキーの手を払いのけた。赤い緊急警報ボタンを押そうとした瞬間の門衛の股間を、ジャッキーは渾身の力を込めて蹴り上げた。

門衛は一瞬何が起こったかわからないまま股間を押さえて身体を二つ折りにし、顎をめがけて振り下ろされる拳を見落とした。彼がノックアウトされたことを確認するのに、テン・カウントを数える必要はなかった。

ダニーが門衛を押さえつけ、ジャッキーがスイッチを入れて、大きな鍛鉄の門がゆっくりと開いていった。

数秒後、エンジンをふかしながら角で待機していた四台の警察車両が二人の前を一気に通り過ぎ、長い車道（ドライヴ）を上っていった。ヘッドライトもサイレンも使えなかったから、運転手は半月に感謝することになった。

「これをどう説明する？」自分が地面に押さえつけている門衛を見下ろして、ダニーが訊いた。

「公務執行妨害で拘束した、よ」ジャッキーは答えた。

「だったら、犯罪を証明するに充分な証拠があの屋敷で見つかることを祈るんだな。だって、もし見つからなかったら、あんたは期待してる昇任を棒に振ることになるだけじゃすまなくて――」ダニーがそこまで言ったとき、先頭を切っていた警察車両が、屋敷の前でタイヤを鳴らして停まった。七十二秒後だった。

ラモントが飛び出して玄関への階段を駆け上がり、親指でドアベルを押しつづけた。その間（かん）に、さらに二台が小放牧場へと左折していって出口を塞いだ。そこには八人の運転手とボディガードの一群がいて、居眠りをしたり、カーラジオを聴いたりしていた。

ラモントが力ずくで踏み込もうとしたそのとき、執事がドアを開けた。屋敷内でいまもちゃんと服を着ているのは、おそらく彼だけのはずだった。

「いらっしゃいませ」メイキンズが言った。まるで時間に遅れてやってきた客を迎えるかのような口調だった。「どうなさいました?」

「ラモント警視だ、この屋敷及び敷地内の捜索令状を持参した」そして法的根拠となる文書をかざして見せてから、執事を押しのけるようにして広間に入った。そのあとに十六人の麻薬取締捜査官と二頭の麻薬犬がつづき、全員がすぐに仕事に取りかかった。そこに漂っているマリファナの臭いを感じない者は一人もいなかった。

ラモントは広間の真ん中に陣取り、捜査官は屋敷じゅうに散らばって捜索を開始した。客は眼中になかったが、ズボンの前を留めようとしている者、狼狽える様子を見せる者もいて、年輩の一人などは気を失ってしまったようだった。

屋敷に入ったのはウィリアムが最後だった。コンスタブルの風景画がいまも壁に掛かっていることにまず気がついたが、すぐに、一年前に初めてここを訪れたときはなかった何かが目に留まって気を逸らされた。腕に隼をとまらせたマイルズ・フォークナーの大きな胸像がスポットライトに照らされていた。ウィリアムは信じられない思いでそれを凝視し、俗悪極まりないと心底からの意見を口にしようとしたとき、頭上から怒鳴り声が聞こえた。

「これは一体どういうことだ?」

顔を上げると、赤いドレッシングガウン姿のフォークナーが階段の上から睨み下ろしていた。彼は弧を描いている大理石の階段をゆっくりと下りてくると、ラモントの前で足を止めた。鼻と鼻がぶつかり合わんばかりだった。

「きみは自分がここで何をしていると思っているんだ、警部？」

「警視だ」ラモントが訂正し、正式なものに見える書類をかざして付け加えた。「この屋敷及び敷地内の捜索令状だ」

「それで、何が見つかることを期待しているんだ、警視？　もしかしてもう一つのレンブラントか？　たとえ目の前にあったとしても、あんたにはわからんと思うがね」

「おまえが個人的に使用するだけではない目的で、麻薬取締法一九七一に抵触する、大量の違法薬物を所持していると信じるに足る理由がある」ラモントが低い声で言った。

「本当に所持していれば、確かに抵触するだろうな」フォークナーが言った。「だが、断言してやるが、警視、この屋敷及び敷地内から、何であれそういう薬物が出てくることはあり得ない。私が招待しているのは、法を遵守する善良な市民ばかりだ」そして、広間を横切って電話のところへ行った。

「だれに電話をするんだ？」ラモントが訊いた。

「弁護士だよ、これが私の法的権利だということぐらいはわかってるよな、警視」

「間違うなよ、かけていい相手はおまえの弁護士だけだぞ」ラモントが吼え、フォークナーから目を離さなかった。部下は屋敷のなかをくまなく捜索しつづけていた。

　フォークナーは電話を終えるとアームチェアに腰を下ろして葉巻を点け、メイキンズがブランディのグラスを渡した。二杯目が注ぎ直され、葉巻が持ち主の指のあいだで燻(くゆ)るだけになったころ、捜査員たちが骨折りの結果を報告しはじめたが、成果はマリファナ煙草が二本とエクスタシーが一錠というありさまだった。麻薬犬の尻尾は、最初のうちあれほどやる気満々で振られていたにもかかわらず、いまは脚のあいだに垂れたまま動こうとしなかった。ウィリアムは壁にずらりと掛かっている絵画を鑑賞したい誘惑に抵抗できないまま廊下を歩き、フォークナーの書斎に入った。本はなく、あるのはフォークナーがいわゆる〝有名人(セレブリティ)〟と一緒に撮った写真だけだった。そのとき、机の上にそれがあるのに気づき、そんなことがあり得るものだろうかと訝った。

広間へ戻ると、フォークナーがラモントに訊いているところだった。「着替えさせてもらっていいかな、警視、この茶番はまだつづくんだろ?」

ラモントはためらったが、渋々同意した。「駄目だという理由はなさそうだ。だが、ウォーウィック捜査巡査部長が同行する。絶対に目を離すなよ、ウォーウィック」

「そうでもしないと私がピーターパンよろしく窓から飛んでいってしまって、二度と見ることがなくなるかもしれんとでも?」フォークナーが嘲り、アームチェアを出て階段を上がりはじめた。ウィリアムはぴたりと彼の後ろにつき、今度ばかりは壁に掛かっている絵画には目もくれなかった。

二階に着くや、ウィリアムはフォークナーにくっついて廊下を歩き、主寝室であっても不思議はない部屋に入った。ベッドの上のフェルメールが目に留まった。フォークナーとの離婚が成立したらすぐにフィッツモリーンに渡すとクリスティーナが約束したと、ベスが教えてくれた作品だった。

「いまのうちにせいぜい目の保養をするがいい。もっとも、その傑作を観るのはたぶん初めてではないだろうがな」フォークナーが言ったとき、バスルームのドアが開いて、パンティ一枚の若い娘が現われた。

「相手がもう一人増えるなんて言われてなかったけど」彼女がウィリアムを見て微笑した。

「いまは駄目だが、長くは待たせないですむと思う」フォークナーは新しいシャツを羽織りながら言った。

娘はがっかりしたようだったが、ウィリアムを見てにやりと笑い、またバスルームへ消えた。

ウィリアムが気を取り直したころには、フォークナーはジーンズを穿き終え、カルティエの〈タンク〉を手首に留めようとしていた。この男を最初に逮捕したときから、ウィリアムの記憶にある時計だった。着替えを終えるや、フォークナーはさっさと寝室をあとにして階段を下り、広間の隅の自分の席に戻った。

「ホークスビー警視長に報告する価値のあるものは見つかったかな？」メイキンズにブランディを注がせながら、フォークナーが訊いた。答えは返ってこなかった。

少年聖歌隊員のやつ、昔の同級生に嵌められたんじゃないだろうな、とラモントは疑いはじめていた。最近になって新しい金主が現われ、そっちに寝返ったんじゃないのか？いま葉巻に火を点けようとしているあいつの側に。その思いは玄関のベルの音にさえぎられた。

「お待ちいたしておりました」執事の声がしたと思うと、ブース・ワトソンが足早に広間に入ってきた。そして、広間の無惨なありさまを、口を開く前に時間をかけて観察した。「どうやら、実りあるお出ましだったようですな、警視」勅撰弁護士は〈証拠〉と記されている二つの小さなビニール袋――一方にはマリファナ煙草が二本、もう一方にはエクスタシーが一錠、入っていた――に目を留めて皮肉った。「もちろん、ホークスビー警視長に電話をして、あなたの瞠目すべき大勝利を報告されるんでしょうね」

フォークナーが声を上げて笑い、葉巻を揉み消して立ち上がると、弁護士に歩み寄った。

「絞首刑になるような犯罪でもないな」ブース・ワトソンはつづけた。「私の依頼人は、警視、あなたもよくご承知のとおり、模範的な市民なのですよ。穏やかな日々を送って、その多くの時間をもっぱら価値ある大義を支えることに費やされているのです。その最大のものがフィッツモリーン美術館ですが、あの美術館についてはあなたもよくご存じのはずだ。というわけで、提案させてもらってもよろしいかな、警視。私の依頼人にとってもそうだが、あなたにとっての立場を考えて、少なくともあなたにできることがないわけではない。それはミスター・フォークナーのディナーのお客さまを解放し、家族のもとへ帰して差し上げることだ。彼らのなかに違法薬物の供給者がいる可能性があるから、逮捕して最寄りの警察署へ連行すべきだと考えているのなら、もちろん話は別だが」そして、二つの証拠袋を見つめた。「しかし、容疑は何です？　私には想像がつきませんな」

ラモントが不承不承うなずき、数分後には客の全員が静かに屋敷をあとにしたが、そのなかには一人か二人、きたときとは違うだれかに付き添われている者がいた。帰り際にフォークナーと握手をする者まで何人かいて、一人などはこう言いさえした。「証人として呼んでくれてかまわないからな、マイルズ」ブース・ワトソンはその人物の名前と電話番号を書き留めた。

客が一人もいなくなるや、ブース・ワトソンはラモントに向き直った。「あなたのせいで私の依頼人が相当の迷惑を被ったことに疑いの余地はないでしょう、警視。また、あなたのせいで私の依頼人の人的関係に、公私ともに大きな損害が生じたことも言うまでもない。そのなかにはとても古くからの友人や、大いに尊敬されている同業者も含まれているのです。しかも、その額は私には知りようがないけれども、この不当捜査は税金で行なわれているわけでしょう。しかし、断言させてもらうが、あなたのせいでこの美しい屋敷と私の依頼人のかけがえのない所有物が強いられた損害の賠償額に較べれば、税金の額など比較になりません」

切り裂かれたソファや、床に放り出されてひっくり返っている骨董価値のある家具調度を見て、捜査官のなかには当惑を顔に浮かべる者がいた。ブース・ワトソンは通常は陪審員にしか与えない感謝の笑みを彼らに向け、メイキンズはそこに散乱している残骸をカメラに収めていった。

「あいつに話しつづけさせてください」ウィリアムは小声で言いながらラモントの横を通り抜けると、足早に廊下を逆戻りして、フォークナーの書斎に姿を消した。

「ミスター・ブース・ワトソン」ラモントは言った。「われわれは受け取った情報を信頼して行動したんだ、それを考慮してもらう必要がある」

「そして、その情報は明らかに信頼するに足りない情報源からのものだ。同意してもらえると思うが、警視、私の依頼人を対象に捜査をするときの、それがあなたの顕著な特徴になりつつあるようだな」

ラモントは冷静さを保つのに苦労しなくてはならなかった。

ウィリアムは手帳にメモしておいた番号を見て、電話のダイヤルを回した。祈るような思いで待っていると、ほっとしたことに応答が返ってきた。

「どなた？」不審そうな声が訊いた。

「ウィリアム・ウォーウィックです。夜のこんな時間にすみません、クリスティーナ。ですが、非常事態が生じてしまい、それを何とかできるのはあなたしかいないと思ったものですから」

「この電話がつながって、あなた、運がよかったわよ。お互いをもっとよく知るためのディナーを長い時間楽しんで、たったいま帰ってきたところだもの。どんな非常事態か当ててみましょうか。あなたがそんなに困っているとすれば、その原因はきっとマイルズでしょう。それで、わたしは何をすればいいのかしら？」

ウィリアムは直面している問題について大急ぎで説明し、それに対する回答をもらったときには、自分が大馬鹿者のような気がした。なぜといって、それは今夜、最初から最後まで自分の目の前にあったのだから。

「ありがとうございました」ウィリアムは礼を言った。「朝になったら、どういう結末になったか、電話で報告させてもらいます」

「あんまり早い時間は駄目よ」クリスティーナが言った。「今日のディナーの相手の男性はわたしよりかなり若いから、今夜は遅くまで寝かせてもらえそうにないもの」

ウィリアムは今夜初めて声を上げて笑い、こう応じて受話器を置いた。「せいぜい長い夜を愉しんでください」そして、ちょっと時間を取って考えをまとめ、部屋を出ようとした。そのとき、筒状に巻いた二十ポンド紙幣が、いまも机の上に置いてあることに気がついた。それを見て、自信が確信に近いものになった。その二十ポンド紙幣を手にしてフォークナーの書斎をあとにし、広間のほうへ廊下を引き返した。

「だれが戻ってきたのかと思えば」ふたたび姿を現わしたウィリアムを見て、ブース・ワトソンが嘲った。「ほかでもない、なりたてほやほやのわれらが巡査部長、いや、失礼、捜査巡査部長殿でしたか。まあ、その身分でいられるのもそう長くないと思いますがね」

笑ったのはフォークナーだけだった。

「ところで、捜査巡査部長」ウィリアムが手にしている二十ポンド紙幣をどうでもいいというように一瞥して、ブース・ワトソンが言った。「『大列車強盗』の一人でも捕まったのかな？」

「そんなものじゃない、もっとはるかに上首尾です」ウィリアムは説明抜きでそう答えると、二十ポンド紙幣をビニール袋に入れて〈証拠〉と記したステッカーを張り、ゆっくりと胸像に歩み寄った。「傑作で溢れている家のなかに、こんなグロテスクなものをこれ見よがしに飾るのは、エゴが肥大しすぎた人間だけです」そして、フォークナーを見た。

「新しい仕事が列を作ってきみを待っているのを願っているよ、捜査巡査部長」ブース・ワトソンが言った。「というのも、きみの警察官としての日々が間もなく終わるような気がしているものでね」

「私はそんな気はしていませんよ」ウィリアムは応じた。「まあ、偽の美術品を特定する仕事を見つけるのは難しくないでしょうがね」そして、胸像をスタンドから外して持ち上げた。

「何をする、指一本触るんじゃない！」フォークナーが叫んだ。「希少品中の希少品なんだぞ！」

「二つとないといいんですがね」ウィリアムは言った。「でも、もしそれがあなたの望みなら、ミスター・フォークナー、喜んでその望みを聞き入れて差し上げますとも」その直後、胸像はウィリアムの手から滑り落ち、大理石の床にぶつかってばらばらに砕け散った。

　全員が目を見張ったが、凝視しているのは胸像の残骸ではなく、小さなセロファンの包みだった。白いものが入っているその包みが、床に一ダースほども散乱していた。

　麻薬犬が興奮して尻尾を振りはじめ、カメラマンはすぐさま仕事に取りかかった。撮影が完了すると、十二人の捜査官が証拠を回収しはじめた。

「これ以上純度の高いものは手に入らないんじゃないでしょうか」古参の麻薬取締捜査官が包みの一つをかざして言った。「これを鑑識へ持っていって、警視、月曜の朝一番にあなたの机に分析結果報告書を届けます」

　ラモントが一歩前に出てフォークナーの両手を後ろに回し、手錠をかけて言った。「長いあいだ、これを楽しみにしていたんだ」ブース・ワトソンはメモを取っていた。「栄誉はおまえに譲ってやろう、ウォーウィック捜査巡査部長」

　ウィリアムはフォークナーのほうへ歩いていって真正面に立ったが、緊張のあまり、逮捕時に被疑者に聞かせる警告の文言を危うく度忘れしそうになった。

「マイルズ・フォークナー、クラスAの違法物質を供給目的で所持していた容疑で逮捕する。自分の意志でない限り、何も言う必要はないが、何であれ口にしたことは証拠として採用される可能性がある」

そしてフォークナーを屋敷から連れ出し、待機している警察車両の後部席に押し込んだ。車道（ドライヴ）を走り去るフォークナーに、さよならの手を振ってやりたい誘惑に抵抗できなかった。

ラモントが広間の電話のダイヤルを回しはじめた。「あなたの助言を受け容れて、ミスター・ブース・ワトソン」彼は言った。「ホークスビー警視長に電話をし、瞠目すべき大勝利を報告しようと思いましてね」

14

　ウィリアムとアダジャ捜査巡査がスコットランドヤードの狭い取調室に入ると、エイドリアン・ヒースはすでにテーブルの向かいに腰を下ろしていた。いつもの自信は影も形もなく、不安だけが顔に表われていた。

「フォークナーは無事に排除されたのか？」というのが、二人が着席もしないうちにエイドリアンが発した第一声だった。

「当面は、という条件付きだけどな」ウィリアムは答えた。「いまは現地所轄署に留置されているが、月曜の午後には保釈申請がなされて、下級裁判所もそれを認めるだろう。それはつまり、やつが外に出て、おまえを捜しはじめるということだ。しかも、裁判が始まるのはまだずいぶん先だ」

「そうだろうな」エイドリアンは驚かなかった。「あいつなら、刑務所のなかからでもやりかねない。で、そうなったら、おまえはどう手当てしてくれるんだ？」

「そう先を急ぐなよ」ウィリアムは宥めた。「まずはいくつか質問させてもらわなくちゃならない。おまえにどの程度の助けの手を差し伸べるかは、その答え次第だ」

「だけど、おれはやるべきことをきちんとやって、取引の条件は守ってるじゃないか」エイドリアンが抵抗した。

「確かにそのとおりだが」ウィリアムは言った。「わからないことがもう一つ残っているんだ。フォークナーにコカインを十二包届けて、八百ポンドを二十ポンド紙幣で受け取ったと、おまえはそう言ってるよな」

「ああ、言ったとも。だけど、あいつはまず一包みを開けてコカインの条を作り、その紙幣の一枚を筒状に丸めて、コカインを鼻から吸って品質を確かめた。満足してから、ようやく現金を渡してくれた」

「しかし、屋敷から出てきたあなたを警察が迎えたとき」アダジャ捜査巡査が言った。「あなたは七百八十ポンドしか持っていなかった」

「コカインを吸うのに使った一枚を戻し忘れたんじゃないのか」

「これかな?」ウィリアムはフォークナーの机の上にあった二十ポンド紙幣を掲げて見せた。

「おまえがそう言うんなら、そうなんじゃないか」エイドリアンが応じた。「で、おれはいつ金をもらえるんだ?」

ウィリアムはこのところエイドリアンが依存しているもの、つまり現金の入ったセロフアン紙の包みを二つ、彼に差し出した。

「それから、おまえがおれから奪い取った八百ポンドを忘れるなよ、あれもおれのものなんだからな」

「あれはいま、原告側の証拠です」ポールが応じた。「しかし、埋め合わせはきちんとされるはずです」そして、間を置いた。「ただし、それにはあなたがこの取引を続行し、われわれの側にいつづけることが前提になります。そうであれば、裁判が終わったらすぐに満額が返却されます」

「それで、おれは何をすればいいんだ？」

「半年ほど先になると思うが、フォークナーの裁判が始まったら、原告側の第一証人として出廷してもらう」ウィリアムは答えた。「証人席に入り、誓約のもとに真実を述べることを期待される。それ以上でも以下でもない」

「あなたが自らの意志で証人要請に応じる旨の文書は、すでに作成してあります」ポールが言った。「ウォーウィック捜査巡査部長と私は、もうそれにサインを終えています。あとは、あなたがサインするだけです」

「サインする前に、見返りに何が得られるかを知りたい」

「現金で一万ポンド、あなたとミス・マリア・ルイーズ名義の片道航空券が二枚――」

「ビジネスクラスにしてくれ。それから、名義を変えた新しいパスポートも用意してもらいたい」

「それは問題ないと思います」

「裁判が始まるまでの半年はどうなんだ？　警察の警護なしでそこらをうろついているところを見つかったら、おれは一発でアウトだぞ」エイドリアンが言った。

「警護よりもっと安全な措置を講じるよ」ウィリアムは言った。「おまえもマリアも証人保護プログラムに入って、安全な秘密の保護施設に移ってもらう。そして、証言を終えたら、警察の車でヒースロー空港へ直行する。だから、フォークナーがブラック・マリアでペントンヴィル刑務所へ護送されているとき、おまえとマリアはビジネスクラスでリオデジャネイロへ向かっているというわけだ」

「そうなるという確信は、おれにはまだ持てないな」エイドリアンが言った。「あの男は稀代(きたい)の奇術師フーディーニ顔負けの、いや、それ以上の脱出の術を知ってるんだ」

「決めるのはおまえだ」ウィリアムは言った。「一発でアウトか、秘密の保護施設か」

「そういうふうに言われたら、選択の余地はないな。で、どこへ連れていってくれるんだ？」

「おまえたちをそこへ運ぶ車が、もう外で待っているよ」

「だから、どこへ？」

「それはおれも知らない」

「私についていただけますか、サー」内勤巡査部長（デスク・サージャント）が言った。「あなたの依頼人のところまでご案内します」

デスク・サージャントは煉瓦（れんが）の壁の照明の乏しい通路を先導し、留置房を二つ通り過ぎると、若い巡査が配置されているドアの前で足を止めた。巡査部長は鎖につないだ鍵束から一本を選び出し、頑丈なドアを開錠して引き開けた。そして、若い巡査とともに脇へ退き、古参勅撰弁護士をなかへ通した。若い巡査が一緒に入ってきてドアを閉めると、そのままそこで位置に着いた。デスク・サージャントは本来自分がいるべきところへ帰っていった。

依頼人はベッドの端に、明らかにブース・ワトソンを待ち兼ねた様子で腰かけていた。服装は土曜の夜のパーティのときと同じだったが、いまは疲れた様子で、髪はぼさぼさに乱れ、見苦しいほどに無精髭が伸びていた。

「早くここから出してくれ」弁護士が口を開くより早く、フォークナーが不明瞭な小声で訴えた。

「おはよう、マイルズ」ブース・ワトソンはこれがミドル・テンプル法学院でのいつもの面談であるかのような態度で声をかけた。そして、ベッドの反対側の端に腰を下ろし、ブリーフケースを右隣りに、オーヴァーナイトバッグを左隣りに置いた。

「この地獄のようなところに夜っぴて閉じ込められ」フォークナーが言った。普段の尊大さはかけらもなかった。「指紋も取られ、取り調べもされ、調書にサインもさせられた。だから訊かせてもらうが、あんたに顧問料を払っている意味は何なんだ？」

「やつらはきちんと被疑者に対する警告をしたうえで尋問したか？」ワトソンは依頼人の怒りの激発を無視して訊いた。

「ああ、抜かりはなかったな。だが、おれは一言もしゃべらなかったから、あいつらは疑問がそのまま積み上がっただけで、答えは一つとして得られていないはずだ」

「それでいい」依頼人が自分の指示を文字通りに守ってくれたとわかって、ブース・ワトソンは安堵した。

「これからどうなるんだ？」

「明日の午後、きみも私も下級裁判所へ出頭することになっている。私が行くのはきみの保釈申請をするためだ」

「申請が認められる可能性はあるのか？」

「だれが裁くかによるな。地元の議員かなんかだったら、束の間でも有名人になりたがって、却下、再留置かな。もっと経験のある治安判事なら望みがある。まあ、もうすぐわかることだ」

「もし却下されたら？」

「残念だが、そのときは検察側の準備が整うまで拘置所にいることになる」

「期間は？」

「半年、あるいは七か月か。だが、それは心配するだけ時間の無駄だ。いまは保釈申請のことだけ考えよう」

「下級裁判所で、私は何をすればいいんだ？」

「大したことじゃない、姓名を名乗って現住所を教えるだけだ」

「それだけか？」

「まったくそれだけというわけにはいかないさ。重要なのは、きみが法を遵守する模範的市民のように見えることだ。間違っても、酔っぱらっての乱痴気騒ぎを抜け出してきたかに見えては駄目だ。だから、勝手ながらきみの家へ行って、この状況にふさわしいと私が思った着替えを選んで持ってきてある」ワトソンはオーヴァーナイトバッグを開け、ダークブルーのスーツ、ワイシャツ、ズボン、靴下、ハロー校のスクール・タイ、そして最後に、洗面用具を入れたイニシャル入りのバッグを便器の横に置いた。

「拘置所行きとなったら、こんなものじゃ足りないだろう」

ブース・ワトソンは黙っていたが、実は最終的にそうなった場合に備え、もっと大きなスーツケースに必要なものを詰めて、自分の事務所に置いてあった。

「今度会うのは、マイルズ、法廷だ」ワトソンは帰り支度をしながら言った。「そこで何

を訊かれても、応えるときに相手に〝サー〟をつけるのを忘れるな」そして、ドアを強く
ノックした。内側にはドアハンドルがついていなかったから、外からドアが開けられて、ドアを強く
そこにいる者の一人の脱出が許されるのを待つしかなかった。

「二時には法廷にいなくてはならないんだ」ウィリアムは父親の向かいに腰を下ろし、盆の上のものをテーブルに並べた。

「フォークナーが保釈申請をしたのか?」サー・ジュリアンがナイフとフォークを手に取りながら訊いた。「私なら勝ち目のない勝負はしたくないが、どっちになりそうなんだ?」

「裁判が始まるまで拘置されることになると思う」

「たぶん大丈夫だろうが、残念なことに、おまえはどっちに決まるかについて影響力を及ぼせない。しかし、ブース・ワトソンはそれができるからな」

「もっと残念なのは」ウィリアムは言った。「本来ならあの弁護士もフォークナーと同じ房に留置されていなくてはならないのに、のうのうと外にいることだよ」

「滅多なことを口走るな。リンカーン法曹院で昼食をとっていることを忘れるな。ここでは、例外なくお互いを兄弟として遇することになっているんだ」ウィリアムは苦笑せざるを得なかった。「ところで、あの晩、リンプトン・ホールにいたとき、あそこにあるフォークナーのコレクションが依然としてすべて本物か、あるいは、あの男の妻が恐れている

ように複製にすり替えられているか、確定することができたのか?」

「同僚が薬物を見つけようと家捜ししているあいだ、ぼくはできるかぎり多くの絵を、できるだけしっかり鑑定しようとしたとしか言えないな」

「それで、結論は?」

「ぼくは専門家ではないけど、例外なく本物だと言っていいと思う。ちょっとした資産価値があると思うよ」

「その言葉を聞けたのは何よりだ。というのは、リンプトン・ホールとイートン・スクウエアのフラットだけでなく、あのコレクションの譲渡も、離婚成立の条件になっている。離婚が法的に最終確定し次第、一点を除いて、コレクションすべてをオークションにかけるとミセス・フォークナーは言っている。マイルズはその作品を全部買い戻すと、彼女は確信しているよ。しかも、マイルズが離婚慰謝料として払ってもいいと考えていた金額をはるかに上回る金額でしか売ってやらないんだそうだ」

「抜け目のない女だ」

「まあ、ときとして彼女を公平に評価するのは難しいが」サー・ジュリアンが言った。「あるフェルメールの作品をフィッツモリーン美術館に寄付することに同意したようだぞ。そう仕向けたのはベスだそうだから、美術館はおまえの奥さんに感謝することになるな」

「もう一人、抜け目のない女がいたわけだ」

「それで思い出したが」サー・ジュリアンが言った。「おまえの姉が今日の午後、下級裁判所で検察側代理人を務め、フォークナーの保釈に反対することになっている」

「それはグレイスが主役を射止めたということ?」

「いや、裁判での主役を意味しているのなら、息子よ、それはあり得ない。ブース・ワトソンは勅撰弁護士だからな、検察も勅撰弁護士を立てて反対尋問をしたいと考えるに決まっている。実は、今朝、公訴局長官のデズモンド・パンネルから電話があって、その事案に関して自分たちの代理人を務めてほしいと頼んできたんだ。おまえは自分に借りがあるはずだと言ってな。それで、一晩考えさせてもらうと答えたというわけだ」

「引き受けていたら、グレイスを自分の次席に指名できたでしょうに」

「勝とうと思ったら、そんなことはしない」

「お父さん、もう彼女を勅撰弁護士にしようという話が出ているんじゃないの?」

「私は女の勅撰弁護士には不賛成だ」

「法廷で彼女と対峙したら、その頑なな考えも変わるんじゃないかな」


ギルドホールにある下級裁判所は、酔っぱらい、風紀紊乱(ぶんらん)、万引き、そして、たまに酒類提供認可申請などを扱うのが通常だったが、この月曜の午後、法廷はミスター・ジョゼフ・ラニヨン大英帝国四等勲爵士(OBE)治安判事が二人の同僚と席に着くはるか前から、空席がまったくなくなっていた。

ラニヨン裁判長は畏怖を感じたが、それが顔にも態度にも表われないよう苦労しなくてはならなかった。というのは、この国で最も高名な法廷弁護士の何人かが部下の事務弁護士とともにそこにいて、フリート街の記者の一群が待ち構えているうえに、一般傍聴席まで人で埋まっていたからである。今朝、ミスター・ラニヨンが裁判所に到着したとき、法廷の入口に長い列ができていると法廷事務官が教えてくれたほどだった。

裁判長は被告席の男性を見た。形のいい頭に金髪が波打ち、映画スターのようだとメディアがたびたび形容する顔だちがそこに付け加わった、ハンサムな長身だった。ダークスーツにワイシャツ、縦縞が細く入ったネイヴィブルーのネクタイという服装は、薬物にまつわる重罪容疑者というより、成功している株のディーラーのように見えた。

ラニヨン裁判長がうなずくと、廷吏が被告席に向き直ってはっきりと告げた。「被告は起立してください」

フォークナーはゆっくりと立ち上がり、被告席の手摺を握った。

「記録のために、被告はフルネームと現住所を明らかにしてください」

「フルネームはマイルズ・アダム・フォークナー、現住所はハンプシャー州、リンプトン・ホールです」彼は裁判長を正面から見て答えた。本心が絶対に表われていないという確信があった。

「着席してください」

「ありがとうございます、サー」フォークナーはブース・ワトソンに指示されたとおり、〝サー〟付けで感謝の言葉を口にした。

「保釈申請をするつもりでおられるのは間違いありませんね、ミスター・ブース・ワトソン」ラニヨン裁判長が被告側の弁護チームを見て訊いた。

「もちろん、そのつもりです、サー」ブース・ワトソンが起立して答えた。「まずは本法廷に思い出していただくことから始めたいのですが、わが依頼人は過去に一点の傷もない――」

「陳述が始まったばかりなのにさえぎるのは申し訳ないのだが、ミスター・ブース・ワトソン、あなたの依頼人は現在、盗品故買の罪で執行猶予付き四年の有罪判決を受けている身ではありませんか？　それとも、私の思い違いでしょうか？」

「いえ、そのとおりです、サー。しかしながら、依頼人が法廷の指示に、まさに文字通りに従っていることは断言できます。さらに、僭越ではありますが、わが依頼人は本件に関して、無罪の申し立てをするつもりのないことも指摘しておきたいと考えます。さらに付け加えるなら、わが依頼人に暴力犯罪の前科はなく、かなりの資産家でもあることを考えると、公共の安全に対する脅威にはなり得ないでしょう。したがって、検察側もこの保釈申請に反対しないはずである、おそらく考えることすらしないはずだと、私はそう信じるものであります」

「検察側の意見を聞かせてもらえますか、ミズ・ウォーウィック？」裁判長が反対側にいる原告側代理人のチームを見て促した。

　グレイスはゆっくりと起立した。

「原告側はほぼ間違いなく保釈申請に反対することになるでしょう。なぜなら、いくつか理由があるからです。いま、あなたが本法廷に思い出させてくださったとおり、ミスター・ラニヨン、被告人は現在、盗品故買の罪で四年の執行猶予付き判決を受けている身です。ですが、それだけが原告側が保釈に反対する理由ではありません。わたくしの博識なる友人が指摘したとおり、彼の依頼人はかなりの資産家です。しかし、わたくしの博識な友人は明らかにしなかったのですが、もはや被告人は定まった住所がこの国になく、最近では税金を逃れるべく国外に逃げ出して、ほとんどモンテカルロで暮らしています。したがって、原告側は以下の提案をしたいと考えます——被告人はプライヴェート・ジェットを一機、ヨットを一艘持っているという事実に鑑み、保釈中であるにもかかわらず、裁判所に呼び出されても出頭しない可能性があることを考慮に入れるべきである」

「本法廷に思い出していただきたいのですが」ブース・ワトソンが今回はもう少し急いで起立した。「わが依頼人はこの国に大きな不動産を所有し、さらにはイートン・スクウェアにフラットも所有しています」

「両方とも」グレイスは反撃した。「妻に譲渡することが和解という形での離婚の条件になっていて、すでに双方の合意が成立しています」

「基本的にはそうだが、まだサインはしていない」ブース・ワトソンは立ったままだった。

「あなたの依頼人はすでにサインしています」グレイスは言った。

「そうかもしれないが、イートン・スクウェアのフラットのローンの支払いは、まだ彼がしている」

「あのフラットは最近、売りに出されています」

「それをどうやって知った?」ブース・ワトソンが大声を出した。

「先月の『カントリー・ライフ』に広告が載っていたからです」グレイスは応じ、席の下からその雑誌の先月号を取り出すと、ブース・ワトソンの顔の前で振って見せた。ウィリアムは拍手喝采したい誘惑を辛うじて抑え込んだ。

「ミスター・ブース・ワトソン、ミズ・ウォーウィック」ラニヨン裁判長が割って入った。「ここはテレビの口論ヴァラエティの撮影スタジオではありません、法廷です。それにふさわしい振舞いをするように」

ブース・ワトソンもグレイスも相応にばつの悪そうな顔で着席すると、三人の裁判官は額を寄せて相談を始めた。

「お見事だったわね」グレイスの後ろの席に坐っているクレアが言った。「あなた、あの三人が考えなくちゃならない問題を提起したみたいよ」

「どう思います?」法廷の後ろの席にいるウィリアムは、隣りに坐っているラモントに訊いた。

　しかし、警視が自分の考えを口にするより早く、ややあって次席の二人との相談を終えたラニヨン裁判長が法廷に呼びかけた。「双方の博識なる友人によって提出された議論を、われわれはこの上なく注意深く聴かせてもらいました。その結果、被告人が公共の脅威になり得る恐れはないとの結論に至りました」

　ブース・ワトソンがゆがんだ笑みを浮かべ、ウィリアムは眉間に皺を寄せた。

「しかし、私はミズ・ウォーウィックの指摘を深刻に受け止めました。被告人には充分な経済的余裕があり、海外に逃亡して裁判所の呼出しにも応じない可能性があるという指摘です。私はそれを念頭に置き、保釈申請を認めるにあたって二つの条件を付与することにしました。一つ目、パスポートを本法廷に預けること。二つ目、百万ポンドの保証金を預けること。裁判所の要請を無視して出廷しなかった場合、その百万ポンドは没収されます」

　記者席で始まった小声での会話がざわつきとなって広がっていった。ブース・ワトソンは仏陀のように無表情に腕組みをして坐っていた。クレアが法律用箋に✓印と×印を一つずつ記入してから、身を乗り出してグレイスにささやいた。「この勝負は引き分けね」

「この二つの条件が満たされた時点で」ラニヨン裁判長がつづけた。「被告は拘置を解除されます」

メディアは見出しをもらい、ミスター・ラニヨンは束の間の有名人になることに成功した。ウィリアムはがっかりして法廷をあとにし、フォークナーは充分に満足していた。結局のところ、最終的には外に出られて、計画の次の段階を実行に移せるようになったということだった。

15

「〈サヴォイ〉の朝食はいつでも最高だ」フォークナーが言った。「たとえ状況が最高でないときでもな」

「最高どころか、最悪だと思うがね」角砂糖をもう一つコーヒーに落としながら、ブース・ワトソンが応えた。

「しかし、あんたは保釈を認めさせてくれたし、あの証拠を根拠に私を刑事告発するのは無理だとも言ったじゃないか」

「そう言ったのは、証拠が二本のマリファナ煙草と一錠のエクスタシーだけだったときで、十二包の最高純度のコカインだったときではない。きみが自分で使うだけの目的で所持していたなどという主張を信じる裁判官はいない。多勢に無勢にもほどがある、勝ち目はないな」

「あのコカインは警察が仕込んだでっち上げだ」フォークナーが言ったとき、コーンフレイクと苺を盛った深皿が彼の前に置かれた。

「その言い分は通用しないぞ、マイルズ、それはきみもわかっているはずだ。検察側は切り札となる証人を連れてくるだろうし、その証人はあの夕刻、証拠となっているコカインを八百ポンドできみに売ったと断言するに違いない。いいか、忘れるなよ、あの金とあのコカインは、いまや警察の手のなかにあるんだ」

「私を嵌めた犯人は特定できたのか？」

「まだだが、努力はしている。しかし、もう秘密の保護施設に匿われているだろうから、証人席に現われるまで正体はわからないかもしれないとしか、いまは言えないな」

「それはそいつが法廷にたどり着ければ、だろう」

「いいか、よく聞け、マイルズ。何だろうと、あとで悔やむことになるような真似はするな」

「たとえばどんな真似だ？」

「招かれてもいない結婚式に行くような真似だよ」

「あれはちょっとした手違いだ」

「しかし、問題はまだある」

「どんな？」フォークナーが訊き返したとき、ウェイターがやってきて深皿を下げ、ブース・ワトソンのカップにコーヒーを注ぎ直した。

「この裁判が終わるまでは離婚の和解同意書にサインしない、とクリスティーナが言っている」

「あの女、今度は何を企んでいるんだ？」

「きみが無事に刑務所送りになれば、和解の条件を厳しく引き上げられると考えているのさ、間違いない」

「しかし、考え直したほうがいいんじゃないか。なぜなら、私とあの女の縁が切れたときには、あの女は尿瓶一つだって手に入らなくなっているはずだからな」

　ウェイターがふたたび横に立った。

「ご注文をお伺いしてもよろしいでしょうか、サー？」

「イングリッシュ・ブレックファストをフルコースで頼む」


　全員がテーブルを囲んで着席し、ホークスビー警視長の登場を待っていた。誰一人として、ラモントさえも、彼が遅刻したのを見たことがなかった。その直後、いきなりドアが開いて、ホークが急ぎ足で入ってきた。まるで一陣の突風が巻き起こったかのようだった。

「遅れて申し訳ない」ホークがまだ歩いている最中にもかかわらず言った。「リンプトン・ホールでの大勝利とその後の顛末を、一時間がかりで警視総監に報告していたのでね」全員が笑い出し、テーブルを叩きはじめた。

「本当によくやった、ブルース」ホークが腰を下ろして言った。「いまや、こっちらには最高純度のコカイン十二グラムと検察側証人としての出廷をいとわない売人がいる。今回ばかりは、フォークナーを叩き潰してやれるぞ」

「ありがとうございます、サー。しかし、あの日を救ったのは当意即妙に考えることのできる、ウォーウィック捜査巡査部長の能力です」

「きみがローマにぐずぐずとどまって、あの胸像に較べれば重要度の低い彫像を眺めていてくれなくてよかったよ、ウィリアム。ところで、鑑識の分析報告書はもう届いたか？」

「届いています、サー」ジャッキーが答えた。「あのコカインは最高級品で、原産地はおそらくコロンビアです。最近、マンチェスターでも同じようなものが押収されています」

「フォークナーについてはどうだ？」

「裁判所にパスポートと百万ポンドを預けて保釈されました」ウィリアムは答えた。

「逃げる可能性はありませんか？」アダジャ捜査巡査が訊いた。

「それはないだろうな。しかし、逃げたら、公訴局は百万ポンドを銀行に預けることができ、われわれは二度とやつの顔を見なくてすむようになるわけだから、まんざら悪いことばかりではないがね」

「私としては見たいですね。もっとも、鉄格子の向こうにいる顔ですが」ウィリアムは言った。「モンテカルロで贅沢三昧（ぜいたくざんまい）を愉しんでいる顔ではなくてね」

「その願いなら叶（かな）うかもしれんぞ」ホークが言った。「公訴局の見立てでは、ブース・ワトソンがエイドリアン・ヒースの証言を聞いてしっかり考えたら、フォークナーはもっと軽い罪状での有罪を認めるほうへ方針を変える可能性がかなり高くなるだろうとのことだ」

「何であれ、あいつが有罪を認めるなんてことはありませんよ」ウィリアムは言った。

「うまく逃げおおせる可能性がこれっぽっちでもあると考えているあいだは、絶対にあり得ません」

「フォークナー本人もかくやと言わんばかりの思考回路をたどりはじめているじゃないか」ホークが言った。「だが、それはいいことだ。しかし、裁判は何か月も先で、片付けなくてはならない事案がいくつも残っている。そのなかでもとりわけ大きな事案は、ラシディをフォークナーと同じ被告席に立たせることだ。それから一つ確かなのは、ラシディに保釈が認められることはあり得ないということだ」

「ですが、もし認められたら」ウィリアムは言った。「やつは百万ドルを即金で払えますよ」

「あいつの殺人工場の場所の特定に、多少でも近づいているのか？」ホークが訊いた。

「ずいぶん近づいているけれども、まだずいぶん遠い、というところでしょうか」ラモントが答えた。「いま確かなのは、それはシャルベリー・マナーではないということだけです。先週の金曜日に、私自身が警察のヘリであの上空を飛んでみたんですが、車道にダークブルーのメルセデスと郵便局の配送用のヴァンが駐まっていただけで、ほかに車の姿はありませんでした」

「ポール？」ホークが質問の相手を変えた。

「この数日、村を嗅ぎまわっていました」アダジャ捜査巡査が答えた。「そのときに郵便局の女性局長から聞いたんですが、ラシディは村での付き合いをほとんどしていません。ときどき行事に顔を出して太っ腹な寄付をしたりすることはあるけれども、そうでないときは滅多に表に出てこないそうです。私にはあの男がまったく違う二つの生活をしているように見えはじめています。週末は田舎の名士を装い、平日は冷酷非情な麻薬王になる、というわけです。ハイドからジキルへ変わるのが、母を訪ねる金曜日の午後なんじゃないでしょうか」ポールはちょっと間を置き、全員が自分を注視しているのを確認した。

「見栄は切らなくていいから」ラモントが言った。「報告をつづけろ」

「毎週月曜の朝、やつは専属運転手付きの車でシャルベリー・マナーを出てシティのオフィスへ向かいます。八時ごろに到着し、午前中は〈マルセル・アンド・ネッフェ〉の会長の仕事をして過ごします。小さいけれども評判の茶葉輸入会社で、昨年の総売上げ高は四百万ポンド超、利益は三十四万二千六百ポンドとなっています」

ポールが〈マルセル・アンド・ネッフェ〉の年次報告書のコピーを全員に配った。

「〈マルセル・アンド・ネッフェ〉はラシディにとって完璧なフロント企業です」ウィリ

アムは言った。「なぜなら、そこの会長であれば、たとえ茶葉が主な輸出品でない国へ行ったとしても、ちょっと見ただけではだれも不審を抱かないというライフスタイルを許してくれるわけですから」

「ですが」ポールがつづけた。「シャルベリーの自宅はいかなる基準を当てはめても贅沢の極みと言えます。もっとも、広大な敷地に囲まれているので、どれほど贅沢かを知る者はほとんどいません。しかも、これは序の口です」

「やつはヒースロー空港にガルフストリーム・ジェットを駐め、専属パイロットを二人抱えて」ウィリアムは話を横取りした。「いつでも姿を消せるよう、夜も昼も待機させています。また、全長七十二メートルのヨットを、十八人のクルー付きでカンヌに保留しています。名前は〈スマヤ〉、母親に因んだものです。さらに、サントロペに複数の家を、ニューヨークの五番街にセントラル・パークを望むメゾネットタイプのコンドミニアムを所有しています。しかも、その住まいすべてに、自分に必要なあらゆる世話をさせる大人数のスタッフを配置しています」

「一年に三十四万二千六百ポンドでは、それをまかなうのは無理だな」ラモントが感想を口にした。

「よくやった、アダジャ捜査巡査」ホークが褒めた。「ところで、敢えて訊かせてもらうが、金に関するいまの情報はどうやって手に入れたんだ？」

「あの屋敷の庭師助手に応募しました。村の郵便局に求人広告が出ていたんです。そのときには、あの壁のなかの様子はかなりわかっていたし、私のことはあまり知られていませんでしたからね。実を言うと、それまでの、やつの表向きの生活を探るというやり方をつづける気が萎えはじめてもいましたし。というわけで、庭師頭とパブで昼飯を食べて、給料や、いつ仕事を始められるかの相談までしてしまいました」

「それで、採用されたのか?」ホークが訊いた。

「されましたとも、サー。必ず行くと約束しました」

「おまえ、庭師の仕事の何を知ってるんだ、ポール?」ラモントが小さく笑った。

「先月の『週刊庭師』で読んだことぐらいですが、それでも条件を提示してくれて、初任給だっていまの俸給よりいいし、休みも多いし、一年に三週間の休暇を取ることもできます」

「いずれ、きみを懐かしく思う日がくるかもしれんな」ホークが言った。「ウォーウィック捜査巡査部長、先週のきみの成果を教えてもらおうか」

「ポールが田舎をぶらついているあいだ、私はシティのラシディのオフィスに張りつきました。ここにいる全員が知っているとおり、やつは月曜の午前八時にやってくるんですが、正午前後には姿を消し、〈マルセル・アンド・ネッフェ〉には金曜の午後にようやく戻ってきて、すぐに母親を訪ねるためにボルトンズへ向かいます。ポール同様、姿を消しているあいだ何をしているかは、まだ突き止められずにいます」

「少なくともやつの仕事場がどこにあるかはわかったわけだ、たとえそれがフロント企業だとしてもな」

「〈マルセル・アンド・ネッフェ〉は何階にあるんだ？」ラモントが訊いた。

「十一階と十二階です。二度、行ってみたんですが、受付で追い払われてしまいました。さらに悪いことに、月曜の正午に建物を出ていく人物が、金曜の午後に〈ティー・ハウス〉の入口の前で専用の黒いタクシーに乗る人物と同じだと、私は言い切る自信がないんです」

「影武者がいると？」

「いえ、とても上手に変装しているんだと思います。それか、〈ティー・ハウス〉に私が知らない出入り口があって、そこから出入りしているかじゃないでしょうか。まあ、私の知る限りでは、あいつはビルの壁をロープを使って垂直下降だってできるかもしれませんが」

「いやはや、玄人はだしだな」ラモントが言った。その声にはわずかだが賛嘆の色があった。

「一週間に十万ポンドを現金で集め、法という法を破り、しかも税金は一切払っていないとしたら、そのぐらいの芸当はできなくちゃ駄目なんじゃないですか」

「アル・カポネも、税金の不払いから足がついて年貢を納めることになったんだ」ラモントが全員の記憶をよみがえらせた。

「あいつの手順にも瑕疵があるに違いないんですが」ウィリアムは言った。「まだ特定できていません」

「特定するまで、寝ることは許さないぞ」ホークが言った。「よし、これ以上質問がないのなら、仕事に戻ってくれ」

「一つ、いいでしょうか、サー」ウィリアムは言った。

「何だ、ウォーウィック捜査巡査部長」

「警視長の囮捜査官ですが、彼から何か新しい情報は上がってきているんでしょうか?」

ホークがちらりとジャッキーに目をやり、彼女が沈黙しているので代わりに答えた。

「いや、いまのところない。彼はときとして何週間も潜りつづけているからな。だが、何かわかったら、ウォーウィック捜査巡査部長、必ずすぐにきみに教えてやる」

「ありがとうございます、サー」

ラモントは思わず頬が緩みそうになった。警視長は余計なことに首を突っ込むなと、言外にウィリアムを戒めたのだった。

「私からも訊かせてもらおう、ウォーウィック捜査巡査部長」ホークが言った。「チューリップは退院したわけだが、彼がきみの元同級生を見つける可能性はあるのか?」

「その可能性はありません、サー。彼がどこに隠れているかを警視長に教えることは、私でもできません、なぜなら私自身が知らないからです」

「絶対に見つからないようにするんだぞ。最終的にフォークナーの裁判が開かれることになったら、彼はあいつを有罪にするための切り札だからな。よし、全員、仕事に戻れ。フォークナーに対する勝利はすでに過去のことだ。ラシディがまだ外にいて、人々の命を奪いつづけていることを忘れるな」

「結婚してもらえないかな」エイドリアンは訊いた。

「もちろんよ」マリアが応え、彼の首に齧りついた。

「本当なら片膝を突いて指輪を差し出さないと婚約が成立したことにならないんだろうが、ここに閉じ込められているあいだはそれができない。指輪を探しに外に出たいと頼んだって、そのわずかな時間すら与えてもらえないだろうからね」

「こんなこと、そう長くはつづかないわよ」マリアが言った。「指輪なら無事にリオデジャネイロに着いてからでいいわ。そのときは、こっちでのことは過去としてすべて忘れて終わりにできるんだもの」

「リオデジャネイロに行くのが待ちきれないよ」エイドリアンは認めた。「だけど、おれがかつて薬物中毒者で、まともな職についていなかったと知ったら、きみのお父さんとお母さんは何と言うだろうかって、それが心配だな」

「それだって過去のことじゃないの、エイドリアン。いずれにしても、もう両親にはあなたは銀行家の息子だって伝えてある――」

「まあ、それは少なくとも嘘じゃないな。たとえ勘当されているとしてもね」

「でも、新しい仕事を始める資金として一万ポンドくれたじゃない。リオデジャネイロでは、一万ポンドあったら大金持ちよ。チャンスはいくらでもあるわ」

「それを精一杯利用するつもりだよ。でも、きみの助けがなかったら、おれはいまも将来なんてない絶望的なジャンキーだっただろうからね、恩は一生忘れない」

「あなたが感謝しなくちゃならないのはわたしじゃないわ」マリアが言った。

「わかってる。少年聖歌隊員はやるべきことをしてくれているから、フォークナーが鉄格子の向こうへ送り込まれたら、おれもすぐにやるべきことをやって約束を果たすつもりだ」


「裁判はいつごろ始まるとお考えかしら、サー・ジュリアン?」

「まだ数か月は始まらないでしょうね、ミセス・フォークナー。なぜそんなことをお訊きになるのですか?」

「離婚の和解について、あなたの手を煩わせる必要があるからです。手続きの進捗を遅くしてもらえないかというお願いなんですけど」

「どうしてそんなことをしなくてはならないのです？　あなたの望みはほとんどすべて叶えられているのに？」

「夫が刑務所送りになるときに、まだミセス・フォークナーでいたいからです」

「理由をお尋ねしてもよろしいですか」

「それはご存じないままのほうがいいんじゃないかしら、サー・ジュリアン。どうしてかというと、もしことが計画通りに運ばなかったら、あなたにわたしの弁護をお願いしなくてはならないからです」


ウィリアムは地下鉄でシティへ向かうとムアゲート駅で降りて、数分後に〈ティー・ハウス〉に入った。水曜日の午後だから、そのあたりにラシディがいることはないという確信があった。顔を憶えられたくなかったので、フロントを避けてエレベーター・ホールへ直行し、待っているグループに紛れ込んだ。十二階で降りて〈マルセル・アンド・ネッフェ〉の受付ロビーに腰を下ろすと、〈フィナンシャル・タイムズ〉を手に取り、数分おきに時計を見て、だれかを待っている振りをした。受付係は電話や来客の応対、配送された荷物の受取り証にサインするのに忙しくしていたから、しばらくここにとどまっていても、すぐに不審に思われる心配はなさそうだった。

新聞を読んでいるように見せながら、受付で交わされている会話に耳を傾けた。すぐに明らかになったのは、〈マルセル・アンド・ネッフェ〉は裏稼業の単なるフロント企業ではない、ということだった。まさに自分たちが主張しているとおり、小さいけれども成功している会社であることは間違いなかった。たとえ会長が月曜の午前中と金曜日の午後に束の間在籍しているだけだとしても、である。

受付係から三度目の訝しげな視線が届けられたとき、ウィリアムは引き上げる潮時だと判断した。オフィスの一つから若い女性が姿を現わしたときに立ち上がり、彼女につづいて受付をあとにして、同じエレベーターで一階へ下りた。ウィリアムは出口を目指したが、さっきまで一緒だった彼女は右へ折れ、廊下を下って見えなくなった。

通りへ戻るともう一度時間を検め、地下鉄のムアゲート駅へと歩き出した。特に報告すべきことがあるわけではなかったが、帰宅する前にスコットランドヤードへ寄る必要があった。階段を下りて駅に入ると、さっきエレベーターで一緒だった若い女性が改札口へ向かっていることに気がついた。ウィリアムは訝った。追い越されたのだろうか。だが、そうだとしても、おれが気づかないということがあるだろうか？

ウィリアムは階段の下で足を止め、彼女がやってきたのだろうと思われる方向を見た。そのとき、いまのいままでそこにあるとわからなかった目立たないドアが勢いよく開いて、きちんとした服装の、ブリーフケースと畳んだ傘を手にした年輩の紳士が現われた。ウィリアムはそのドアへ走ったが、たどり着く前に閉じてしまった。

長く待つまでもなくふたたびドアが開き、今度は閉まる前に何とか隙間を通り抜けることができた。そこは照明に照らされた明るい通路だった。注意深く歩いていくと、左側にジムとトレーニング・センターがあり、短い階段を上がると、さらに通路が伸びていた。その突き当たりまで行ったとき、自分がいるのは〈ティー・ハウス〉の受付の裏だと気がついた。あの若い女性に追い越された理由がそれでわかった。ウィリアムは踵を返して地下鉄の駅へ戻ったが、月曜の朝にどこでラシディを待てばいいかははっきりわかっていた。


「公訴局がフォークナーの裁判の日取りと場所を知らせてきたぞ」サー・ジュリアンが言った。「十一月十二日、中央刑事裁判所(オールド・ベイリー)だ」

グレイスが予定表のページをめくり、十一月十二日までの三週間に×印をつけてから言った。「ひと月もないじゃないの。証言について、エイドリアン・ヒースともう一度復習をする必要があるのに」

「彼は裁判の直前にはロンドンへ戻されるから、そのときにできるだろう」

「ウィリアムを証人として呼ぶつもりですか?」

「それをやる意味はないな。陪審員の目には、あいつよりラモント警視のほうがかなり大物に見えるはずだ。それに、ルイス博士はとても尊敬されている薬物の専門家だから、彼女の証言に対しては、被告側はとしてはわざわざ反対尋問をする気にもならないのではないかな。実は、そう遠くないうちにブース・ワトソンが連絡してきて、あいつの依頼人のために取引をしようとするのではないかという気がしているんだ」

「そのときは、どう対応するつもりなの？」

「寝言は寝て言えと突っぱねてやるさ」

「わたしならこうお答え申し上げるけどね」グレイスは言った。「〝まさにいまのこの時点では、原告側は譲歩する理由を一つとして見つけられないでいます。でも、電話をいただいたことには感謝しますよ、ＢＷ〟ってね」


月曜の午前中、ウィリアムとポールが道路の反対側で見張っていると、八時を十分過ぎたところでラシディがメルセデスを降り、〈ティー・ハウス〉に入っていった。いかにもシティの会社の会長らしい服装で、ドアマンが敬礼をした。ウィリアムはそれを見届けると地下鉄のムアゲート駅へ引き返したが、電車には乗らなかったし、スコットランドヤードへも戻らなかった。

張り込みをしているときは決して集中力を切らしてはならない、というのがジャッキー・ロイクロフト捜査巡査の教えだった。ほんの何秒かでも気を緩めたら、監視対象にまかれてしまう恐れがあるのだから、と。ウィリアムはそれから四時間、コンコースにとどまり、ときどき行ったり来たりしながら、目立たないよう巧妙に作られているドアから決して目を離さなかった。数人がそこから出てきて改札口へ直行していったが、そのなかにラシディは間違いなくいなかった。仮に〈ティー・ハウス〉の正面から出ていったとしても、今朝は道路の向かい側でポールが目を光らせているから、すぐに無線で連絡をよこすはずだった。駅の時計の針が二本とも12の上で重なったとき、ウィリアムは集中力を二倍にした。

数分後、男が一人、そのドアから出てきた。ダークグレイのだぶだぶのトラックスーツを着てフードを深くかぶり、顔をしっかり隠していた。ウィリアムの前を通り過ぎたが、じっくりと検める暇がなかった。歩き方に見憶えがあったが、それだけでラシディだと決めつけるわけにはいかなかった。だが、改札口で切符を提示したとき、黒い革手袋をしているのが見えた。ウィリアムの目は本能的に男の左手の中指へと動いた。

ウィリアムが改札を抜けて下りのエスカレーターに乗るころには、トラックスーツの男はすでに左へ折れて、ノーザン線の南行きのプラットフォームへ向かっていた。

まだ正体を確認できたわけではないトラックスーツの男が見えなくなるや、ウィリアムは小走りにエスカレーターを駆け下り、左へ曲がるときだけ足取りを緩めてあとを追った。プラットフォームにたどり着いて男を視界にとらえるのと同時に、温かい空気を一陣の風のように巻き起こしながら、トンネルから電車が姿を現わした。ウィリアムはラシディとおぼしき人物の隣りの車両に乗り込み、一度だけ視線を送って、その人物がそこにいることを確認した。駅に着くたびに、降りていく客に慎重に目を凝らし、いまだフードを深くかぶったままのトラックスーツの男がストックウェル駅で降りるのを確認した。

ウィリアムは動かなかった。いま尾行するのは作戦になく、やるとしても来週まで待たなくてはならなかった。ホークスビー警視長の言葉が耳のなかで鳴り響いていた――「危険を冒すな、これは長期戦になるだろうからな」

保護施設では、六人が八時間交替でエイドリアンとマリアの警備と世話に当たっていた。彼らが命じられている任務は簡単だった。証人とその恋人の安全を守り、充分に食事をさせ、できれば緊張をほどいてやること。せいぜいが近くの公園を短時間散歩することしか許されていないのでは、しかも、警備担当者が二人とジャーマン・シェパード一頭が必ずついてくるとあっては、当事者二人が緊張をほぐすのは容易ではなかった。自分たちがどの町にいるのかを知るのですら、何日もかかるありさまだった。

何週間かが経つうちに、エイドリアンは警備世話係の一人と、お互いにウェストハムのサポーターであるとわかるほどに懇意になったが、彼が何を本当に応援(サポート)しているかわかったのは、裁判の二週間前だった。

ウィリアムはスコットランドヤードへ戻ると、トラックスーツの男をストックウェル駅まで尾行した顚末を報告した。

ラモントがちょっとのあいだロンドンの地下鉄路線図を検討してから言った。「ラシディが今度の月曜もストックウェル駅で降りるとしたら、ウォーウィック捜査巡査部長、おまえは駅の外でやつを待て。だが、そこで乗り換えてブリクストンへ向かうとすれば、そのときはおまえが引き継ぐんだ、アダジャ捜査巡査」

ウィリアムとポールはうなずいてメモを取った。

「それから、ジャッキー、娼婦の元締めをしなくてすむようになったいま、おまえさんは何をしているんだ？」

「二つの問題に同時に対応しなくてはならないようです、サー」笑いが収まるのを待って、ジャッキーは真面目に答えた。全員の目がロイクロフト捜査巡査に向けられた。「マルボロ・マンによると、ほとんど確定情報と考えていいけれども、コロンビアからベルギーのゼーブルッへへ大量のドラッグが運ばれつつあるとのことです。〈スリー・フェザーズ〉で、二人の売人がちょっと飲みすぎて口を滑らせたようですね」

「量について、正確なところはわかっていないのか？」ラモントが訊いた。

「それははっきりしないけれども、この前はコカイン十キロだったことだけはわかったそうです」

「最終目的地はマンチェスターだな」ラモントが言った。「ゼーブルッヘからはどこへ向かうか、それはわかっているのか？」

「わかっていません」

「フェリクストウだ、たぶん間違いない」ホークが言った。

「そうおっしゃる根拠は何でしょうか、サー？」

「内部腐敗対策班がそこへ監視要員を二人派遣していて、近い将来、逮捕を見込んでいると教えてくれた」

「そういうことであれば、ウォーウィック捜査巡査部長とロイクロフト捜査巡査を現地へ派遣して」ラモントが進言した。「ゼーブルッヘから到着するすべての船を見張らせるべきでしょう。よくやった、ロイクロフト捜査巡査」

「まだ終わりではないんです」ジャッキーがしたり顔で言った。

「何だ、早く教えろ」ラモントが急かした。

「その夜、マルボロ・マンは何度か〝車列〟という言葉を聞いたそうです」

「罠かもしれないが、千金の価値がある情報の可能性もあるな」

「いい知らせばかりではありません」ジャッキーは言った。「チューリップが〈スリー・フェザーズ〉に顔を出して、エイドリアン・ヒースを捜しています」

「それはまったくありがたくない知らせだな」ホークが言った。

16

「張り込みは二日目が最悪と決まっているのよ」ジャッキーが言った。

「どうして?」ウィリアムは双眼鏡を港の入口に向けたままで訊いた。

「一日目は集中力を保つのが難しくないんだけど、二日目になると、悪党を追跡しているという興奮と期待感が萎えはじめてくるの」

「では、三日目はどうなるのかな?」

「退屈が忍び込んでくるわ。瞼がどんどん重くなっていって、目を開けているのが大変になるの。でも、少なくとも、あなたのおぞましい物語を聞いているよりはましね。だって、不眠症患者だって眠らせずにはおかない物語なんだもの。夜、ベスは絶対に羊を数える必要がないはずよ」

「でも、今回は探している対象がはっきりしているわけだから、まだしもなんじゃないのかな」ウィリアムは棘のある言葉を無視して言った。「結局存在していないとわかった盗品のピカソを探しに、あなたがギルドフォードまで足を運んだときと違ってね」

「あのことは思い出させないで」ジャッキーが言った。「今回は港長がこれ以上ないほど協力してくれているし、今日、ゼーブルッヘからやってくるフェリーは二隻しかなくて、二隻とも〈タウンゼンド・トーレセン〉の船だとわかっているわ。それに、わたしたちが見つけようとしているのは隊列(キャラヴァン)になっている車だから、特定するのは難しくないはずよ。もっとも、万一に備えて、すべての車のナンバープレートをチェックする必要はあるけどね」

「昨日、三つのキャラヴァンが見つかったのはどこなのかな?」

「一つ目はニュー・フォレストのキャラヴァン・パークよ、所有者もそこに住んでいるわ。二つ目はスコットランドへ向かっているところだった。三つ目は、警察のコンピューターで調べたところでは、バークシャーのサンドハースト教区教会のナイジェル・オークショット師が所有者となっていたわ。それで、彼については、とりあえず〝疑わしきは罰せず〟を適用することにしたの」

ウィリアムは笑った。「今日の最初のフェリーはいつ着く予定なのかな?」

「〈アンティ・マリナ〉が十一時二十分ごろに入港して、フェリー埠頭(ふとう)一番か二番で荷降ろしをすることになっているわ。姿が見えるまで、わたしたちはどこであれ近くへは行かないわよ。腐敗対策班が監視している、二人の通関担当者に気づかれたくないからね。あなた、何を読んでいるの?」ジャッキーはウィリアムが膝の上に広げている本を見て訊いた。この人、わたしの話を一言でも聞いていたのかしら？

「フェリクストウ港の歴史だ」

「ページをめくる手が止まらないってことはないわよね」

「知ってた？　この周囲の土地を所有しているのはケンブリッジ大学のトリニティ学寮（カレッジ）で、そこの最も貴重な資産の一つなんだ」

「とっても面白い話ね」

「トレッシリアン・ニコラスという当時のカレッジの出納長が、一九三三年に三千八百エーカーの敷地を、当時は見捨てられていた港へつづく道路込みで購入した。そして、ブラッドフィールドという後任の出納長がそこに見込みがあることに気づき、いまはイギリス最大の港になって、カレッジにささやかな富をもたらしている」

「その物語の結末を早く聞きたくてたまらないわね」

「バトラー卿だよ」

「だれ？」

「前の大臣で、トリニティ・カレッジの学寮長だった人物だ」ウィリアムは答え、そこに書かれてあることをそのまま読み上げはじめた。「バトラーはブラッドフィールドと財務会議を持ち、カレッジがコーンウォールに所有している錫（すず）鉱山からは一五四六年以来収益が上がっていないが、そのことに気づいているかと訊いた。それに対して、出納長はよく知られているとおり、こう答えた。『いずれおわかりになるでしょうが、学寮長、本学は長期的な視野に立っているのですよ』」

「わたしも長期的な視野に立っているんだけど」とジャッキーが言ったとき、水平線上に〈アンティ・マリア〉の姿が見えた。「何であれ昨日を参考にするなら、四十分ほどで港に着くはずよ。わたしたちが目をつけている監視場所を確保するのなら、そろそろそこへ向かうほうがいいわね」

ウィリアムがシートベルトを締めると、ジャッキーは車を始動させ、ゆっくりとバースの丘を下って港のほうを目指した。そして、恐ろしく長い時間を過ごして徒労に終わった昨日と同じ場所に車を入れた。昨日のせめてもの救いは、最終フェリーの入港が十時を過ぎた直後だったから、海岸通りの狭くてけち臭い民宿（B&B）に、何とか夜半前にチェックインできたことぐらいだった。別々の部屋を要求して、経営者を驚かせることにはなったが。

ジャッキーが車を駐めたところはまったく人目につく心配がなく、二人は夫婦のように沈黙したまま運転席と助手席にとどまって、ゆっくりと港へ近づいてくる船を見つめていた。

長く待つまでもなく、最初の車が波止場に現われた。ジャッキーが双眼鏡を覗き、現われるすべての車のナンバーを読み上げて、スコットランドヤードの地下室でじりじりしながら連絡を待っているポールに知らせた。ウィリアムも念には念を入れ、ジャッキーが読み上げる数字を自分の手帳に書き留めた。最後の車が通関を終えるころになっても、キャラヴァンの気配はなかった。ジャッキーが双眼鏡を下ろして訊いた。「次のフェリーは何時に入ってくることになっているの？」

「二時五十分に」ウィリアムは入港予定表を指でたどって答えた。「〈サクソン・プリンス〉が入港することになっている」

「お昼を食べる時間はたっぷりあるわね。フィッシュ・アンド・チップスなんかどう？」

「昨日、食べたよ。今日は違うものにしないか？」

「わたしなら、明日も食べるわね」ジャッキーが言った。「港で張り込みをしているときの鉄則よ。絶対に地元の魚を食べるの。〈リッツ〉まで運ばれてフリカッセになった鱈よりずっと新鮮だもの。まあ、あなたは〈リッツ〉の常連だろうから、そんなことは先刻承知でしょうけどね」

「二回しか行ったことはないよ」ウィリアムは言った。「でも、今週いっぱい、ここに釘づけとなったらどうする？」

「そのときはケバブで手を打つわ」ジャッキーが答え、車を始動させて向きを変えると、現地警察の内勤巡査部長(デスク・サージャント)が推薦してくれた、フィッシュ・アンド・チップスの店を目指した。

「ああいう店に外れはないわ」ジャッキーが言い、二人は店の前にできている長い列に並んだ。

アダジャ捜査巡査は昼休みを使って、ジャッキーが送ってくれた車のナンバーを警察のコンピューターで調べた。駐車違反とスピード違反が何件か、酒気帯び運転が一件、信号無視で捕まり、二十ポンドの罰金を払って、免許証に違反点数二点が加えられた女性が一人。その結果が無線で知らされたとき、ジャッキーは鱈にワインヴィネガーを足しながら言った。「悪い女ね」

昼食を終えるや——と言っても、新聞紙に包んだものを海岸通りを歩きながら食べたのだが——、ジャッキーとウィリアムは車に戻り、崖のてっぺんの最高の監視場所に引き返した。

三十分ほど黙って海を見つめたあと、ジャッキーがふたたび鞘(さや)を払って剣を抜いた。

「あなた、いまでも警部になりたいと思ってる?」

「どうして答えがわかっている質問をするかな?」

「首都警察に二種類の巡査部長がいて、あなたは明らかに二番目のカテゴリーに属しているからよ、つまり、出世を望むカテゴリーにね」

「一番目のカテゴリーは?」

「そっちのほうがはるかに多いわね」ジャッキーが答えた。「老兵たちよ。彼らは警部に昇任したら超過勤務手当を請求できなくなることを知っているの。首都警察に四十歳から五十歳の巡査部長があんなに多いのは、それが理由よ。彼らの多くは自分の上司より収入が多いし、同時に、わたしのように梯子の一番下から昇っていこうとする者の一番の妨げになってもいるの。実は、警部になるほうが、巡査部長になるより簡単なのよ」

何であれジャッキーがここまで苦々しげな口調でものを言うのを、ウィリアムは初めて聞いた。「ラシディを鉄格子の向こうへ送り込んだら、あなたは必ずすぐに巡査部長に復位して、袖章も一本増えることになるよ」ウィリアムは言い、そのとたんに後悔した。自分が巡査部長になれたのはジャッキーが降格したからであって、いまの言葉はそれを彼女に思い出させることにしかならないはずだった。

「ねえ」ジャッキーが言った。「超過勤務手当のおかげで人生のささやかな贅沢のいくつかを愉しむことができているのは認めなくちゃならないけど、デモ隊の暴発に備えるという名目で――そんなことは滅多にないにもかかわらず――大勢の警察官が裏通りに駐めたバスで待機していることを、一般市民は知っているのかしらね」

「あれは手当を支払うべき、ちゃんとした仕事だよ」ウィリアムは言った。「あなたは知らないかもしれないけど、ロシアでは一般市民が抵抗することを考えただけで機動隊がバスを飛び出してくるんだから」

「その話はともかくとして、わたし、ちょっと寝させてもらうわね。次の船が入ってきたら起こしてちょうだい」

彼女は座席に背中を預けて目を閉じたと思うと、何分もしないうちに眠りに落ちた。自分もそれができればとウィリアムは羨ましかったが、彼の頭は夜でもそれを許してくれなかった。何もない灰色の海を見つめて、ベスのことを思った。おれは本当に信じられないぐらい運がいい。そして、もうすぐ家族が三人になる。それが、ジャッキーがそう遠いことではないと匂わせてくれた昇任を望む、さらなる理由でもある。ウィリアムは自分が父親になることを考えた。男の子ならクリケットのイングランド代表のトップ・バッター、女の子ならナショナル・ギャラリーの最初の女性館長だ。

思いはオールド・ベイリーで来週に迫っている、マイルズ・フォークナーの裁判へ移っていった。多くがエイドリアン・ヒースの証言に懸かっていた。今週早く、ブース・ワトソンがサー・ジュリアンの事務所にかけてきた電話について姉が話してくれて、それを興味深く聴かせてもらってもいた。より重い容疑についての告発を取り下げてくれたら、より軽い容疑について有罪を認めると申し入れてきたのだ。その申し入れを父が丁重に断わったとグレイスは教えてくれたが、ウィリアムは驚かなかった。つづいて、思いはアッサム・ラシディに移った。あの次の月曜の正午、ラシディは〈ティー・ハウス〉を出ると地下鉄でストックウェルへ向かい、ヴィクトリア線に乗り換えてブリクストンで降りた。アダジャ捜査巡査が張り込んでいたのだが、姿を現わしたラシディを尾行することなく、次の電車でスコットランドヤードへ戻ってきた。理由を問い詰めるラモントに、アダジャはこう説明した——駅の外で用心棒らしき男たちが六人待っていて、四方八方に目を光らせ、尾行がいないことを確認していたからだ、と。いまの時点では、ラシディの殺人工場がどの自治区（バラ）にあるかは少なくとも見当がついたものの、事実上の立入り不可能区域——警察は決してそうとは認めないだろうが——にある在処をはっきり突き止める方向へは進んでいなかった。その問題を最終的に解決できるのは、もしかするとジャッキーの囮捜査官かもしれなかった。

　ウィリアムは次にラモントのことを考えた。この警視の考え方にはいまだついていけずにいたし、実際、依然として自分を少年聖歌隊員と見なしていることも、ポールを移民と見なしていることも、隠そうともしていなかった。そして、最後にホークのことを考えた。この鷹（ホーク）はみんなの上を高く飛翔（ひしょう）していた。

　水平線に黒い点を見つけた瞬間、現実世界に引き戻された。船首に〈サクソン・プリンス〉と記されているのを確認して、ジャッキーを起こした。彼女はすぐに、はっきりと覚醒した。まるで眠ってなどいなかったかのようで、自分もできればいいとウィリアムが願ってできずにいることの一つだった。

「〈サクソン・プリンス〉が入港する」彼は報告した。

「お願いだから、この船であってほしいわね」ジャッキーが悲しげな声でつぶやき、車のエンジンをかけた。

　バースの丘をふたたび下り、お気に入りの監視地点へ戻った。港に入ってくる船を完璧に見通すことができ、不審に思われずにすむ場所だった。間もなく、最初の車がフェリーの車両乗降口（ランプ）から姿を現わした。

　ジャッキーがふたたび焦点を合わせて双眼鏡を覗き、税関のほうへ移動していく車列のすべてのナンバープレートの数字を、スコットランドヤードにいるポールに伝えた。

　そのとき、彼女が不意に、それまでとは打って変わって勢いづいた声を上げた。「嘘でしょう！　警視を無線に出して、ポール、早く！」

　ウィリアムはジャッキーから双眼鏡を渡され、波止場をゆっくり移動するボルボに焦点を合わせた。そして口にしていない疑問の答えを見つけ、ラモントはどう反応するだろうと訝りながら、双眼鏡をジャッキーに返した。

　次に無線から聞こえた声は鋭かった。「どうした、ジャッキー？」

「車列（キャラヴァン）を率いるボルボがフェリーから出てきて、税関のほうへ向かっています、サー」

「それで？」ラモントが焦（じ）れた様子で訊いた。

「信じられないでしょうが、マルボロ・マンがハンドルを握っていて、チューリップが助手席に坐っています」

「いま、やつらはどこにいるんだ？」

「通関を待つ車の列に並んでいます。ですが、マルボロ・マンとの連絡係として、わたしは次に何をすべきでしょうか?」

「何もしないで、そのまま待機しろ。やつらから目を離すなよ。おれはホークに報告してくる」

暗号無線があまりに長く沈黙をつづけるので、ときどき雑音が入ってこなかったら、電波が途切れたのではないかとジャッキーは思ったかもしれなかった。ようやく、紛れもないホークの声が返ってきて、訊くべきことだけを簡潔に訊いた。

「間違いないんだな、ロイクロフト捜査巡査?」

「間違いありません、サー」ジャッキーは双眼鏡の焦点をボルボに合わせたまま、きっぱりと答えた。

「いまも通関待ちの列にいるのか?」

「いいえ、税関職員が車を調べていて、チューリップは別の職員とお喋(しゃべ)りをしています。いま、職員が笑顔で手を振って車を通してやりました」一瞬の間があった。「あと二分もしたら、あいつらを見失ってしまいます」ジャッキーはアクセルを踏みたい衝動を何とか我慢しながら報告した。

「そこにとどまるんだ、ロイクロフト捜査巡査」ホークが命じた。「囮捜査官を失う余裕はわれわれにはない。それに、持ち込まれた薬物がブリクストンのどこかにあるはずのラシディの殺人工場に届けられようとしているのなら、ジグソー・パズルの最後のピースの一つをはめ込む役に立ってくれるかもしれない。繰り返す、そこにとどまれ」

ウィリアムはジャッキーの手から無線をひったくった。「あなたの囮捜査官が寝返っていたらどうするんですか、サー？　そうだとしたら、殺人工場の在処なんか突き止められないし、十キロのコカインを失った挙句に、チューリップを排除するチャンスを逃してしまいかねません」

「それはまったくあり得ないわ」ジャッキーがほとんど叫ぶようにして否定し、基本とも言うべきルールを破って付け加えた。「ロスは絶対に寝返ったりしない」

「あなたの囮捜査官は、物語の半分しかわれわれに教えてくれていないのかもしれませんよ」ウィリアムは冷静に言った。「あなたが常々思い出させてくださっているとおり、こういうドラッグ・カルテルはすさまじい大金を持っているんです。その金に目が眩むことは、どんなに真面目で良心的な囮捜査官でもあり得ることじゃないでしょうか」今回ジャッキーは反論しなかったが、その最大の理由は、警視長にこんな口調で意見を述べる人間に初めてお目にかかったからだった。

「まさしくきみの言うとおりだ、ウォーウィック捜査巡査部長」ホークスビー警視長が同じく冷静に応じた。「それはあり得ることだ。私とロイクロフト捜査巡査は件の囮捜査官とやり取りをしていて、個人的に深く関わりすぎているきらいがあるからな。最終判断はきみに任せるよ、ブルース」

ラモントがすぐに無線に戻ってきた。「私はその囮捜査官を直接は知りませんが、過去にあなたを失望させることがなかったわけですから、突然寝返ったと信じる理由がありません。いずれにせよ、ウォーウィック捜査巡査部長とロイクロフト捜査巡査がいまここで動いたら、囮捜査官の生命を危険にさらす恐れがないとは言えません。したがって、ウォーウィック捜査巡査部長とロイクロフト巡査は一旦引き上げるべきだと進言します。それにはもう一つの意味もあります、サー。もしその二人の税関職員が監視下に置かれている当事者であれば、内部腐敗対策班の邪魔をすることにもなりかねません」

「いい指摘をしてくれた、ブルース、確かにそのとおりだ。ウォーウィック捜査巡査部長、ロイクロフト捜査巡査、きみたち二人が即刻スコットランドヤードへ戻る、尚史の理由ができたわけだ」

「承知しました、サー」ウィリアムは答えたが、承知した口ぶりではなかった。

彼はジャッキーと車にとどまり、ボルボが幹線道路へ出て視界から消えるのを見送った。

「ありがとう、ブルース」警視長は無線を切ってフェリクストウとの接触を断った。

そして、オフィスへ戻ると机の電話を取って言った。「アンジェラ、マルボロの空箱は手元にあるかな?」

「ございます、サー」

「持ってきてもらえるかな」

　アンジェラは引き出しから空箱を取り出すとボスのところへ持っていき、一切言葉を交わすことなく机の上に置いた。

　二十分後、警視長はふたたび受話器を上げた。「アンジェラ、電話があったら、いまは席を外しているが三十分ほどで戻ると伝えてくれ」そして、銀紙を戻した空箱を内ポケットに入れると、エレベーターで一階へ下り、ウェストミンスター大聖堂のほうへ歩き出した。

17

裁判前日の夕刻、エイドリアンとマリアはリンカンからA1を走ってロンドンへ戻り、オールド・ベイリーから遠くない、小さくて目立たないホテルにチェックインした。警備員が二人、彼らの部屋の前に陣取った。

マリアはぐっすり眠ったが、エイドリアンは一晩じゅうまんじりともしないで、サー・ジュリアンの質問の一つ一つに対する、充分に頭に叩き込んであるはずの返事をなおも復習しつづけた。まるで初演の幕が上がるのを待って緊張している俳優のようだった。マリアは端役に過ぎず、エイドリアンが証人席に入るや否や車でヒースロー空港へ送られ、チェックインして恋人を待つ手筈になっていた。

サー・ジュリアンはその夜をリンカーン法曹院の自分のフラットで過ごした。翌朝、早く起きると、冒頭陳述をもう一度検討し直し、ところどころ字句を訂正したり、中途半端な言葉を消したり、段落を丸々一つ削除したりしたあと、それを声に出して読んでみた。聴いているのは早起きの鳥だけだったが、彼らはよしとしてくれたようだった。

ブース・ワトソンも早起きをし、たっぷりした朝食を楽しんだあと、タクシーでオールド・ベイリーへ向かった。到着したのは開始手続きが始まるわずか三十分前だったが、午後遅くなるまで出番はないだろうと思われた。というのは、原告側の第一証人の証言が少なくとも二時間はつづくと予想され、反対尋問はそのあとになるだろうからである。エイドリアン・ヒースを陥れる罠はいくつか準備してあったが、そのどれ一つとして見込みがありそうになかった。二つの容疑が両方とも有罪になったら、すでに執行猶予付きの四年の刑が確定していることもあって、依頼人はこの先何回かのクリスマスを冷たい七面鳥で我慢しなくてはならなくなるはずだった。

前夜、ブース・ワトソンはマイルズと〈サヴォイ〉で夕食をともにしたが、驚いたことに、依頼人はすでに運命を受け容れているのではないかとさえ思われるほどに落ち着いていた。しかし、絶対に見透かすことのできないマイルズ・フォークナーの胸の内に何があるのか、さすがのワトソンをもってしても、本当のところはわからなかった。

グレイスは地下鉄でオールド・ベイリーへ向かった。陪審員に呼びかけるために立ち上がる前に気を散らされるのを、父が嫌うことはわかっていた。父親の下級法廷弁護士の役目を引き受けた娘は、法律上の論点が出てきたときに父を手助けする、あるいは、被告人側が事実として述べたことが事実かどうかを確認する準備を整えていた。父が熱弁を振るっているときに、ブース・ワトソンの不意打ちを許すわけにはいかなかった。また、つまらない仕事ではあるけれども、グラスの水を常に、いっぱいにではなく、半分満たしておかなくてはならなかった。父の下級法廷弁護士を務めることは単なる喜び以上のものであり、だれにも、クレアにさえも認めていなかったが、重要度の低い証言の一つぐらいは自分に反対尋問をさせてもらえるのではないかと期待してもいた。

自分の勅撰弁護士同様、マイルズ・フォークナーもまたたっぷりとした朝食を楽しみ、朝の習慣となっている公園――彼の公園――でのランニングをした。証人として呼ばれるのは原告側の証言がすべて終わってからになるはずであり、付け入る隙がこちら側にあるかどうかはそのときになってみなければわからないとブース・ワトソンは言ったが、その時点での彼の見方は、付け入る隙はないだろうというものだった。

オールド・ベイリーの前で専属運転手付きの車を降りたマイルズは、気がついてみると新聞記者とカメラマンの群れに囲まれていた。彼らはみな、果たしてマイルズ・フォークナーは現われるだろうかと半信半疑でいたのだった。なぜなら、自由の身でいつづけるために百万ポンドを払う余裕が懐にあるのだから、と。マイルズは傲然とした態度を保って彼らのほうへ進んでいき、カメラマンに好きなだけシャッターを切らせた。それを目の当たりにした新聞記者は、マイルズ・フォークナーはやってきたときと同じ車で帰っていくに違いないと信じることになった。

オールド・ベイリーの一番法廷は裁判が始まる予定時刻のはるか以前に、関係者やメデイア、傍聴人でいっぱいになった。午前十時、ベイヴァーストック裁判長が自分の仕事場に姿を現わし、人で埋まっている法廷に一段高いところから一礼して、中央の自分の席に着いた。原告側の席では、サー・ジュリアンが冒頭陳述書類のページをめくり、グレイスがすでにダブルチェックして間違いないことを確認しているにもかかわらず、順番通りになっているかどうかを改めて確かめていた。

ブース・ワトソンは反対側の席にどっかりと腰を下ろして一方の膝の上にリーガルパッドを置き、サー・ジュリアンがどんなに些細な間違いであろうと口にした場合に備えて早くもペンを構えていた。下級法廷弁護士役を務めるミスター・アンドリューズが隣りに坐り、相手側証言の重要な部分をこちら側の勅撰弁護士が万に一つ聞き逃した場合に備えて、集中して待機していた。

マイルズ・フォークナーは今度もサヴィル・ロウ仕立てのスーツにハロー校のスクール・タイという服装で、今度も陪審員席に並んでいる七人の男と五人の女に笑みを送っていたが、彼のほうを見た陪審員は一人しかいなかった。

裁判長は陪審員の宣誓が終わるのを待ち、全員が着席したことに満足するや、廷吏にうなずいた。廷吏が起立して起訴状に記されている二つの容疑を読み上げ、被告人を見て、勿体をつけた口調で訊いた。「被告は有罪を申し立てるか、それとも、無罪を申し立てるか?」

「無罪を申し立てます」フォークナーが二つの容疑をともに否認し、彼の言葉を疑っている全員を驚かせた。

「着席してください」廷吏が命じた。

フォークナーが席に腰を下ろすや、ベイヴァーストック裁判長は原告側主任弁護人を見た。「冒頭陳述の準備はよろしいですか、サー・ジュリアン？」

「はい、裁判長（ミラッド）」サー・ジュリアンは立ち上がると、裾の長い黒いガウンの襟を引っ張り、冒頭陳述の原稿を置いたスタンドの両端をしっかりと握った。

「ミラッド」彼は陳述を始めた。「本件においては私が原告側代理人を、ブース・ワトソン勅撰弁護士が被告側代理人を務めることになりました」二人の弁護士がいかにも気乗りのしない様子でおざなりに会釈をした。「起訴状には二つの容疑が記されています、ミラッド。それは非合法物質――本件の場合はコカインです――の所持と提供に関わるものであります。本年五月十七日、土曜日の夜、九人の客を招いてディナー・パーティを主宰しているとき、被告が大量の薬物を所持している事実が明らかになりました。しかし、陪審員のみなさんの関心を惹くであろうことは、そのディナー・パーティで何があったかだけではありません。それよりはるかに重大な意味を持つと言っても過言でないことが、ミスター・フォークナーの最初の客が到着する前に起こっているのです」サー・ジュリアンは顔を上げ、陪審員が自分の一言一言に耳を傾けているのを見て取った。

「その日の夕刻、七時を過ぎた直後、数日前にした約束を守るために一人の人物が被告の自宅にやってきました。その人物、すなわちミスター・エイドリアン・ヒースは、到着するや被告の書斎に通されて、仕事上の取引を行ないました。被告にコカイン十二グラムを渡し、その対価として八百ポンドを現金で受け取ったのです。その価格は相場を大きく上回るものでしたが、被告は最高品質のものだけを要求する顧客でした。本件の場合、それは純度九十二・五パーセントでした。あとで専門家が証言して確認してくれるはずです。取引が終わって代金——現金を証拠として提出します——を受け取ると、ミスター・ヒースはロンドンへ戻り、すぐに安全な保護施設へ、極秘のうちに移りました。なぜなら、エイドリアン・ヒースが警察の情報提供者だということを被告が知らなかったからです」

ブース・ワトソンはこの日最初のメモを取った——〝裏切り者〟。

「同日の夜、遅い時間に」サー・ジュリアンは陳述を続行した。「警察は被告の自宅の強制捜査を行ないました。被告は必死で証拠を隠そうとしたのですが、若き捜査巡査部長が警察官としての卓越した技量を発揮し、そのおかげで、胸像の内側に隠されていた証拠を発見することができたのです」そして、一拍置いた。「その胸像は被告本人を象ったものでした」

陪審員の一人か二人が、こらえきれずに頬を緩めた。

「原告側は」サー・ジュリアンはさらにつづけた。「コカイン十二グラムと現金八百ポンドを証拠として提出するだけでなく、ミスター・ヒース本人を証人として呼び、本件で彼が演じた役割を確認してもらおうと考えています。それでもこの人物の有罪を証明するに充分でないかに思われるなら」そして、被告を指さした。「二人の専門家に証言をしてもらうつもりでいます。その一人はスコットランドヤード麻薬取締独立捜査班班長のラモント警視……」

ブース・ワトソンが二度目のメモを取った――〝なぜウォーウィックではないのか？〟。

「……もう一人は、政府の薬物濫用諮問委員会の高名な委員であるルース・ルイス博士です」サー・ジュリアンは厳粛な顔で陪審員に向き直り、陳述を締めくくった。「陪審員のみなさんが本件についてのすべての証拠をご覧になり、証言をお聞きになれば、下すべき判決は一つしかないと判断されるに違いないと、原告側は確信するものであります。すなわち、被告であるマイルズ・フォークナーは二つの容疑についてともに有罪である、という判決です」

サー・ジュリアンがふたたび着席しようとするあいだに、マイルズは陪審員の表情を、以前にも増して注意深くうかがった。全員が原告側代理人を見つめていて、いまここで判決を下せと言われたら、絞首刑にしたうえで腸（はらわた）を抜き、四つ裂きにするべきだと提案しそうな顔をしていた。被告にとって裁判で最悪の瞬間は原告側の冒頭陳述の直後だと、ブース・ワトソンから聞いていたとおりだった。

「ありがとうございました、サー・ジュリアン」ベイヴァーストック裁判長が言った。「そろそろ短い休憩を取り、そのあと、あなたの側の最初の証人を呼んでいただくということでどうでしょう」

裁判長は席を立つと、一礼して法廷をあとにした。

「ヒースはどこだ?」サー・ジュリアンは尻が席に着きもしないうちに訊いた。

「一階の留置房で警察の保護下にあるわ」グレイスは答えた。「これから行って、もうすぐ証言してもらうことになると知らせてくる」

「彼の恋人は?」

「ヒースが証人席に入るや否や、車で空港へ送り届けられるわ。ヒース用の車もすでに待機していて、証言を終えたらその足で空港へ急行し、彼女と合流する手筈よ」

「本件は今日の夕方までにはけりがつくかもしれないぞ」サー・ジュリアンが言った。

「あの晩、フォークナーの自宅であったことをヒースが洗いざらい証言したら、ブース・ワトソンは全力を傾注して依頼人のために司法取引をしようとするはずだ」

「それに対して、お父さまはどう返事をなさるつもりなの?」グレイスは訊いた。

「いま目の前にいるわが下級法廷弁護士が、かなり非妥協的な返事を用意してくれているからな、それを一字一句違うことなく伝えるまでだ」

「いや、あれは決定的だったな」マイルズは被告席から身を乗り出して自分の弁護人に言った。「サー・ジュリアン・ウォーウィックはヒースが証人席に入るのを待ちきれないという顔をしていたじゃないか」

「私も待ちきれないよ」ブース・ワトソンが応えた。「エイドリアン・ヒースには弱点がある。だから、そこを突いてぼろぼろにしてやるつもりだ。違法薬物提供という重いほうの容疑を逃れる自信はいまもある。まあ、所持容疑は残ることになるがね」

「あのコカインは、行方不明のレンブラントの一件で惨めな失敗をしでかした警察が、復讐を目論んで持ち込んだものだ」マイルズは言った。

「あのレンブラントの件を持ち出すつもりはない」ブース・ワトソンが言った。「それをしたら、きみが盗品故買の罪で執行猶予付き四年の判決を受けているという事実を、原告側が陪審員に教えてやるきっかけを作るだけだ。その件については、われわれが持ち出さない限り、原告側のほうから持ち出すことは認められていない。しかし、あの晩のディナー客のなかの三人が、あのときにマリファナ煙草を薦められた者はいないと宣誓証言してもいいと言ってくれているし、もう一人などは、きみがドラッグをやっている記憶は、これまでに一度もないと証言してもいいと言ってくれている」

「それなら、その人物とはそんなに長い付き合いではあり得ないな」マイルズは言った。

「最初の証人を呼んでください、サー・ジュリアン」短い休憩のあとで法廷に戻ったベイヴァーストック裁判長が促した。

「ありがとうございます、ミラッド。では、ミスター・エイドリアン・ヒースをお願いします」

エイドリアン・ヒースが法廷に姿を現わすと、ブース・ワトソンは原告側の切り札とも言うべき証人を興味津々で観察した。服装もきちんとしていて、更生した薬物依存者というより、シティの敏腕の若手ビジネスマンのように見えた。ヒースは証人席へ進みながら、ウィリアムにこそ神経質な笑顔を向けたが、被告席の前を通るときはフォークナーに一瞥すら与えなかった。宣誓するときも充分に堂々としていて、この男が法廷に立つのはこれが初めてではないことをブース・ワトソンは思い出した。

サー・ジュリアンが穏やかな笑みを浮かべて声をかけた。「法廷の記録のために、ミスター・ヒース、フルネームと現住所を教えてください」

「フルネームはエイドリアン・チャールズ・ヒース、現住所はロンドンW一〇、ラドブローク・グローヴ二三番地です」

母親の住所かな、とブース・ワトソンは疑った。

「ミスター・ヒース、あなたが過去に薬物に依存していたのは事実ですか？」

「過去においてはそのとおりです、サー・ジュリアン、私は薬物に依存していました。しかし現在は、私がリハビリテーションを受けているあいだずっと寄り添ってくれた、とても特別な存在である若い女性に支えてもらったおかげで、完全に依存を脱しています。そして、近い将来、その女性と結婚するつもりでいます」

「きっと私たち全員があなたのすべての幸せを願っていると思いますよ」サー・ジュリアンはブース・ワトソンに笑顔を向けたが、被告側弁護人はにこりともしなかった。「いや、全員ではないかもしれませんね」サー・ジュリアンはそう付け加えて陪審員の一人か二人の微笑を誘ったあとで、記録に残すために仕方なく次の質問をした。反対尋問でブース・ワトソンにいきなり持ち出され、不意を突かれるのを防がなくてはならなかった。

「また、ミスター・ヒース、あなたは短期間、薬物の売人だったことがありますか？」

「非常に短いあいだですが、確かに売人をしていました。依存している薬物を買う現金を、必死に求めていた時期に限られます」

「それもまた、喜ばしいことに、いまや過去のことになったわけですね」

「おっしゃるとおりです、サー。断言しますが、すでに半年以上、薬物とはまったく関わりを持っていません。また、死ぬまで同じ道に戻ることもありません」

「あなたはそれを大いに誇ってしかるべきだと思いますよ、ミスター・ヒース。そしていま、あなたは自分が関わった最後の取引について証言するのが市民の義務だと、そう考えておられるわけですね」ヒースがうなずいて一段深く頭を下げ、ブース・ワトソンはまたもやメモを取った。「本年五月十七日の土曜日の夕刻、あなたは現在告発されているミスター・マイルズ・フォークナーとの約束を守るために、ハンプシャー州のリンプトン・ホールへ車で向かいましたか?」

「はい、向かいました、サー」

「本日、彼はこの法廷にいますか?」

「はい、いま、この目で見ています」ヒースが被告席の男を指さした。

「被告と約束した時間は何時ですか?」

「七時です」

「時間通りに着いたのですか?」

「何分か遅れたかもしれませんが、執事に案内されて、ミスター・フォークナーの書斎に直行しました。彼はそこで私を待っていました」

「被告は取引を成立させる気満々でしたか?」

「ドアが閉まりもしないうちに、要求していた品物を手に入れることができたかどうかを訊いてきました。手に入ったと私は答え、検めてもらうために、その一つを渡しました」

「それはそういう取引で常態化していることですか?」

「はい、常態化しています、サー。届いたものは最高品質のものでなくてはならないから自分が確かめると、彼はそう言い張って聞きませんでした」

「被告は実際に試しましたか？」

「はい、ちょっとですが試して、充分に満足した様子でした」

「実際に試したのですね？　そのあと被告はどうしました？」

「合意していたとおり、八百ポンドを現金で支払い、私に礼を言って、取引を継続したいと提案してきました」

「そのあとは？」

「彼に言われて執事と一緒に一階へ下り、品物を彼のシェフに渡しました」

サー・ジュリアンは一瞬の間を置いて繰り返した。「彼のシェフに、ですか？」

「はい、そうです。届けた品を十個、自分自身と客のために銀の皿に並べておくよう指示してあるんだと、ミスター・フォークナーは私に教えてくれました」

「シェフは驚きませんでしたか」

「驚いた様子はありませんでした、サー。しかし、彼は過去に〈フォートナム・アンド・メイソン〉と取引をしたことがあるようでした」

サー・ジュリアンは自分の質問を書き留めたリストに目を落とした。〝フォートナム・アンド・メイソン〟という文字はそこになかった。グレイスに目をやると、彼女も父親と同じぐらい驚いていた。

「それは、あなたが被告に届けた最高純度のコカインは、〈フォートナム・アンド・メイソン〉から委託されたものだということですか?」

「いえ、そうではありません、サー。その日の朝、私がミスター・フォークナーに頼まれて〈フォートナム・アンド・メイソン〉で受け取ったのは、ロイヤル・ベルーガの最高級キャヴィアの瓶詰十二本です」

何人かが笑い出し、それ以外の者はにやりと笑みを浮かべるだけで我慢した。裁判長は眉をひそめて証人を見つめた。

サー・ジュリアンは少し間を置いてから質問を再開した。「今回、ミスター・フォークナーに届けたのは、何であれドラッグではないということですか?」

「今回も何も」ヒースが言った。「ミスター・フォークナーに会ったのは、実際、あのときが初めてです」

グレイスが急いで走り書きしたメモを父に渡した。

「この半年、あなたは何をしておられましたか、ミスター・ヒース?」

「リンカンの保護施設にいて、警察の調べに協力していました。その謝礼として一万ポンドを受け取ることになっています」

新たな情報が新聞記者を喜ばせ、ペンを持つ手に力が入って、動きがさらに速くなった。小さな声での私語が広がって法廷がざわつき、次の質問を考える時間をサー・ジュリアンに与えてくれた。

「それで、あなたは一万ポンドの価値のある、どんな情報を警察に提供したのですか?」

「チューリップの本名です」

「チューリップ?」

「テリー・ホランド、一年に十万ポンドやそこらは稼いでいる、ロンドンの大物ドラッグ・ディーラーです。彼の最高の顧客十六人の名前も警察に教えて、その見返りに、私と恋人が無事に国外に脱出できるよう手筈を整えてもらいました」

新聞記者のペンはさらに勢いを増した。

「そこには被告の名前も含まれていましたか?」サー・ジュリアンは態勢を立て直そうとして訊いた。

「いえ、含まれていません、サー」ヒースがきっぱりと否定した。

グレイスはふたたび父にメモを渡した。

「自分が宣誓していることは、もちろんわかっておられますね、ミスター・ヒース?」

「もちろん、わかっています、サー。さっき、あなたのお嬢さんが私のいた隔離房にやってきて、事実を、丸ごとの事実を、そして、事実だけを述べることがとても重要であり、さもなければ偽証罪で実刑を下される可能性があることを教えてくださいましたからね。もし私の証言を疑っておられるなら断言しますが、サー・ジュリアン、ミスター・フォークナーと執事とシェフが、私の証言が徹頭徹尾事実であることを確認してくれるはずです」

　マイルズはうなずき、今回は陪審員の何人かが自分のほうを見ていることに気がついた。サー・ジュリアンはエイドリアン・ヒースが退学処分を受けたことについて、ウィリアムと話したときのことを思い出した。あのとき、息子はヒースのことをこう評したのだった――クラスで一番頭がいいけれども、信用できない、と。そういうヒースなら、あらかじめ準備していない質問に対しても明らかにすべて答えを用意して、時間をかけてリハーサルしていたに違いないと認めざるを得なかった。

「質問は以上です、ミラッド」サー・ジュリアンは席に腰を落とす前に辛うじて宣言した。

　ベイヴァーストック裁判長が被告側弁護人を見て訊いた。「本証人への反対尋問を行ないますか、ミスター・ブース・ワトソン？」

「いえ、結構です、ミラッド。ミスター・ヒースの証言にまったく満足していますので」

「こうなるとわかっていたんじゃないのか？」法廷の最後列にいたウィリアムは少し大きすぎる声で言い、ホークはそれを聞いて眉をひそめたが、その声に同意せざるを得なかった。

「ミスター・ヒース、退がって結構です」裁判長が不承不承に許可した。

「ありがとうございます、裁判長」と応えると、エイドリアンは証人席を出て最寄りの出口へ直行した。

裁判長が立ち上がって告げた。「二時まで休廷とします。双方の代理人は私の部屋へきていただけますか?」

弁護士二人はともに一礼した。裁判長の言葉は要請ではなく、命令だった。

「ウォーウィック」ラモントが被告席を出ようとしているフォークナーを睨みつけたままで言った。「ヒースがどこへ行くかを突き止める必要がある。そして、アダジャ、おまえはフォークナーを尾行しろ。どっちも絶対に見失うなよ」

「二人とも同じ方向へ向かうのではないかな」ホークがほのめかした。

ウィリアムは外へ出ようとごった返す人々を右へ左へよけながら、同時に、ヒースを見失わないようにしなくてはならなかった。法廷から通路へ出るや、大きな曲がり階段のほうへ飛び出して走りつづけ、通りへ出ると四方に目を配った。ようやく、ベントレーの後部席に乗り込もうとしている、見慣れた姿が目に留まった。

「くそ」と吐き捨ててタクシーを探したが徒労に終わり、駐まったままで動いていない車に目を戻した。驚いたことに、オートバイがタイヤを鳴らして隣りに停まった。

「早く乗ってください、捜査巡査部長(サージ)」ポールがヘルメットを渡した。

「再会できて嬉しいよ」車の後部席に落ち着いたヒースに、マイルズは言った。

「これが最後になることを願いますよ」ヒースが応え、二人は握手をした。「だって、証人席に引き戻されて、私があのコカインをあなたに売っていないのなら、どういう顚末で胸像に収まったのか、説明を迫られるなんてはめになるのは嫌ですからね」

「そんなことにはならないさ」フォークナーは言った。「それは私が絶対に望まないことだ」そして、リオデジャネイロ行きのファーストクラスの搭乗券を二枚と新しいパスポート、小振りのアタッシェケースを渡した。「明日のいまごろ、きみときみの恋人は地球の裏側にいて、原告側は告発を取り下げる以外に道がなくなり、私の妻は離婚書類にサインするしかなくなっているというわけだよ」

「ウェストハムにいる共通の友人のおかげです」ヒースが応えてアタッシェケースを開け、セロファン紙に包まれて整然と並んでいる二万ポンドの包みを見つめた。「確かに約束通りです」そして、付け加えた。「警察がくれるはずだった金額の倍だ」

「それだけの価値が、まったく掛値なくあるということだよ」フォークナーは言った。「私が刑務所行きを免れ、クリスティーナがこれ以上面倒なことを言い立てられなくなるのであればね。悪いが、これ以上ここできみとお喋りをしている余裕がないんだ。二時までに被告席に戻っていないと、そのせいで百万ポンドを失うはめになるのでね。二万ポンドはともかくとして、百万ポンドとなると、話はまったく別だからな」

「確かにね」ヒースが言い、二人は二度目の握手をした。「幸運を祈ります」

「その必要はないだろうと思っているんだが、それもこれもきみのおかげだ。エディ、私の友人をヒースロー空港へ送って差し上げてくれ、搭乗便に乗り遅れるようなことになっては申し訳ない」

「強い飲み物を一杯どうかな、ジュリアン？」

「ちょっと時間が早すぎるが、ミラッド、まあいいことにしよう。ウィスキーをダブルでもらおう」とサー・ジュリアンが答えたとき、ブース・ワトソンが入ってきた。

「きみも同じものでいいか、ＢＷ」

「いや、私は結構だ、ミラッド」ブース・ワトソンが断わり、鬘を脱いだ。「ついさっき法廷で起こったことから、いまも立ち直れないでいるのでね」

「まったく予想もしていなかった不意打ちを食らったような口ぶりだが、実はそうでもないのではないかな？」サー・ジュリアンは声に皮肉が混じるのを抑えられなかった。

「いや、きみに負けないぐらいショックだったとも」ブース・ワトソンが応えた。「忘れたのか？　つい先週、きみの事務所に電話をして司法取引を考えてもらえないかと頼んだら、見事に拒否してくれたじゃないか。しかも、私の記憶が正しければ、まったく取りつく島もない言い方でな」

「再考する余地はあるかもしれない……」サー・ジュリアンが言おうとした。

「いまとなっては、いささか手遅れの感は否めないな」ブース・ワトソンが言った。「きみはもはやテントを畳み、駱駝の背に戻って、キャラヴァンを新たな水場に移動させるよりほかにないのではないかと、私はそう思っているんだがね」

「公訴局の私の主人たちと相談して指示を受けるべきだろうが」サー・ジュリアンはそう言って時間を稼いだ。「残念ながら、彼らもきみと同じように考えて、告訴を全面的に取り下げることを薦めるかもしれないな」

「それで、きみはどうなんだ、ＢＷ？」ベイヴァーストック裁判長が訊いた。

「ジュリアン同様、私の主人の指示を受けるつもりだよ」

18

シルヴァーグレイのベントレー・コンチネンタルは第三ターミナルの前で停まった。

リラックスした様子で車を降りてきたエイドリアン・ヒースの手には、アタッシェケースがしっかりと握られていた。唯一の荷物だった。ターミナルの入口へ向かって歩き出したとき、一台のオートバイが飛び込んできて駐車禁止区域に急停車した。

「あいつを追ってください」ポールが言った。「私もすぐに行きます」

「あのオートバイだが、どこかで見たことがあるな」ウィリアムはヘルメットを脱ぐと、障碍（しょうがい）者用車両駐車区域に置いてある黒のヤマハを指さした。「だけど、どこだろう？」

「高速道路でわれわれを追い抜いていったやつですよ」ポールが答えた。「減速してベントレーと並走し、後部席をウィンドウ越しに覗いてから、また離れていきました」

「いや、見たのは別のどこかだな」ウィリアムはつぶやきながらヒースの追跡を開始し、ターミナルに入ると出発案内を急いで確認した。そのパネルがめくれて、〝16：20　ブリティッシュ・エアウェイズ０１２便　リオデジャネイロ行き　27番ゲート〟と表示が変わった。混雑しているコンコースを、スーツケースや待合用の席から投げ出されている脚を避け、獲物を捜しつづけながら、足早にチェックイン・カウンターへ向かった。そうやってついに見つけたヒースは、法廷に現われたときのきちんとした服装のまま、おそらくマリア・ルイーズに間違いないと思われる若い女性とブリティッシュ・エアウェイズのカウンターのそばで抱擁を交わしていた。ウィリアムは柱の陰に隠れ、ポールがやってくるのを待った。

二人はキスをし、興奮した様子でお喋りを始めた。残念なことに、その声を聞き取ることはできなかった。

「どうだった?」マリアが訊いた。

「すべて計画通りだったよ、手に入ったのが一万ポンドでなくて、二万ポンドになったことを除けばね」

「昔のあなたの同級生を裏切ったわけでしょう、少しは後ろめたさを感じないの?」

「感じないね、あいつの親父がメディアの評価の半分でも頭がよかったら、明日のいまごろは——それより早くはないとしても——、ぼくの証言記録の謄本を検討し直して、フォークナーを罠にかける絶好のチャンスを与えてもらったことに気づいているはずだからね。そして、もっと大事なのは、裏切られたとフォークナーが気づいたときにはとっくに手遅れで、ぼくたちを害しようにも手も足も出なくなっていることだ」

「あと四十分で出発よ」マリアが出発案内を確かめて言った。

「完璧だ。だけど、別々に搭乗して、機内で合流するほうがいいな。万に一つの可能性にすぎないけど、ぼくたちを追いかけてきているやつがいないとも限らないからね。用心するに越したことはない。これを持っていてくれ」エイドリアンはアタッシェケースと航空券をマリアに渡した。

マリアがもう一度エイドリアンを抱擁し、渋々エスカレーターに乗って出発エリアへ向かった。エイドリアンは手を振って彼女を見送ると、男子洗面所へ向かった。

ウィリアムの視界からマリアが消えていったが、与えられている指示に彼女についての言及は一切なく、ヒースを逮捕してオールド・ベイリーへ連れ戻せとしか言われていなかった。

「容疑は何です?」その指示を与えられたとき、ウィリアムはラモントに訊いた。

「やつは偽造パスポートで旅をしようとするはずだし、アタッシェケースには証言が金で買われたものであることを証明するに充分な証拠が詰まっているに違いない。その金額が一万ポンドより多くても驚くなよ」

数瞬後、声がした。「彼女を追いますか、サージ?」

「いや、ヒースの逮捕が先だ。彼女を追うのはそのあとでいい。ヒースと一緒でなかったら、どこへも行かないはずだから」ウィリアムとポールは男子洗面所を監視しつづけ、ヒースがふたたび姿を現わすのを待った。

「ずいぶん長いな」ポールが訝った。「着替えでもしてるんですかね？」

「それはないと思う。入るとき、手ぶらだったからな。きっと、機内で落ち合うことにしたんだ」

「そう考える根拠は何です？」

「金を持っているのが彼女だからだよ」

「洗面所へ踏み込んで、まだそこにいるかどうか確かめませんか？」

「あそこ以外のどこにいるんだ？」ウィリアムが言った瞬間に二人とも気づいたのだが、男が一人、洗面所から飛び出してきた。

「あのオートバイの男がだれだったか、いまわかりました」ポールが言った。「おれはどっちを追いましょうか？」

「チューリップだ」ウィリアムは黒のヤマハを最後に見た場所を思い出した。「絶対に逮捕しろ」

「容疑は何です？」

「もうすぐ見つかるはずだ」ウィリアムは男子洗面所へ向かいながら答えた。「急げ！」

ポールはチューリップの追跡を開始した。そこらに置いてあるスーツケースも、投げ出された脚も構ったことではなかった。ウィリアムが洗面所の入口に立ったとき、また男が一人、大声で叫びながら飛び出してきた。「大変だ、だれか警察に通報してくれ、早く！」

ウィリアムがなかに入ろうとすると、またもや男が一人、ズボンの前を閉じようともがきながら飛び出してきた。ウィリアムはドアを押し開け、用心深くなかに入った。とたんに足が止まり、目の当たりにした光景に、一瞬ではあったが、身体も頭も麻痺したようになった。警察官になって以来、死体には何度も遭遇していた。自宅で安らかに死を迎えた老人、腕に注射器を突き立てたまま事切れているジャンキー、幼い子供たちの前で首を吊っている、夫に虐待された妻。だが、こんな死体と相対する心構えはできていなかった。

池のようになった血だまりのなかに、命を失ったエイドリアンが手足を投げ出した格好で倒れていた。ついさっきまで恋人とリオデジャネイロで新生活を始めるのを楽しみにしていたのに。いまは喉をきれいに掻き切られ――確信犯でなければできるはずがなかった――、死体の横には眼窩から抉り取られた右目が転がっていた。警察に垂れ込もうとなどと考えただけでこうなるぞ、とほかの売人に警告しているのだった。

「動くな！」背後で声が怒鳴った。

ウィリアムは両手を上げて宣言した。「警察だ、いま身分証を見せる」

「ゆっくりとだぞ」声が警告した。

ウィリアムは内ポケットから身分証を出すと、相手に見えるようにかざした。

後ろから足音が近づいてきて、そのあとから言葉が追いかけてきた。「よし、巡査部長、こっちを向いてもいいぞ」

ウィリアムがくるりと向き直ると、年輩の巡査部長は何とか冷静さを保とうとしていて、同行の若い巡査は身体の震えを止められずにいた。

空港警察が普段相手にしているのは不法移民がほとんどで、たまにスリ、ときどき自分のものでないバッグを手荷物引取場から持ち去った乗客などが交じる程度だった。これは、彼らがやることになっている種類の仕事では明らかになかった。ウィリアムは自分が指揮を執らなくてはならないと覚悟した。

「注意して聴いてほしいんですが」彼は言った。「まず、この区域全体を封鎖してもらわなくてはなりません。だれであれ一般市民をこの洗面所に近づけないようにしてください」

若い巡査はすぐさま出ていったが、その顔にはこの場にとどまらなくていいことを喜ぶ安堵が浮かんでいた。

「巡査部長、スコットランドヤードのラモント警視に電話をして、エイドリアン・ヒースが殺害されたこと、ポール・アダジャ捜査巡査がチューリップという容疑者を追跡していることを伝えてください」ウィリアムがそのメッセージを繰り返している最中に別の警察官がやってきたが、死体を見た瞬間に顔をそむけた。

「空港警察の担当者に知らせて、犯行現場の監督をするよう伝えてもらいたい」ウィリアムはその警察官に指示した。「殺人捜査班が正式に許可するまで、死体を動かさないこと」

「了解しました、サー」命令に従うのを至上の喜びとする、もう一人の警察官が応えた。

　ウィリアムはエイドリアンの死体の横に片膝を突くと、内ポケットから航空券とパスポートを取り出した。写真の顔は本人だったが、名前はそうではなかった。

「かわいそうに、旧友」ウィリアムは呼びかけた。「神はご存じだと思うが、これはおまえにふさわしい死に方じゃない」

　男子洗面所を出てみると、さらに二人の警察官がそこにいて、犯行現場に規制線を張る作業をしていた。その一方で、用を足すのに切羽詰まって苛立つ乗客の一団が、洗面所を使えない理由を教えろと詰め寄っていた。教えてやったら、全員がその場で小便を漏らすに決まっていた。

　年輩の巡査部長があたふたと戻ってきて報告した。

「鑑識検視官は間もなく到着するはずだが、ラモント警視とは連絡がつかなかった。証人としてオールド・ベイリーへ行っているとのことだった。これはホークスビー警視長の指示だが、犯行現場検証班が到着するまで、おまえさんが指揮を執るようにとのことだ」

「了解しました。絶対に――」

「ブリティッシュ・エアウェイズ〇一二便、リオデジャネイロ行きの最終搭乗のご案内を申し上げます。ご搭乗のお客さまは二七番ゲートへお急ぎください。当該便は間もなく出発いたします」

「——鑑識の連絡担当巡査部長と検視官以外は死体に近づかせないでください。それから、もう一つ——」

「おれに指揮を任せるつもりか？」年輩の巡査部長が言った。

「お願いします。すぐに戻ってきますから」サイレンの音が次第に大きくなって近づいていた。「搭乗便が離陸する前に、質問しなくちゃならない女性がいるんです」ウィリアムはそう言い残すとエスカレーターへ走り、一段飛ばしで駆け上がった。

血まみれで息を切らし、列を無視して現われた男を見て、出国審査官は何事かと顔を引き締めた。カウンターの下の非常ボタンを押そうとしたとき、男が警察の身分証を提示して怒鳴るように訊いた。「リオデジャネイロ行きは？」

「ゲートが閉じられようとしているところです、捜査巡査部長」審査官が答えた。「あなたが向かっていることを連絡して、待たせておきます。そのろくでなしを捕まえてください」

ウィリアムはふたたび走り出し、二七番ゲートの前で待っていた地上職員に身分証を見せておざなりなチェックを受けたあと、連絡通路を急いで、待っている機内に入った。そして、エイドリアンが持っていた航空券の座席番号を確認し、一度も会ったことのない女性を捜して通路を歩き出した。足が止まったのは、アタッシェケースを後生大事に抱えたマリア・ルイーズが不安そうに目当ての顔を捜しているのを見たときだった。

ウィリアムは考えを変えて踵を返すと、出口で女性客室乗務員に礼を言い、ターミナルへ戻った。

ブリティッシュ・エアウェイズ〇一二便は定刻にリオデジャネイロを目指して離陸したが、搭乗しなかった客が一人いた。


「公訴局長官だった」サー・ジュリアンが受話器を置いて言った。

「どういう提案をしてきたか、推測するのは難しくないんじゃないかしら」グレイスは応じた。

「今朝のエイドリアン・ヒースの証言を考慮すると、ブース・ワトソンと連絡を取って取引を試みたらどうだろうと助言してくれたよ」

「わたしがブース・ワトソンなら、その提案にどう応えるか、その文言まではっきり頭に浮かぶでしょうね」グレイスは言った。「その文言には、もちろん、口にするのがはばかられるような悪態も含まれているわ。それで、長官はどういう取引を考えているの？」

「罪が軽いほうの容疑、すなわち薬物所持が有罪であることをフォークナーが認めれば、それと引き替えに、重いほうの罪である薬物提供容疑を取り下げるという取引だ。そして、私はそれに同意した。フォークナーは多額の罰金を支払わなくてはならないが、執行猶予付きの二年の刑だけですむ。しかし、いかにも公訴局らしく、最終判断はわれわれに任せると言ってくれたよ」

「相変わらず、自分たちは責任を回避するわけね」グレイスは指摘した。「そして、フォークナーは今度もまんまと逃げおおせることになる。こんなことがつづいたら、あの男は死ぬまで執行猶予付きの刑で許されて、刑務所の留置房のなかを一度も知らずに一生を送れることになるわよ」

「おまえが主任弁護人で、私が下級法廷弁護士だったら、おまえはこの件にどう対応するつもりだ?」

これほど大きな事案で父に助言を求められたことは一度もなかったから、グレイスは一瞬びっくりし、どう返事をするかしばらく考えた。父に認めてもらえたようで悪い気はしなかったが、その顔は疑いもなく、娘の意見を聞いてから結論を出すと決めていた。

「わたしなら、そんなに簡単にフォークナーを針から外してはやらないわ」グレイスはついに答えた。「だって、あの男は自宅で見つかった十二グラムのコカインについて、まだ信憑性のある釈明をしていないもの。それなしで逃げ切ることはできないはずよ。それに、そのコカインがどうしてあそこにあったか自分は知らないと言い張って、仮にそれを陪審員が信じたとしても、あの二十ポンド紙幣について言い逃れることは簡単ではないでしょう。あの紙幣のことを訊かれたらフォークナーは答えられるはずがないとウィリアムは確信しているし、そのときになったら、フォークナー本人もそうだとわかるんじゃないかしら」

「あの紙幣については、私もウィリアムと同意見だ。だがそうだとしても、フォークナーが証言台に立たなければ、われわれは二十ポンド紙幣のことを持ち出せない。私が代理人なら、証言してもいいなどとは夢にも考えるなと、強くフォークナーに助言するだろうな。黙ってさえいれば、われわれだけの力でやつの有罪を証明しなくてはならなくなるんだ。しかも、何らの合理的な疑いの余地を残すことなくだ。しかし、今朝のヒースの証言のあとでは、それはまったく不可能だろう」

「そういうことなら、方針を変更してフォークナーの虚栄心を揺さぶり」グレイスは言った。「わたしたちの提案を拒否するのは不可能だと思わせるよう仕向けるしかないかしらね」

「その提案をする方法はあるのか?」

「先頭打者を替えるのよ」グレイスが答えたとき、父の机の電話が鳴った。

サー・ジュリアンが受話器を取り、しばらく耳を傾けてから言った。「わかった、それによってどう状況が変わるかも理解した。情報提供に感謝するよ、デズモンド」

「状況が変わったってどういうこと?」グレイスは受話器を置いた父に訊いた。

「公訴局長官だった。エイドリアン・ヒースが死んだそうだ」

「相手方から申し出があった」ブース・ワトソンは言った。

「今朝のヒースの証言のあとだ、ほとんど驚くにはあたらんだろう」フォークナーが応じた。「だが、一応申し出の内容を教えてもらおうか。拒絶するのはそのあとでもいいからな」

「コカイン所持での有罪を認めれば、コカインを他人に提供する意図があったという容疑は取り下げるそうだ」

「その場合、私はどうなるんだ?」

「百万ポンドの罰金と、執行猶予付きの二年の刑だ」

「陪審員が二つの容疑を両方とも無罪だと見なしてくれると私が考えなかったら、その提案は魅力的かもしれないな」

「そうかもしれんが」ブース・ワトソンは訊いた。「その危険を敢えて冒す理由は何なんだ?」

「秤(はかり)の針が私に有利に傾いているからさ、しかも大きくな。サー・ジュリアン・ウォーウィック勅撰弁護士殿に言ってやってくれ、寝言は寝て言えとな」

「それはやめたほうがいい、マイルズ。私はきみに証言させるつもりがないんだから、尚更だ」

「なぜだ？　隠さなくちゃならないことなんか、私には一つもないんだぞ」

「十二グラムのコカインがあるだろう」

「あれは警察が持ち込んだものだと言えばいい」

「そんな言い分が通用するわけはないし、陪審員だって信じてくれないよ。フモントは警察官として長く勤めていて、経歴に一点の汚れもない。私の経験では、陪審員は率直な物言いをするスコットランド人に好感を持つはずだ。私が彼の反対尋問をしたくないのはそれが理由だ」

「だが、これを読んだら考えが変わるんじゃないか？」フォークナーが分厚い茶封筒を弁護士に渡した。

　ブース・ワトソンがじっくりとその内容を検めたあとで訊いた。「どうやってこれを手に入れた？」

「すべて公的記録だよ」フォークナーは答えた。「どこを探せばいいかがわかっていれば簡単なことだ」

「原告側代理人として意見表明を望んでおられるという理解でよろしいですか、リー・ジュリアン？」ベイヴァーストック裁判長が訊いた。

「結構です、ミラッド。許可をいただいたので、原告側は違法薬物を他人に提供する意図があったという一つ目の起訴容疑を取り下げます。しかし、規制薬物であるコカイン十二グラムを所持していた容疑については、このまま起訴手続きを進めます」

裁判長の片眉が訝しげに上がった。というのは、エイドリアン・ヒースの証言のあと、裁判長室でサー・ジュリアンとブース・ワトソンの三人で話したときの感触と違っていたからである。普段はとても用心深い人物がこれほど強気に出たのは、意外と言うしかなかった。

「そういうことであれば、それでいいでしょう、サー・ジュリアン。では、次の証人をお願いします」

「ラモント捜査警視をお願いします」

その日の夕方遅くにスコットランドヤードに戻ったウィリアムが一番にやったのは、ポール・アジャダについて何かわかっていることがあるかどうか、ホークスビー警視長に尋ねることだった。

「残念ながら、いい知らせではないな」ホークスビーが答えた。「彼は空港から戻る途中でもう一台のオートバイと衝突し、彼も相手も入院している」ウィリアムの顔に懸念が表われた。「だが、ポールは何箇所かの切り傷と打撲だけの軽傷ですんだから、二日もすれば退院できるはずだ。チューリップは不幸にも脚の骨が折れているから、しばらくは病院にとどまることになるだろう」警視長の顔にちらりと笑みが浮かんだ。

「チューリップはヒース殺害容疑で逮捕されたんですか？」

「もちろんだ。殺人捜査班が面倒を見ていて、病室の前に警備担当を一人、二十四時間態勢で配置している」

「では、私は報告書を仕上げて、今夜退勤するときにラモント警視の机に置いておきます」

「いいだろう」ホークが言った。「きみに力を貸せなかったことをブルースが残念がっていたよ。急にフォークナーの裁判で証言することになったんだ」

「で、出来はどうだったんでしょう？」

「最高だった。ブース・ワトソンが彼の反対尋問をしなかったのもむべなるかなだ。したとしても、改めてこの質問を繰り返すしかなかっただろうからな――〝あの胸像にコカインを入れたのがフォークナーでなかったら、入れたのはだれなのか〟とね」

「原告側はあの二十ポンド紙幣のことを持ち出しましたか？」

「いや、持ち出さなかった。それはフォークナーを反対尋問するときの切り札として、サー・ジュリアンが温存しているのではないかな」

「だとしたら、フォークナーにチャンスが残ったんじゃないでしょうか」ウィリアムは言った。「フォークナーが証人にならなかったら、父はそれを新証拠として提示できないわけですから」

「妙だな」ホークが訝った。「そんな危険を冒すとは、まったくサー・ジュリアンらしくない」

「しかし、娘のほうならやりかねませんよ」ウィリアムは言った。

「それなら、二人が後悔の人生を送らなくてすむのを祈るしかないな」


ウィリアムは玄関の鍵を開けながら、妻との静かな夜がエイドリアン・ヒースの死体のイメージを頭から締め出してくれるのを願った。が、広間に一歩入るや否や目に飛び込んだのは、涙にくれる妊婦のベスだった。彼女はウィリアムに抱き着き、しっかりと齧りついた。

「何よりも怖かったのは夫が無事に帰宅しない日がくることだとジョゼフィーヌ・ホークスビーが話してくれたけど、それは本当だって、いまわかったわ」

「そこまで最悪の一日じゃなかったよ」ウィリアムは妻を安心させようとした。

「でも、あんな形で惨殺されたお友だちを目の当たりにして、あなたはそれを防ごうにも術がなかったんでしょ？」

「どうしてそれを知っているんだ？」ウィリアムは訊いた。

「夕方からテレビのニュースが一番に流しつづけているし、ジャッキーが電話をしてきて、犯行現場に一番に駆けつけたのがあなただって教えてくれたの」

「そうだけど、ぼくなら大丈夫だよ」説得力があるという自信はなかった。

「そうは見えないけど」ベスは言い、血に汚れたシャツを脱がせはじめたが、もう一つの傷を見て、ウィリアムが警察官になって最初に暴漢と遭遇したときのことを思い出さずにはいられなかった。しかし、ベスが恐れていたのは、今度の傷が肉体的なものでなく、精神的なものになるのではないかということだった。「電話をくれればよかったのに」

「殺人事件の現場から電話をするのは簡単じゃないからね。ラモントが捕まらなくて、現場で指揮を執らなくちゃならなかったし」

「知ってる。ジャッキーが何から何まで生々しく教えてくれたもの」彼女はきみに事実を細かく教えたかっただけだよ、とウィリアムは言いたかった。「エイドリアンの恋人の反応はどうだったの？」

　ウィリアムは答えなかった。

「これも、これ以上わたしがすべきでない質問の一つ？」ベスが訊いた。

「そうだな」ウィリアムは小声で答えた。「自分が正しい判断をしたかどうか自信がないから尚更だ」

19

「この証人の反対尋問を行ないますか、ミスター・ブース・ワトソン？」

「お願いします、ミラッド。長くはかかりません」

ラモント警視が証人席に戻るのを、被告側弁護人は起立したまま待っていた。

「警視、もちろん念を押すまでもないとは思いますが、あなたは宣誓をしておられます」

ラモントは応えなかったが対戦相手を上から睨みつけ、さながら第一ラウンド開始のゴングを待ち兼ねているボクサーのようだった。

「記録のために、警視、その沈黙はイエスと答えられたものと考えてよろしいですか？」

ラモントが不承不承にうなずいた。第一ラウンドはブース・ワトソンのものになった。

「昨日の午後の証言で、あなたはわが博識な友人の質問に対し、私の依頼人の自宅の胸像のなかにあった薬物を隠したのが彼でなかったら、一体だれが隠したのか、とうんざりするぐらい繰り返されましたね？」

「ここでまた繰り返すのもやぶさかではありませんがね、ミスター・ブース・ワトソン、それで裁判の進行が早まるのではないかと、あなたが考えておられるのならね」

　第二ラウンドをどっちが取ったかは疑いの余地がないな、とウィリアムは思った。

「進行を早める必要があるとは考えていませんよ、警視。しかし、あの日の夜中、どれだけの数の警察官がミスター・フォークナーの自宅に侵入したか、それを知りたいと考えてはいますがね」

「正確な数はわかりません」

「それなのに、あの作戦の指揮を執られた？」

「十五人、二十人の可能性もあります」

「実は二十三人なんですよ、そこには麻薬取締担当警察官、鑑識分析官、運転手、カメラマンまで含まれています。麻薬犬が二頭いたことは言うまでもありません。だれかがそれを見たら、私の依頼人が戴冠用宝玉でも盗んだのではないかと疑ったとしても、無理はないのではないでしょうか？」

　ラモントは答えなかったが、どっちが第三ラウンドの勝者かを陪審員は疑わなかった。

「その二十三人のなかの一人が、あなたに気づかれることなく、胸像にドラッグを隠すことは可能ではありませんか？」

「不可能です」ラモントは反撃に出た。

「そう言われるということは、あなたはあそこにいた部下の最後の一人まで、そんなことをした者はいないと、あなた自身が保証できるということですか？　そこにいることをあなたが気づかなかった者たちも含めて？」

「そんなことができるはずがないでしょう、当たり前だ」ラモントは突っぱねた。「しかし、彼らは一人の例外もなく第一級のプロフェッショナルで、やるべく訓練された仕事を忠実に実行したことは保証できます」

「では、ジェレミー・メドウズ捜査警視は第一級のプロフェッショナルで、やるべく訓練された仕事を実行したとおっしゃることができますか？」

ラモントがためらった。明らかに防御がおろそかになり、ブース・ワトソンの次のパンチ――反則のロー・ブローだったが――が命中した。

「ゆっくり考えてもらって結構ですよ、警視。それから、気を悪くしてほしくないのですが、あなたはまだ宣誓下にあることを、念のために申し上げておきます」

サー・ジュリアンが立ち上がり、苦い口調で言った。「ミラッド、ここまでの質問が本件とどういう関係があるのか、また、どこへ向かおうとしているのか、本職は理解しかねるのですが」

「ご心配には及びません、ミラッド」ブース・ワトソンが動じる様子もなく断言した。

「すぐに、一点の曇りもなく明らかになります」

「そうであることを願います、ミスター・ブース・ワトソン」レフェリーが割って入った。

「なぜなら、私もサー・ジュリアンと同じ見方をせざるを得ないからです。申し訳ないけれども、要点に入ってください」

「ご要望に応えるべく全力を尽くします、ミラッド」ブース・ワトソンはいまだ答えていないラモントに焦点を戻した。「質問を繰り返しますか、警視？」

「いや、それには及びません」

「では、答えをいただくのを楽しみに待つとしましょう」

「そうです、メドウズ警視は究極のプロフェッショナルでした。彼のチームの一員だったことを誇りに思っていました」

「究極のプロフェッショナル、ですか？　チームの一員であったことを誇りに思っていたその時期の、あなたの階級は何でしたか？」

「殺人捜査班の捜査巡査部長で、イーストエンドの悪名高い大物犯罪者の死について捜査をしていました」

「その事案は法廷で裁かれましたか？」

ラモントがうなずいた。

「またもや確認させてもらわなくてはなりませんが、それはイエスということでしょうか、警視？　記録のために法廷ははっきり知る必要があるのですが」

「イエスです」ラモントがぶっきらぼうに答えた。

「その裁判で、陪審員はどういう判決を下しましたか?」

「無罪です」ラモントは言った。

「思い出していただきたいのですが、警視、陪審員をその結論に導いた決定的な証拠、あるいは証言は何だったのでしょう?」

ブース・ワトソンは証人を見つめつづけた。

「思い出せないのであれば、あなたの記憶を呼び戻すお手伝いをするにやぶさかではありませんが」彼はしばらく待ってから言った。「あの裁判では、凶器とされた拳銃が警察によって仕込まれたものであることを、被告側代理人が証明したのです。無実の人間を有罪にすべく証拠を細工したのがだれだったのか、いまや法廷に明らかにしていただけるのではありませんか、警視?」

「ジェレミー・メドウズ捜査警視です」ラモントは答えたが、その声は法廷の後ろまで届かないほど小さかった。

「証拠の捏造(ねつぞう)が発覚したあと、メドウズ捜査警視はどうなりましたか?」

「辞職し、その後、服役しました」

「これは一体どこへ向かっているのですか、ミスター・ブース・ワトソン?」立ち上がりかけたサー・ジュリアンの機先を制して裁判長が訊いた。

「もうすぐおわかりいただけるのではないかと思います、ミラッド」ブース・ワトソンがサー・ジュリアンには目もくれずに答えた。

「そして、最前の証言によれば、警視、あなたはあの事案の警察側の当事者の一人だったわけです」

「私はそれを名誉に思っていました」

「名誉？　上級警察官が拳銃を仕込んで証拠を捏造し、無実の市民を不正に有罪にしようとした事案だったのですよ？」

「無罪のはずのあの男は、ひと月もしないうちに別の無実の市民を殺しました」

「では、あなたは自分の上司の行ないをよしとされた？」

「そうは言っていません」

「言ってもらう必要もありませんでした。教えていただきたいのだが、警視、あなたは〝目的はいかなる手段をも正当化する〟という考えの擁護者ですか？」ブース・ワトソンは答えを待ったが、何も返ってきそうになかった。「あなたがあの事案で演じた役割について、そろそろ法廷の好奇心を満足させてもらう潮時かもしれませんね。あなたの上司である尊敬すべきメドウズ捜査警視が有罪になったことを受けて委員会が設置され、その犯罪に関与した者がチームのなかにいなかったかを調べる作業が開始されました。そのとき、あなたは宣誓したうえで、感受性の強い若い捜査巡査部長だった自分が見て見ぬ振りをしたかもしれないと認めておられる。そういうあなたについて、委員会はどういう罰則を適用するのがふさわしいと判断したか、それをここで教えてもらえますか？」

「捜査巡査部長から巡査に降格することになり、二年のあいだ地域巡回を担当したあとで、以前の階級に復位しました」

「では、独立委員会はあなたの誠実さと高潔性がどういうものかを評価したうえで、降格がふさわしいと判断したわけですね」

「しかし、後に復位しています」

「いまや自分の性質は改善されていると、陪審員に信じてもらおうとしているのではありませんか？」

「人はだれでも過ちを犯します」ラモントは言った。「しかし、その過ちから学ぶ者もいるのです」

「確かにそのとおりです」ブース・ワトソンが言った。「しかし、陪審員が知りたいのは、正当な警察としての活動で有罪を勝ち取れないときは見て見ぬ振りをしないことを、あなたが学んだかどうかだと思いますよ」

ラモントが凄まじい目付きで被告側弁護人を睨みつけたが、ブース・ワトソンはびくともしなかった。

「あなたは私の依頼人がレンブラントを盗んだという容疑で――実際にはそれは誤認だったのですが――告発された事案の捜査責任者でしたか？　実はその名画を多大の私財を費

やしてフィッツモリーン美術館に返したというのが事実の、あの事案ですが？」

「陪審員は彼がその絵を七年ものあいだ違法に所持していたと判断し」ラモントが劣勢を挽回（ばんかい）すべく反撃に出ようとした。「裁判長は盗品故買の罪で執行猶予付きの四年の刑と一万ポンドの罰金を申し渡しています」

「いいぞ」サー・ジュリアンがささやいた。「いま、それは記録に残されているからな」

ブース・ワトソンは矛先をかわし、反撃に転じた。「質問に答えていただくだけで結構です。あなたはあの件の捜査責任者でしたか？」

「そうです」

「そして、それは〝目的はいかなる手段をも正当化する〟の、もう一つの例ではなかったのでしょうか？」

サー・ジュリアンはすぐさま立ち上がった。「異議あり、裁判長。本件で裁かれているのは警視ではありません」

「異議を認めます、サー・ジュリアン。質問を変えてください、ミスター・ブース・ワトソン」

ブース・ワトソンがノートをめくった。「最後に、警視、五月十七日の夜、私の依頼人の自宅の正面ゲートから車道（ドライヴ）を経由して玄関まで、どのぐらいの時間を要しましたか？」

「一分か一分半ほどです」

「それは興味深いですね。なぜなら、一週間前、私は同じことをしてみたのですが、そのときは四十二秒しかかからなかったのですよ。だとすると、あなたは急がなかった可能性がありますね」

ラモントが動揺するのがわかった。

「それから、あなたが玄関のベルを押しつづけたあと、執事——要請があれば証言すると言っています、ミラッド——がドアを開けてあなたをなかに入れるまで、どのぐらいの時間がかかりましたか？」

「一分か、二分だったかもしれません」

「では、あなたとあなたの部下の二十三名が薬物を探しに私の依頼人の屋敷に押し入るまで三分、もしかすると四分かもしれませんが、それ以上はかかっていないわけだ。そして、二時間以上も家捜しをして見つかったのが、エクスタシー一錠とマリファナ煙草二本だったわけですか」

「しかし、そのあと——」

「〝そのあと〟がキイワードなのですよ。しかし、どのぐらいあとなのでしょうね。ところで、あなたが先頭を切ってリンプトン・ホールへ入ったのですか、警視？」ブース・ワトソンが戦術を変えた。

「そうですが」ラモントが怪訝そうに答えた。

「そのとき、私の依頼人はどこにいましたか？」

「階段のてっぺんに立っていました」

「どんな服装でしたか？」

「赤いシルクのドレッシングガウンでした」

「では、あなたが玄関のベルを押したあと、私の依頼人は不都合にも玄関の近くに置いてある胸像に何とか十二包のコカインを隠し、二階へ駆け戻り、ディナー・ジャケットをパジャマに着替え、その上に赤いシルクのドレッシングガウンを羽織り――実に詳細に記憶しておられたことに感謝しますよ、警視――、さらに時間をやりくりして階段の上に立ち、あなたたちが飛び込んでくるのを待っていたわけですか、三分足らずのうちに？」

　ラモントは答えなかった。

「陪審員のみなさんは『キーストン・コップス』をご存じでしょうか。警官隊がドタバタを繰り広げるコメディですが、ここにいる警視率いる警官隊のドタバタぶりは、あの番組をも凌いでいたと言っても過言ではないでしょう」ブース・ワトソンが正面から陪審員を見て言った。

「被告はわれわれが到着する以前にコカイン十二包を胸像に隠しておいて、あの日の夜、もっと遅い時間に取り出して客に提供するつもりでいたと、私はそう信じています。われわれはタイミングを間違えただけです」

「タイミングを間違ったのではないのではありませんか？　あなたたちは二時間以上家捜しをしたにもかかわらず、有罪を立証する何物も見つけられなかった。それで、だれかがあなたの指示を実行し、都合よく胸像にコカインを仕込んだ。違いますか？　私はそう信じていますが？」

「それは馬鹿げた思いつきにすぎません」ラモントは癇癪（かんしゃく）を破裂させまいと必死だった。

「あなたは有罪を勝ち得るべく捏造した証拠を同僚が仕込んだとき、見て見ぬ振りをするほうを選択した。しかも、それは二度目だった。これも馬鹿馬鹿しい思いつきですか？」

「馬鹿げているにもほどがある」ラモントがほとんど叫ばんばかりになって言い返した。

「若くて感受性の強い捜査巡査が、捜査責任者である上司を喜ばせようとしたかもしれませんね」

「馬鹿げている以上だ」一言ごとに声が高くなった。

「そして、コカインの在処をたまたま正確に知っている捜査巡査部長がいた。なぜなら、彼がコカインをそこに仕込んだからです」

「いまの発言は中傷を意図した下卑た言いがかりにすぎません、ミラッド」サー・ジュリアンが弾かれたように立ち上がって言った。

「その捜査巡査部長が、たまたま原告側主任弁護人のご子息であれば尚更でしょうか」

サー・ジュリアンは言い返したはずだったが、その声はいきなり響き渡った怒声に掻き消されたらしかった。何人かが振り返って声のしたほうを見ると、怒りを隠すことのできないウィリアムがそこにいた。

　裁判長はざわめきが収まるのを待って、被告側弁護人のほうへ身を乗り出した。「意図がよくわからないいまの非難に関して、それが事実であることを証明することができるのでしょうね、ミスター・ブース・ワトソン？　さもなければ、私としては陪審員に対してあなたの言葉を無視するよう助言し、これからはもっと慎重であるようあなたにお願いするしかなくなりますが」

「意図がよくわからない非難ではなかったかもしれませんよ、ミラッド。もっとも、ウォーウィック捜査巡査部長に――彼の上司ではなく――宣誓したうえで証言してもらうことをサー・ジュリアンが認めてくだされば、ですが」

　今回のざわめきはさっきよりも長く、しばらくのあいだつづき、裁判長はようやく秩序を回復させると宣言した。「これ以上、私の忍耐力を試さないでいただきたい、ミスター・ブース・ワトソン。そうでないと、あなたに退廷を命じ、法廷侮辱を検討することになるかもしれません」

「そして、私たちはともにそれを望んでいないのではありませんか、ミラッド」この応酬のあいだ一人だけ落ち着いていたブース・ワトソンが応じ、裁判長が答えるより早く証人に向き直って言った。「警視、あなたはミスター・フォークナーが危険な犯罪者であり、たとえ陪審員が誤った判断をしたとしても、終生刑務所に閉じ込めておくべきだと見なしておられる、そう考えて間違いありませんか？」

「ようやく意見が一致することが見つかったようだな」ラモントがブース・ワトソンに指を突き出して叫んだ。

「もっと大きな声でお願いできますか」ブース・ワトソンが言った。「何を言っているかを陪審員が聞き取れず、誤解されることもあるかもしれませんからね」そして、裁判長を見上げて言った。「質問は以上です、ミラッド」

全員が腰を浮かせるようにして、サー・ジュリアンが戦いの場に登場するのを待った。しかし、またもや驚いたことに、原告側主任弁護人は起立すると、大きなため息とともにこう言った。「原告側にとって本件は完了しました、ミラッド。しかし、個人的な意見を申し述べることを認めていただけないでしょうか」

ベイヴァーストック裁判長がうなずき、ブース・ワトソンは席に深く坐り直すと目を閉じて腕組みをし、勝勢を確信している将軍が戦場からの勝利の知らせを待っているかの印象を与えようとした。しかし、彼が驚いたことに、サー・ジュリアンはいまだ降伏の条件に同意するつもりがないらしかった。

「ご存じのとおり、ミラッド、裁きの場で主任弁護人が被告側証人の反対尋問を下級法廷弁護士に行なわせることは、既定のこととして認められています。したがって、もしミスター・ブース・ワトソンが被告に証言を求めるのであれば、ミラッド、本職はあなたの許しを得て、反対尋問の責任を本職の下級法廷弁護士、ミズ・グレイス・ウォーウィックに譲る所存です」

ブース・ワトソンは目を開けて腕組みを解くと、周囲の者だけに聞こえる声で言った。

「やつは何を企んでいるんだ?」

父が何を企んでいるかはっきりわかっているウィリアムは、口元が緩むのを抑えられなかった。

「異存はありません、許可します、サー・ジュリアン」裁判長が認め、そのあとで付け加えた。「明朝十時まで休廷とします」

「証言することには強く反対する、というのが私のアドヴァイスだ」ブース・ワトソンは言った。

「なぜだ?」フォークナーが詰め寄った。

「きみは得るものが何一つないし、彼女は失うものがないからだ」

「だが、いいか、忘れるなよ、相手は弟子で、師匠じゃないんだぞ」

「師匠の下で何年も鍛えられている弟子だ」

「それなら、自分たちが一体だれを相手にしているか、ウォーウィック一族にははっきり思い出させてやるいい機会かもしれんじゃないか。いずれにしても、おれに失う何があるというんだ？」

「自由だ」

「しかし、サー・ジュリアン・ウォーウィックを公然と辱め、同時に娘を叩き潰し、ホークスビー、ラモント、そして、あの少年聖歌隊員がなす術なく傍観していなくちゃならないなんて、こんな機会は二度とないかもしれないいんだぞ」

「私の考えはもう話したから、これ以上は言わないが、マイルズ、どんな犠牲を払っても、証言だけはするな。そんなことをしても、もう幕が下りてしまっているのを確認することになるだけだ」

「私が登場しなければ、幕は下りないさ」フォークナーが言った。

「きみの登場は台本にないいんだ、忘れないでくれ」

「率直に言わせてもらうが」と、フォークナー。「あんたはせいぜいが墓堀人だった。いまは、みんながハムレットの登場を待っているんだ」

「その結末はみんなが知っているんだがな」

20

目が覚めたとき、グレイスは自分がちゃんと眠ったかどうかよくわからなかった。それほどの不安と期待で胸がざわついていた。

クレアを起こしたくなかったから少しのあいだ横になったままでいたあと、こっそりベッドを降り、裸足（はだし）のまま、音を立てないように絨毯の上を歩いてバスルームに入った。そして、静かにドアを閉め、明かりをつけた。

鏡に映る自分を見た。やるべき仕事は山ほどあったが、それはいまではなかった。フォークナーに不意打ちを食らわせるための望みを見つけようとするのであれば、頭脳が最高の切れ味を持って活動できる状態にしなくてはならなかった。冷たい水で盛大に顔を洗い、歯を磨くと、ドレッシングガウンを着て明かりを消し、忍び足でバスルームから部屋に戻って廊下に出た。ありがたいことに、クレアはいまも眠ってくれているようだった。

階段を下りていくと、キッチンの明かりをつけっぱなしにしたままベッドに入ったことに気づき、小さく自分を罵った。愛する母に〝燃料（フューエリッシュ）の無駄遣いをした〟と叱られる。ところがキッチンのドアを開けると、クレアがテーブルに向かい、ペンを手にして法律文書に囲まれていた。

「おはよう、グレイス」まるでオフィスで仕事をしているかのような調子で、クレアが挨拶した。「あなたが今朝の反対尋問のために準備した質問について、もう一度検討確認をしていたところよ。順番を少し入れ替えたけど、そのほうが、あなたの進もうとする方向をフォークナーに予測させにくくなると思う。でも、一瞬たりと気を緩めちゃ駄目よ、あの男の逃げ足は恐ろしく速くて切れ味がいいんだから。とにかく、常にあいつの一歩前を先行しつづけるようにしてね。目にも留まらぬ速さでいきなり繰り出されたパンチなんて、あいつにだって見えるはずはないし、二発目を鳩尾に食らったらすぐには立ち直れないはずだから、そこで三発目を繰り出せばノックアウトよ。ところで、エイドリアン・ヒースの証言をもう一度読み直してみたんだけど、あなたのお父さまは正しかったわ——彼はフォークナーを罠にかける方法を、暗号メッセージにしてわたしたちに送ってくれていた。フォークナーとブース・ワトソンが、まだそれに気づいていないことを祈りましょう。さあ、腰を落ち着けて、わたしの努力を検証してちょうだい。そのあいだに、わたしは卵を茹でるから。だって、今日のあなたはたっぷり朝ご飯を食べなくちゃならないんだもの」

「悔しくて喉を通らなくなる前にね」グレイスはクレアを巻き込んで神経質に笑った。そして腰を下ろすと、新しく並べ替えられた質問の順序の検討にかかった。「あの八百ポンドに戻ってもよろしいですか?」という問いがフォークナーに予測されないよう、二つの質問の順番が入れ替えられていて、それは確かにクレアのほうが正しかった。

「さて」クレアがグレイスの前にお茶のカップを置いて言った。「そろそろ現実世界に戻りましょうか。わたしがフォークナーをやるから、あなたはわが国で一番の弁護士を演じてちょうだい。さあ、行くわよ」

グレイスは起立して口を開いた。「ミスター・フォークナー、あなたはミスター・ヒースが宣誓したうえで述べたことが事実であると信じますか……」

それから一時間、辛辣な質問と鋭い返答の応酬をし、別の言い方を選択するために口をつぐんだり、より強いインパクトを与えるために一つの言葉を強調したりを頻繁に繰り返しながら、あたかもお互いが親の仇(かたき)でもあるかのような激しい一騎打ちをつづけた。三杯目のお茶を飲み終えたとき、フォークナー役のクレアが万歳をして叫んだ。『彼女の勝ちだ、間違いない!』さあ、部屋へ戻って支度をしなさい。陪審員を武装解除するためには、最高に格好よく見せることも必須なんだから」

グレイスはパートナーにキスをすると、シャワーを浴びるために階段を引き返した。自分はなんて運がいいんだろうと思うのは、これが初めてではなかった。クレアとは現代社会における里親の役割というロウ・ソサエティのシンポジウムで出会い、それ以来、ほとんど一日として別々にいたことがなかった。これまで出会った男たち――二人がこれほど手に負えない女だとは、誰一人として夢にも思っていなかった——について、手を取り合ってくすくす笑いながら話すのがお互いのお気に入りだったが、そういうことをするのは、自分たちしかいず、何をしてもだれにも知られることのない自宅に限られた。一度、手をつないで公園を散歩していると、十代の男の子が自転車で追い抜きざまに叫んだことがあった。「レズ！　レズ！　レズビアン！」走り去っていくその少年に向かってクレアは中指を立て、あとで自己嫌悪に陥ることになった。

「あんなくだらないレヴェルまで自分を貶めるべきじゃなかったわ」彼女は明らかに自分に腹を立てている様子でグレイスに言った。

　愛には多くの形があるのだということをああいう愚か者にわからせるのは、どうやっても無理なのだろうか。クレアは優しくて、寛容で、温かく、機知に富み、鞭の先端のように鋭い。彼女は事務弁護士で、私は法廷弁護士だから、仕事の上でのパートナーとしても理想的だ。実際、男性の同僚の一人が仕事場でこう言っているのが聞こえたことがあった。

「もし敵として相まみえることがあったら、あの二人がただの仕事上のパートナーだなどとは思わないことだ。敵を蹴散らして進んでいる軍隊のようなものだからな」

　グレイスは鏡を覗いて服装をチェックした。きちんとしたネイヴィブルーの仕立てのスーツに、実用本位の黒の靴。法廷でハイヒールは絶対にやめたほうがいい、と女性判事がかつてアドヴァイスしてくれたのだった。何時間も立っていなくてはならないのだから、身長を二インチ高くするより、苦痛を排除するほうがはるかに重要なのだ、と。グレイスは髪を梳かしながらも、鏡のなかにフォークナーがいると想定して彼を睨みつけながら、質問と、間の入れ方までをもリハーサルしつづけた。

クレアが抜け目なく声をかけて、すぐに現実に引き戻してくれた――「そろそろ行かなくちゃ。さもないと、法廷に入ったときには、あいつは無罪になってしまっているかもよ！」

「今朝の会議をいつもより少し早く招集したのは」ホークスビーが言った。「ラモント警視が十時までにオールド・ベイリーへ戻らなくてはならないからだ」ラモントは沈黙したままだった。「心配は無用だ、ブルース。フォークナーが愚かにも証人席に入ったら、サー・ジュリアンが八つ裂きにしてくれるだろう」

「あいつの対戦相手はサー・ジュリアンではなくて」ラモントが言った。「彼の娘です、彼女が反対尋問をすることになっているんです」

「そういうことなら、神が哀れなフォークナーをお助けになりますように」ウィリアムは言ったが、ホークもラモントも納得したようではなかった。

「われわれがフォークナー事案に注力している間、アダジャ捜査巡査たちがラシディをしっかり見張ってくれているが」ホークスビーがつづけた。「やつの殺人工場の所在についてはどうだ、発見に多少は近づいたか、ポール?」

「一歩ぐらいは近づいたかもしれませんが、サー」ポールが答えた。「それ以上とは言えません。ブリクストンの高層建築街区の建物をすべて調べ上げて、それらの一つの最上階に違いないという確信はあるんですが、その建物を特定できていません」

「それをさらに難しくしているのが」ウィリアムは口を開いた。「ラシディの尾行を同じ警察官につづけさせられるのが、せいぜい二日までだということなんです。ですから、殺人工場を突き止めるには数週間、もしかすると何か月もかかるかもしれません」

「ブリクストンでは、あなたたちより私のほうが土地柄に馴染みやすくて目立たないはずだから、不審に思われる可能性も低いんじゃないでしょうか」ポールが言った。「だとしたら、私なら三日連続での監視が可能かもしれませんよ」会議室にその日初めての笑いが起こった。

「あなたの囮捜査官から連絡があったかどうかが気になっていたんですが、サー」ウィリアムは言った。「彼がもうラシディの殺人工場の所在を突き止めている可能性はどうなんでしょう」

「いや、まだだ」ホークはウォーウィック捜査巡査部長がマルボロ・マンについて最後に質問したときのことを思い出し、鋭い口調で答えた。「いいか、ウォーウィック捜査巡査部長、忘れてもらっては絶対に困るが、彼は毎日、命の危険にさらされている。われわれの一員ではないかと一瞬でも疑われたら、われわれは翌朝の川に浮かぶ彼の死体を見つけることになるんだぞ」

恋人が自分のことを話してくれたとき、ホークとほとんど同じ言葉で同じことを言っていたのをジャッキーは思い出した。

「私は良心に誓ってそんなことは欲していない、これは本心だ」ホークスビーは付け加えたが、すぐにその言葉を発したことを後悔した。

チューリップをフェリクストウで逮捕していたら、エイドリアンはいまも生きていたはずだということを警視長に思い出させたい誘惑にウィリアムは駆られたが、何とかそれを抑え込んだ。

「ラシディの殺人工場があの高層建築街区の建物の一つの最上階にあるとしたら」ポールがウィリアムの救出に乗り出そうとして言った。「正面入口から入るのは、不可能ではないとしても難しいと思われます。われわれが現われたことを見張りが知らせるでしょうし、そうなれば、やつらは店じまいをして、われわれがそこへ到着するはるか前に姿を消してしまえるわけです。その結果は、あの連中に当面仕事ができなくなって多少不便な思いをさせるだけが成果ということになりかねません」

ホークスビー警視長が窓の向こうを見て言った。「では、雪が降るまで待つしかないか」

オールド・ベイリーの一番法廷は、法曹の世界では派手な事案を扱うことで有名で、〝見世物法廷〟と呼ばれ、満員の観客を相手に演じられるのが普通だった。今日はそれ以上で、サー・ジュリアン・ウォーウィック勅撰弁護士が代役を立てることを前夜の新聞が断言したために、一番法廷はミズ・グレイス・ウォーウィックが舞台に登場するはるか前に満席状態になっていた。

クレアはグレイスのすぐ後ろにつづいていたが、原告側の正式メンバーではなかったから、法廷の後方、ウィリアムの隣りの空いている椅子に腰を下ろした。

「あなたの弟の名前にかけて仇を討つのよ」というのが、最前列の原告側代理人席で待つ父のもとへ向かうグレイスへの、クレアの最後の指示だった。

「おはよう、グレイス」父が声をかけた。「ゴリアテを殺すに充分な数の石がポーチに入っているか？」

「お忘れのようだけど、お父さま」娘は言い返した。「ダヴィデが必要とした石は一個よ」

「では、その一つしかない石を、フォークナーの額のど真ん中に確実に命中させなくてはならないぞ。かすりもせずに肩の向こうへ逸れたりしたら、そのあとどんなにたくさんの石を投げつけたとしても、やつはあらゆる方向へ飛びのいたり腰を屈(かが)めたりして、それを避けてしまうだろうからな」

ブース・ワトソンが反対側の被告側代理人席に着き、お互いを認めていない二人の勅撰弁護士は、仏頂面で、慣習に従ったにすぎない会釈を交わした。グレイスが被告席へ目をやると、これから対決することになる相手に睨みつけられているのがわかった。フォークナーが目を逸らすことなく唇を舐めたとき、グレイスの背筋を震えが走った。クレアを見ると、彼女は親指を立ててみせてくれた。

「ウィリアムの隣りにいるのがクレアなら」父が言った。「彼女にここへきてもらえばいいじゃないか。考えてみれば、彼女は本件に関して、たぶんわれわれと同じぐらい詳しく知っているんだから」

「ありがとう」グレイスは後ろを向くと、パートナーを手招きした。

クレアは極度の不安と緊張を隠せないまま、用心深く法廷の前のほうへ移動し、サー・ジュリアンとグレイスのすぐ後ろに着席した。

「おはよう、クレア」サー・ジュリアンが言った。「本来いるべきところへよくきてくれた。グレイスや私が何か見落としたり忘れたりしたと思ったら、遠慮はいらないから、ためらうことなくメモを渡してくれ。私たちがそういう間の抜けた失態をしでかしかねないことを、きみはよく知っているはずだ」

「ありがとうございます、サー・ジュリアン」クレアはリーガルパッドとボールペンを二本、ブリーフケースから取り出した。

「全員、起立してください」

ベイヴァーストック裁判長はゆっくりと姿を現わしたが、目の前が人で埋まっているのを見て喜んだようだった。高いところにある傍聴席は、気を逸(はや)らせている野次馬(やじうま)で溢(あふ)れんばかりになっていて、進行をもっとよく見ようと手摺から身を乗り出している者もいた。ミスター・ベイヴァーストックは一礼してハイバックの裁判長席に腰を下ろすと、陪審員が入場して着席するのを待ち、登場する俳優が一人残らず袖で待機していることを最後に確認して、ようやく幕を開けることを自分に許した。

フォークナーは被告席にいて、原告側のチームと被告側のチーム――ミズ・ウォーウィックのほうが被告よりも緊張しているように裁判長には見えた――は、それぞれ左右の端の最前列に席を占めていた。そして、新聞記者たちは早くも鉛筆を構え、裁判が始まるのをいまや遅しと待っていた。陪審員が準備を終えると、裁判長は書類の並べ直しをしている被告側弁護人を見て言った。

「おはようございます、ミスター・ブース・ワトソン。最初の証人を呼ぶ準備は整っていますか?」

「もちろん整っています、ミラッド。ミスター・マイルズ・フォークナーをお願いします」

裁判長は意外そうな顔をし、新聞記者は面白くなりそうだという顔をしたが、それはグレイスの不安と緊張をさらに募らせただけだった。フォークナーに宣戦布告する準備はできていたが、これからの戦いで本当にあの男を叩き潰すことができるだろうか？

フォークナーは被告席を出ると、ゆっくりと法廷を横断し、証人席に着いた。そして、右手を聖書に置き、あたかも自分がそれを書いた本人であるかのように淀みなく宣誓した。

ブース・ワトソンは自分の依頼人に向き直ると、笑顔で言った。「記録のために、フルネームと職業を教えてください」

「マイルズ・アダム・フォークナー、農場を経営しています」

「では最初の質問です、ミスター・フォークナー、一九八六年五月十七日の夜、あなたはハンプシャー州にある自宅、リンプトン・ホールに何人かの友人を招いてディナー・パーティを催されましたね」

「仕事の仲間であり友人です」フォークナーが答えた。「二十年を超える付き合いになる人々もいます」

「そして、そのディナー・パーティの目的は純粋に社交的なものだった？」

「いえ、そうではありません、サー。私たちは同じ考えを持ち、仕事の上では成功していて、そろそろ社会に何かお返しをすべきときがきているのではないかと感じている者の集まりなのです」

「実に立派なことです」ブース・ワトソンが言い、裁判長は眉をひそめた。「どういうお返しをするか、何か特に考えがおありですか？」

「われわれは芸術を愛する者ばかりです。その範囲は多岐にわたりますが、若い人々の教育に文化が積極的な役割を果たし得ると、強く感じています」

「特に愛しているのは芝居という芸術だろうな」サー・ジュリアンはつぶやいた。「とりわけ、用意された台本があって、台詞を思い出すことができる芝居だ」

「まったく立派です」ブース・ワトソンが繰り返し褒めそやした。

「発言は慎重にお願いします、ミスター・ブース・ワトソン」裁判長が小さな声で注意した。

「あいつらが何を目論んでいるか、少なくとも裁判長はわかっているわね」グレイスは小声で言った。

「だが、陪審員はどうかな?」父が言った。

「申し訳ありません、ミラッド」ブース・ワトソンは謝罪したが、申し訳なさそうではまったくなかった。「しかし、ミスター・フォークナー、あなたは最近、自身のコレクションのなかの名画二点を、数百万ポンドの価値があるにもかかわらず、わが国有数の美術館に寄付されました。それを本法廷で確認していただくことができますか?」

「できます。レンブラントとルーベンスを手放すのは残念でしたが、これまでの人生でその二点から多大な喜びを得てきたことも事実です。その喜びを多くの若い人々に」フォークナーはそこで間を置いた。「また、そんなに若くない人々にも知ってもらえるとすれば、私の喜びはさらに大きなものになるでしょう」そして、この時点でそうしろとブース・ワトソンに指示されたとおり、陪審員に笑顔を送った。その演技は、陪審員の一人か二人が敬意の表情を返してくれたことで報われた。

「では、あなたにかけられている容疑の一つに戻りたいと考えます。すなわち、五月十七日の夜に警察がコカイン十二グラムをあなたの自宅で発見し、それはあなたが個人的に使用する目的で所持していたものであるという容疑です」

「しかし、十二グラムと言えば、一年は不自由しないですむ量ですよ。まあ、所持していたと仮定しての話ですが」

〝十二グラムあれば一年は不自由しないですむと、フォークナーはどうして知っているのか？〟とクレアはメモし、それをグレイスに渡した。

「自分が宣誓していることを忘れないでいただきたいのですが、ミスター・フォークナー、これまでに規制薬物を試したことがあるかどうか、本法廷に証言していただけますか？」

「もちろんです、サー。実は美術学校に通っていたとき、一度だけマリファナ煙草を吸ったことがあります。しかし、気分が悪くなっただけだったので、二度と試すことはありませんでした」

「では、五月十七日にミスター・エイドリアン・ヒースがあなたの自宅を訪れ、コカイン十二グラムを八百ポンドで売ると申し出たことは否定されるのですね？」

「正確な金額は憶えていませんが、ミスター・ブース・ワトソン、ミスター・ヒースの証言通り、彼が届けてきたのは〈フォートナム・アンド・メイソン〉に手配してもらったロイヤル・ベルーガの最高級キャヴィアです」

クレアは〝二十ポンド〟とメモし、その下に下線を引いて、サー・ジュリアンに渡した。

グレイスの父親が微笑してうなずいた。

「その夜より前にミスター・ヒースに会ったことはないのですね？」

「ええ、一度もありません。彼の悲劇的な死を知ったときは心底ぞっとして、同時に、何だか不可解な気がしました」

「何をおっしゃりたいのですか、ミスター・フォークナー？」

「不可解に感じたのは、その犯行が行なわれる直前、どうしてスコットランドヤードの刑事二人がたまたまそこにいたのか、ということです」

「発言を止めてください、ミスター・フォークナー」裁判長がさえぎり、陪審員を見て告げた。「陪審員のみなさんには、いまの発言を忘れてもらわなくてはなりません」

「しかし、忘れないだろうな」サー・ジュリアンがささやいた。「フォークナーはそれをわかりすぎるぐらいよくわかっている」

「尋問を再開してください、ミスター・ブース・ワトソン」裁判長が命じた。

「ミスター・フォークナー、十二グラムのコカインがあなたの自宅の胸像のなかにあったことについて、どうしてそういうことになったのか心当たりはありますか？」

「まったくありません。ラモント警視または彼の部下が、有罪をでっち上げるために、無実の市民の自宅に薬物を仕込むなどという腐敗行為に手を染めた可能性があるとは、私には考えられません」フォークナーが間を置いた。「しかも、過去に一度それをやって露見したというのに」

裁判長が再度介入しようとしたとき、フォークナーが付け加えた。「しかし、そうだとしても……」そして、また間を置いた。

「そうだとしても？」ブース・ワトソンがつづけるよう促した。

「ラモント警視に逮捕されたときはショックでした。『しばらく前から、これを楽しみにしていたんだ』と彼は言ったのです」

裁判長はどよめきが静まるのを待って言った。「ミスター・フォークナー、ラモント警視がその言葉を発したという証拠を持っていますか？　それとも、自身の記憶に頼っているだけですか？」

「ミラッド、逮捕時の経緯は、私が文字にして残しています」ブース・ワトソンが割り込んだ。「ああ、これです。〝長いあいだ、これを楽しみにしていたんだ〟と書いてありますね。ミスター・フォークナーは一言だけ間違えています」

裁判長はラモントが発したとされる言葉を書き留め、先を促した。「つづけてください、ミスター・ブース・ワトソン」

「ありがとうございます、ミラッド。ミスター・フォークナー、二時間の家宅捜索のあいだにエクスタシー一錠とマリファナ煙草二本が発見されていますが、それについて異論はありませんか?」

「異論はありません、それは事実です。エクスタシーは厨房(ちゅうぼう)で、マリファナ煙草は厩(うまや)で発見されました。それは自分たちが持っていたものだと使用人二人が認め、私としては彼らを解雇するしかありませんでした」

「最後に、ミスター・フォークナー、違法薬物に溺れる人々に対する見解を聞かせていただけますか?」

「とても気の毒に思っています。その多くは何としても治療が必要な、哀れで絶望的な人たちです。しかし、売人については、卑劣で見下げ果てた、地獄で朽ち果てるにふさわしい社会の屑(くず)と見なしています」

「質問は以上です、ミラッド」

「ありがとうございました、ミスター・ブース・ワトソン。ちょうどいい時間だと考えますのでここで一旦休廷にし、二時に再開します。そのときに、ミズ・グレイス・ウォーウィックに本証人の反対尋問をお願いします。全員起立」

21

「お父さまに代わってもらうほうがいいんじゃないかしら？」手近な椅子にどすんと腰を落としながら、グレイスは言った。

「何を弱気なことを言ってるの」クレアが諫めた。「そもそも断わられるに決まっているし、これから先、あなたのことを本気で考えてもらえなくなるわ」

「でも、フォークナーが証人席からブース・ワトソンをどんなに上手に操っていたか、あなたも見てわかってるでしょう。自信と確信に満ちていて、すべての質問に例外なくきちんと答えていたわ」

「それはそうでしょうよ。だって、どんな質問がやってくるか、ブース・ワトソンが口を開きもしないうちからわかっていたんだもの。充分にリハーサルもできただろうし、いかにもその場で考えたように見せかけながら、陪審員に好感を持たれる答えを準備するのは難しくないわ」

「だけど、わたしたちが決定的な証拠を握っていることをもう知られていたら……」

「そうだったら、午前中にブース・ワトソンがそれを叩き潰して、あなたの反対尋問が意味のないものになるよう手を打っているわよ」

グレイスがそれでも反論しようとしたとき、サー・ジュリアンが明らかに自分の下級法廷弁護士を捜す様子で廊下に出てきた。

「やっぱり、代わってほしいって頼むことにするわ」グレイスは小声で言った。

「法廷に戻れ」サー・ジュリアンが言った。「みんながおまえを待っている。お母さんまで傍聴席にいるぞ」

「グレイスったら、この挑戦をどんなに楽しみにしているかを、いままでわたしに語って聞かせてくれていたんですよ」クレアが言った。

「それは何よりだ」サー・ジュリアンが応じた。「しかし、こういう事案では、自信過剰は禁物だ。オールド・ベイリーの初体験はかなりの試練だが、頑張ってやり通せば……」グレイスは動く気配を見せなかった。「そうだとしても、そろそろ行こう。裁判長を待たせる余裕はない」

グレイスは立ち上がったが、脚にほとんど力が入らなかった。クレアがすぐさま腕を取り、ゆっくりと、しかし容赦なく、パートナーを戦いの場へ引き戻した。

「フォークナーもわたしと同じぐらい、神経質になって緊張しているかしら？」ベイヴァーストック裁判長が入廷して席に着くと、グレイスはクレアに訊いた。

「それはないでしょうね」クレアが答えた。「でも、だからこそ、あなたはあいつを殺せるのよ」

法廷が静かになると、裁判長は期待の目で原告側代理人席を見下ろした。グレイスは父に目を走らせたが、主任弁護人は動く様子がなかった。ブース・ワトソンが怪訝な顔をし、フォークナーは証人席からグレイスを睨んでいた。

「立ちなさい！」クレアがぴしりとささやいた。

グレイスは立ち上がったものの、自信はないままだった。法廷のすべての目が見つめていたけれども、それも助けにはならなかった。慎重に準備した質問リストに目を落として口を開いたが、言葉が出てこなかった。

「よかったら始めてください、ミズ・ウォーウィック」裁判長が励ますような笑顔で促した。が、依然として状況は変わらなかった。

「やるのよ！」クレアが背後でささやいた。

「ミスター・フォークナー」グレイスは何とか言葉にした。「長く時間を取らせるつもりはありません」――ブース・ワトソンに倣った始め方だった――「しかし、五月十七日、あなたがミスター・ヒースと会われたときのことについて、もう少し細かいところまで踏み込みたいと考えています。あのとき、ミスター・ヒースはあなたの要請で、ロイヤル・ベルーガの最高級キャヴィアの瓶詰が入った箱をあなたの自宅に届けました」

ブース・ワトソンがガウンの襟を握り締めた。沈黙を守れという、依頼人への合図だった。

「あなたはその対価として八百ポンドを払いましたね?」

「そのとおりです」フォークナーが答えた。危険はないと感じたようだった。

「ミスター・ヒースも、本件裁判の第一日に証言して、その金額で間違いないことを実際に確認しています」

「そのとおりです」フォークナーが傲然と繰り返した。「あなたはいまここで、彼が事実を語っていたとようやく認めるのかな?」

「こと八百ポンドについては、あなたたち二人がともに事実を語っていたことを受け容れます。しかし、ミスター・ヒースの証言に戻る前に、もう一人の証人、昨日証言してもらった、ルース・ルイス博士のところへ戻ろうと考えています」

「原告側証人として証言した、あの政府のおべっか使いへ?」

フォークナーがブース・ワトソンの警告——明々白々な事実のみを答えるにとどめること、だれをも侮辱しないこと——を無視して言った。

「ルイス博士は本法廷に対して、純度九十二・五パーセントのコカイン十二グラムの、通りでの売買価格も八百ポンドであることを教えてくださっています。八百ポンドという数字が同じなのは偶然でしょうか?」

「いや、偶然などではあり得ない。彼女は私がヒースに支払った金額を知って、意図的に数字を合わせたのですよ。偶然であるとすれば、彼女があなたたちに肩入れしていない場合だけです」

一つ目の石はフォークナーに当たることなく肩の向こうへ虚しく飛んでいってしまい、グレイスは石が詰まっている重たいポーチからもう一つの石を選び取った。

「コカイン十二グラムの価格が通りでは八百ポンドだというルイス博士の証言は、本法廷を誤った方向へ誘導するためのものだと、あなたはそうおっしゃっているのですか、ミスター・フォークナー？」

「あなたがそう言っているのであって、私はそんなことは言っていません」フォークナーはますます満足しているように見えた。

「ではお尋ねしますが、ルイス博士の証言が事実でないと疑ったのなら、あなたを弁護している高名な代理人は、なぜその場でそれを否定しなかったのでしょう？　必ずや記憶にあるものと確信していますが、実際、ミスター・ブース・ワトソンはルイス博士への反対尋問を放棄しているのです。彼女の証言を何の疑問もなく受け容れたことを、それがかなり強く示唆しています」

ブース・ワトソンはいまやガウンの襟を猛然と引っ張りつづけていて、クレアはまたもやペンを走らせ、走り書きしたメモを急いでサー・ジュリアンに渡した。原告側主任弁護人はブース・ワトソンが何を意図してそんなことをしているのかそのときまでわからずにいたが、メモを走り読みするや、鋭い視線を被告側主任弁護人に向けた。とたんに、ブース・ワトソンが渋々腕組みをした。

「あなたの自宅の胸像のなかから警察が見つけた高純度のコカインが十二グラムだったことも、もう一つの偶然でしょうか？」

「彼は八百ポンドで買えるコカインの量を正確に知っていて、それを仕込んだんです」フォークナーがラモントを指さした。

「わたくしはそうは考えません、ミスター・フォークナー。ミスター・ヒースがあのお金を持ってあなたの自宅を出る前、その金額を知っている者はいませんでした——あなた以外はね」

「すでに証言したとおり、ミズ・ウォーウィック、ミスター・ヒースに支払った正確な金額については明確な記憶がないのです」

今回のフォークナーは投げつけられた石を避ける余裕がなかったが、それでも、あたかもかすりもしなかったかのように原告側下級法廷弁護士を睨みつけた。

「ミスター・フォークナー、あなたの書斎の机の上で、二十ポンド紙幣が見つかっていますね？」

「私の記憶が正しければ、あの紙幣にコカインが付着していた形跡はなかったと、かのルイス博士も証言しているはずです」

「わたくしはそんなことを言おうとしているのではありません、ミスター・フォークナー」グレイスは応じた。「ですが、それが双方ともにすでに受け容れている証言の一つだと同意してくださったことは嬉しく思います。それに、あなたを逮捕した夜、警察があなたの自宅から押収した品のリストに、あなたは署名されています。ですが、念のために確認したほうがいいでしょうね？　ミラッド、紙幣を被告人に再度検めてもらい、それが被告人の机で見つかったものであることを確認してもらいたいのですが、よろしいでしょうか？」

　裁判長がうなずくと、法廷事務官が証拠物件のなかから小さなビニール袋を選び出し、証人席にいる被告に届けた。

「あなたがそう言うのならそうなんでしょう、いやはや」フォークナーが紙幣をちらりと一瞥した。「それで、これが何を証明するんです？」

「その紙幣の記番号を読み上げていただけますか？」

　ブース・ワトソンが尋常でない速さで立ち上がった。「ミラッド、私の依頼人は最近流行っているゲームをやらされようとしているのではないでしょうか？」

「そうかどうかはすぐにわかると思いますよ、ミスター・ブース・ワトソン」ベイヴァーストック裁判長が言い、被告を見て促した。「紙幣の記番号を読み上げてください」

フォークナーはしばらくためらってから口を開いた。「ＫＡ７３８６３７４３」

「ありがとうございました」グレイスは言った。「法廷事務官にお願いしたいのですが、ミスター・ヒースが被告の自宅を出た直後に警察に逮捕されたときに所持していた、二十ポンド紙幣の包みを被告に確認してもらってください」

ブース・ワトソンがまた立ち上がった。「それが当該の紙幣だということは、警察がそう言っているだけです」

「確かにそのとおりです」グレイスは穏やかな笑顔で被告側主任弁護人を見た。「ですが、もしミスター・フォークナーが寛容にも当該紙幣の記番号を連続して読み上げてくだされば、それがミスター・フォークナーからミスター・ヒースに手渡されたものであることを確認できるはずなのです」

フォークナーがすがるような目で自分の主任弁護人を見たが、ブース・ワトソンは腕組みをしたまま動かなかった。

「どうしました、ミスター・フォークナー？」裁判長がまたもや促した。

フォークナーが記番号を読み上げはじめた。「ＫＡ７３８６３７４４、ＫＡ７３８６３７４５、ＫＡ７３８６３７４６……」

「あなたの机の上で見つかった紙幣を見てもらえれば」グレイスは言った。「その記番号がＫＡ７３８６３７４３であることがわかるはずです。こうして読み上げていけば、記番号が最後まで連続して八百ポンドになるのです」

ウィリアムは満足が顔に出ないよう努力しなくてはならなかった。

「だから、それが何を証明するんですか？　十二本のキャヴィアの瓶詰の代金としてミスター・ヒースに八百ポンドを支払ったことは、もう話したではないですか」

「キャヴィアのことを持ち出してくださってありがとうございます、ミスター・フォークナー。先週の土曜日、わたくしはピカディリーの〈フォートナム・アンド・メイソン〉を訪れ、キャヴィアの小瓶を買いました」グレイスは自分の席の下からこれ見よがしにそれを取り出し、みんなに見えるように高く掲げると、ちょっと間を置いてから言った。「ラベルに何と書いてあるか、読み上げさせていただきます。〝最高級ベルーガ・キャヴィア。どの料理にもぴったり。二人前〟。正直に告白すると、値段が少し高すぎると思いました。ですが、最高品質の製品で、〈フォートナム・アンド・メイソン〉のお得意のなかでも最も違いのわかる方々に満足していただいているのだと、支配人が保証してくれました」

「ミラッド」ブース・ワトソンが三度立ち上がった。「私たち全員、下級法廷弁護士によるささやかな手品を愉しませてもらっているのは確かでしょう。しかし、彼女が最近購入したというキャヴィアは、証拠として提出されていません。したがって、証拠能力がないと判定していただけるものと考えますが？」

「やつは感づいたようだが」サー・ジュリアンがグレイスにささやいた。「フォークナーが感づいていないことを祈ろう」

フォークナーはグレイスを睨みつけているのは変わらなかったが、顔には怪訝そうな表情が浮かんでいた。

「そう判定していただけないのであれば、短時間の休廷を要請します。依頼人と相談したいことがありますので」ブース・ワトソンが付け加えた。

「被告のほうがあなたに相談したがっているのではありませんか?」裁判長が言った。「ミズ・ウォーウィック、その瓶詰を見せてもらえますか、証拠能力の有無はそのあとで判断しましょう」

「承知しました、ミラッド」グレイスは席の下からキャヴィアの瓶詰をさらに三つ取り出し、一つを裁判長に、一つをブース・ワトソンに、最後の一つを被告に渡した。

裁判長はラベルを読み、瓶を検めてから言った。「陪審員のみなさんにも確認してもらい、それから反対尋問をつづけることとします」

「ありがとうございます、承知しました」グレイスはまたもや席の下から瓶詰を二つ取り出し、クレアの忠告に従って六つ買っておいてよかったと安堵しながら、陪審長に渡した。

「では、尋問を再開してください、ミズ・ウォーウィック」陪審員が新たな証拠を検め終えると、裁判長が言った。

「ミスター・フォークナー、五月十七日の夜、あなたの自宅のディナーに何人のお客がいたか教えていただけますか?」

「私を含めて十人です。そのことも何度も話していますがね」

「主菜に移る前に、全員がキャヴィアの一人前を愉しんだのですか?」

「例外なく、全員が愉しみました。一人か二人、お代わりをした者もいたほどです」

「本当ですか?」

ブース・ワトソンがガウンの襟を繰り返し引っ張る作業を再開した。サー・ジュリアンに見られていたが、お構いなしだった。

「これはお訊きするしかありませんね、ミスター・フォークナー、というのは、ロイヤル・ベルーガのキャヴィアの一瓶――いま、あなたの手にあるのと同じものです――には、二人前入っていて、〈フォートナム・アンド・メイソン〉での値段は三百四十ポンドです。ですが、一応確認しておこうと支配人――ナイティンゲールという男性でした――に、十人のディナー・パーティで供するとしたら、どのぐらいの量が必要だろうかと尋ねてみました。そうすると、七百五十グラムは必要だろうという答えが返ってきたのです」グレイスは正面から陪審員を見て言った。「十二グラムではありません。それだとティースプーン一杯分にしかならないのです」

罠を仕掛ける作業が完了し、グレイスはフォークナーがそこに足を踏み入れるのを待った。しかし、フォークナーはついに自分の主任弁護人の合図に気づき、口を閉ざした。

「わかっても驚いたりはされないでしょうが、ミスター・フォークナー、わたくしはそのあと、キャヴィア七百五十グラム——十人分です——の値段をミスター・ナイティンゲールに訊いてみました。返ってきた答えは千七百ポンドですが、その場合はビスケットを無料でサーヴィスするとのことでした」

傍聴席で小さな笑いが起こったが、裁判長が眉をひそめたこともあり、その笑いに加わる者は法廷にはいなかった。

「ミラッド」グレイスは言った。「ミスター・ナイティンゲールはその値段に間違いがないことを喜んで証言すると言っておられますが、裁判長はその必要をお認めにならないかもしれません。なぜなら、ミスター・フォークナーがすでに宣誓のうえでこう証言しておられるからです——あの夜は、お雇いシェフがミスター・フォークナー自身と九人のお客のために、十人分のキャヴィアを銀の皿に盛りつけて、お代わりをした者も一人か二人いた、と」

とたんに法廷で私語が交わされはじめ、グレイスは深呼吸をして、全員の目が自分に向けられるのを待った。

「ミスター・フォークナー、コカインの価格について、あなたはとてもよくご存じのはずですよね。なぜなら、仮に自宅で見つかった十二グラムのコカインを自分が使うために所持していたのだとしたら、一年は不自由しない量だと、宣誓したうえで明言されているのですから。また、あなたが敏腕の取引仲介人だという評判を持っておられることも確認しています。ですが、いかに敏腕の取引仲介人のあなたでも、十二本で四千八十ポンドの価値のあるベルーガの最高級キャヴィアを〈フォートナム・アンド・メイソン〉に八百ポンドまで値引きさせることは、さすがに難しいのではないかと思うのですよ」グレイスはフォークナーに微笑してみせた。獲物は罠にかかった、もう逃げられない、という確信があったが、それでも、最後の決定打を放つことにした。

「『私がミスター・フォークナーに頼まれて〈フォートナム・アンド・メイソン〉で受け取ったのは、ロイヤル・ベルーガの最高級キャヴィアの瓶詰十二本です』とミスター・ヒースは証言していますが、あれは真実を語っているとお考えですか？」

フォークナーは答えを返したい様子だったが、口を閉じたまま一言も発しなかった。

「ミスター・ナイティンゲールも確認してくださるはずですが、あの日、彼は店に出ていて、キャヴィアの瓶詰はエリザベス皇太后の代理人がわずか十二本購入しただけだったとのことです」

フォークナーは口元をこわばらせ、顔を真っ赤にして、身体の震えを抑えようと証人席の縁を握り締めていた。

「敢えてお訊きしますが、ミスター・フォークナー、あの日の夜、リンプトン・ホールで催されたディナー・パーティに、皇太后は参加していらっしゃいましたか？」

とたんに法廷に笑いが起こったが、裁判長も今回はそれを鎮めようとせず、頬を緩めることを自分にも許した。

グレイスは完全な静粛が戻るのを待ち、もう一度陪審員に向き直ってから言った。「質問は以上です、ミラッド」

その日の夜、自宅に帰ったとき、グレイスはクレアに打ち明けた。反対尋問が終わったあと、たくさんの誉め言葉と称賛の言葉をもらったけれども、父が年輩の同僚に口走った言葉に比肩するものはない。あのときたまたま耳に入ったのだが、「知っているかね、あれは私の娘なんだ」と父は言ったのだ、と。

裁判長が原告側弁護人に最終陳述を要請すると、サー・ジュリアンは立ち上がるや精彩を取り戻してよみがえり、被告人を徹底的に告発して、その弁舌は陪審員の心を奪わずにはいなかった。

キャヴィアの価格に何度も言及し、被告人は最高級キャヴィアの値段を知らなかったとしても、最高純度のコカイン十二グラムの値段はよく知っているらしいことを陪審員に思い出させて、最終陳述を締めくくった。皇太后に関するミスター・ナイティンゲールの証言についてもかなりの時間を割いたが、ブース・ワトソンが異議を唱えることはなかった。着席するころには、あの夜、フォークナーの胸像にコカインを隠した犯人を陪審員は充分に特定できるし、その候補者から息子を除外することも間違いなくできたという確信が、サー・ジュリアンのなかに生まれていた。

ブース・ワトソンは正面から堂々と論陣を張って陪審員を納得させようとするのではなく、もっぱら自分の依頼人がいかに信頼できる人物であるかを述べ立てることで弁護を試みた。レンブラントとルーベンスについて何度も称賛と名誉の言葉を連ね、〈フォートナム・アンド・メイソン〉とミスター・ナイティンゲールには一度も言及しなかった。ミスター・フォークナーは善良で尊敬される人物であり、国でも地元でも特別な人物として遇されていると形容した。そして、エイドリアン・ヒースの悲劇的な死によって、依頼人は公正な裁判を受ける機会を奪われたとほのめかし、判決を考えるときにそれを忘れないでほしいと陪審員に釘を刺した。ミスター・フォークナーが有罪であると確信できるほどの合理的な疑いを認めることができなければ、刑務所へ送られるのではないかという将来へのおぞましい恐怖から直ちに彼を解放しなくてはならない、さもなければ、同胞のための慈善的な行ないをつづけることができなくなる、と。

ベイヴァーストック裁判長による事件の要点及び法律上の論点の説明は公平かつ徹底していたが、胸像にコカインを隠したのがフォークナー本人であるとの結論に達した場合について、陪審員に指摘することも忘れなかった。それが〝ときたまの気晴らし〟――一年は不自由しないと本人が確認しているほどの量だとしても――のために、自宅で自分だけで使用する目的のものであったとは見なされ得ないことを明確にしなくてはならない。しかし、原告側はミスター・フォークナーが過去に違法薬物を使用した証拠を提示し得ていないし、彼の書斎で見つかった二十ポンド紙幣がコカインの吸引に使われた証拠も提示し得ていない。すべての証拠を検討したうえで、ミスター・フォークナーが有罪であるとの確信に至る合理的な疑いを認めることができなければ、判決は無罪とされるべきである。一方、十二グラムのコカインがどのようにして胸像のなかに入ったかについてのミスター・フォークナーの説明に納得できない場合は、判決は有罪とされなくてはならない、と。

「みなさんの最終判断は、みなさんがこの法廷で聴かれた証言のみに基づいてなされるべきであり、どれほど近しい関係の人物であろうと、その第三者の意見に影響されてはなりません。なぜなら、彼らは本法廷に提出されたすべての証拠と証言を検討することができないからです。あなた方だけが本事案の裁きの審判者だという事実を忘れないでください。結論に至るまで、どれほど時間をかけていただいても結構です」

そのあと、七人の男と五人の女は判決について検討すべく、廷吏に案内されて陪審員室へ移り、法廷は静かになった。

「たったいまから、われわれは裁判の最悪の部分を耐え忍ぶことになる」サー・ジュリアンが言った。「陪審員が判決を下すまで、延々と、いつ終わるともわからないまま待たされるんだからな。父はいつも、相手側の弁護士とチェスをしてその時間を潰していたがね」そして、ブース・ワトソンを一瞥して付け加えた。「幸いなことに、あいつはチェスをしないんだ」

「陪審員の秤の針がわたしたちのほうへ傾く確率はどのぐらいかしら？」クレアが訊いた。

「いまさら陪審員に働きかけるわけにはいかないのだから、そんな心配はするだけ無駄というものだ」サー・ジュリアンが諌めた。「いまごろ、彼らが判決をどうするかを考えながらキャヴィアを堪能してくれていることを祈るだけでいい。なぜなら、瓶詰二本で十人分はまかなえず、まして十二人分など論外だとすぐにわかるはずだからだ」

「われわれに可能性はどのぐらいあると思う、ＢＷ？」フォークナーは被告席を出て主任弁護人と合流したとたんに訊いた。

「わからんね。陪審員というのは、それぞれに独立して考えることになっているからな。だが、拙速に判決に到達するわけにいかないことは全員がわかっているから、きみもたまには忍耐することだ」

「そういうことなら、〈サヴォイ〉でディナーはどうだ？　テーブルならもう予約してあるぞ？」

「ありがとう、マイルズ」ブース・ワトソンは応え、内心でこう付け加えた——明日の夜のテーブルは予約するに及ばないからな。

「どのぐらいの価値があるとお考えかしら、ミスター・ダヴェッジ?」客間へ戻りながら、クリスティーナが訊いた。

「あれほどの傑作揃いのコレクションですからね、いまここで正確な数字を提示するのは難しいのですが」〈クリスティーズ〉の専務取締役は答えた。「少なくとも三千万は引き出せる確信はあります。もしかすると、それ以上になるかもしれません。ご主人が主要なオークションハウスすべてに対して、どれであれ自分のコレクションが出品されたらすぐ知らせるよう通知しておられますから、尚更です」

「それはいいことを聞いたわ」クリスティーナは相手のカップにコーヒーを注ぎ直した。

「あのコレクションをオークションにかけることをお考えなら、ミセス・フォークナー、〈クリスティーズ〉は、言うまでもありませんが、喜んでその役目を引き受けさせていただきます」

「ありがとう。でも、夫の裁判の結果がわかるまでは、最終判断ができないんです」

「もちろんです」ミスター・ダヴェッジは応えた。「ご主人は無罪を勝ち得られ、これまでの名望を回復されてお戻りになられると、私たち全員が考え、願っています」

「わたしたち全員、ではないわね」クリスティーナが言ったとき、玄関でドアベルが鳴った。「ちょうどよかった」と、彼女は立ち上がった。「ミスター・ニーロンがこの家の評価に見えたみたい」

22

「フォークナー裁判の関係者は一番法廷へお急ぎください、陪審員が戻ります」

サー・ジュリアンはズボンの前を閉じているところだった。グレイスとクレアは弁護士控室でコーヒーを飲んでいた。ブース・ワトソンはガーンジーの依頼人のために、インサイダー取引に関する見解を文章にしているところだった。マイルズ・フォークナーは廊下で出会ったばかりの女性と電話番号を交換していた。

陪審員の判決を聞くために、全員がそれぞれ別々に一番法廷へ急いだ。新聞記者にとっては、判決はどっちでもかまわなかった。〈イヴニング・スタンダード〉はすでに二種類の見出しの準備を終えていた。〝ついに刑務所へ〟と〝またもや回避〟。どちら側の記事ももう完成していて、一人の同じ記者が書いていた。

フォークナーは被告席へ戻り、ほかの者はみな自分の席に着いて、裁判長の再登場を待った。いまや遅しと彼を待ち受けて静まり返っている法廷に姿を現わしたベイヴァーストック裁判長は、着席するや廷吏にうなずき、陪審員を呼び戻すよう指示した。

　全員の目が集中するなか、七人の男と五人の女はこれが最後になるはずの陪審員席に、一列になって戻ってきた。陪審長は品のある中年女性で、窮屈に見えるほど身体にぴったりしたスーツをまとい、宝飾品は一切つけず、まったくの薄化粧だった。サー・ジュリアンはその女性をしっかり観察したが、落ち着いたプロフェッショナルな態度から推理できることはほとんどないに等しかった。校長か、病院の看護師長か、いずれにせよ、決めることに慣れているのは確かだった。

　陪審員が席に着き終えると、裁判長は法廷事務官にうなずいた。事務官は立ち上がって一歩前に出ると、陪審員席に正対した。

「陪審長、起立してください」起立した中年のレディは極度に緊張していたとしても、その気配を微塵も感じさせなかった。「全員一致での判決に到達しましたか」法廷事務官が訊いた。

「到達しました、裁判長」彼女はベイヴァーストック判事を見上げて答えた。

「違法物質、すなわち十二グラムのコカインを所持していたという起訴容疑に関して、被告は有罪ですか、無罪ですか？」

　フォークナーは息を詰めた。グレイスは目をつぶった。ウィリアムは真っ向から被告を睨みつけていた。

「有罪です」

ホークスビーとラモントは握手をした。新聞記者は飛び上がるようにして席を立ち、足早に法廷をあとにして、一番近い電話へ急いだ。クレアとグレイスは抱き合った。ウィリアムはみんなと合流すべく原告側代理人席へ向かった。だが、法廷の大半は席にとどまり、裁判長がこの裁判の締めくくりとして、量刑の申し渡しをするのを待ち兼ねていた。

「被告は起立してください」表向きの秩序が回復されると、法廷事務官が命じた。

フォークナーがのろのろと立ち上がり、被告席の両端をつかんで、自分の運命を知らされるのを待った。

「いくつかの理由で、本件は裁判として非常に異例のものだったと言わざるを得ません」ベイヴァーストック裁判長が口を開いた。「というわけで、量刑の申し渡しをする前に、それらが包含する意味を十全に考慮しなくてはならないと考えるものであり、そのために少しの時間的猶予をいただくことをお願いするものであります。したがって、本件に関心のある方は、明午前十時に本法廷へ戻っていただきたいと考えます。そのときに量刑の申し渡しを行ないます」

「裁判長」ブース・ワトソンが立ち上がった。「私の依頼人の保釈状態ですが、今夜も維持されるものと考えてよろしいでしょうか？」

グレイスが飛び上がって異議を唱えようとしたそのとき、ベイヴァーストック裁判長が答えた。「それは認められません、ミスター・ブース・ワトソン。被告は未決囚として勾留されます。なぜなら、あなたの要請を認めた場合、明朝、あなたの依頼人が私の量刑申し渡しを聞くために本法廷に現われない懸念があるからです」

ブース・ワトソンは何も言わないまま着席した。

「被告を連行するように」法廷事務官が言った。

二人の警察官が前に進み出てフォークナーの両腕をしっかりとつかむと、勾留区画へと連行していった。

「全員、起立してください」

ウィリアムは視界から消えていくフォークナーを見送りながら、いまあいつの胸には何が去来しているのだろう、と訝ることしかできなかった。

「おめでとう、グレイス」サー・ジュリアンが言った。「おまえがいなかったら、これを成し遂げることはできなかっただろう」

「ありがとう、お父さま」グレイスが返した。「お父さまがいなかったら、わたしはこれを成し遂げられなかったでしょうね。しかも、その理由は一つや二つではなくてね」

父娘はともに微笑した。

「これは私の本意とするところではないのだが、お嬢さん、きみはそう遠くないうちに勅撰弁護士になるのではないかな。そうなると、私はもはやきみに下級法廷弁護士役を頼めなくなるわけだがね。そして、クレア、きみにも礼を言わせてもらうよ。いずれ〝キャヴイアのクレア〟と異名を取って有名になるのではないかと、私が疑っているとしてもだ。だが、ともあれ二人を祝福させてもらおうか、素晴らしい大勝利だったな、おめでとう」

「量刑はどのぐらいになるでしょうね？」法廷をあとにしながら、クレアが訊いた。

「当ててみたらどうだ？」サー・ジュリアンが言った。「まあ、外れるのがおちだろうがね」

「あんたが裁判長に影響を及ぼす可能性はこれっぽっちもないんだよな、ＢＷ？」フォークナーが薄くて硬いマットレスに腰を下ろして訊いた。「この前は何とかしてくれたじゃないか」

「この前影響を及ぼしたのは私ではないよ、裁判長だ」ブース・ワトソンが椅子を引き寄せながら思い出させた。「この件に関しては、わが国の刑務所はすでに収監許容人数の上限を超えるほどに混雑しているから、実刑よりも罰金刑のほうが適当ではないかと上訴庁に匂わせてはあるが、いまのところ反応がない」

「あんたの助言を聞き入れなかったことが、ＢＷ、いまさらながら悔やまれるよ。反対尋問を拒否していれば、今夜は〈サヴォイ〉でディナーを堪能できたのにな」

　これはブース・ワトソンが私的にであれ仕事としてであれ意見を述べなかった、稀な例の一つだった。

「四百万?」クリスティーナは繰り返した。

「それ以上の可能性もありますね」ミスター・ニーロンが言った。「しばらく前からこういう不動産を探しておられるお客さまが二、三人、私のところにもいらっしゃいます。本物件を高級雑誌や新聞で広告したら、どこまで上がるかわかりませんよ」

「ずいぶん見込みがありそうじゃないの」クリスティーナは言った。

「それで、どうなさいますか、売り出しを公開させてもらってかまいませんか、ミセス・フォークナー?」

「かまわないけど、わたしがミセス・フォークナーでなくなってからにしてちょうだい。そうなるのも、もうそんなに遠いことではないから」


「全員、起立してください」

フォークナー裁判が最後になる日の朝、ベイヴァーストック裁判長は自分の領土に足を踏み入れると、分厚い赤革のフォルダーを自分の前のベンチに置き、着席して赤いローブを直した。そして、法廷を見下ろして全員が落ち着くのを待つと、半月形の眼鏡をかけてから法廷事務官にうなずいた。

「被告は起立してください」

フォークナーが立ち上がり、裁判長と向かい合った。被告が昨夜寝ていないことは、だれの目にも明らかだった。

裁判長が赤革のフォルダーを開き、自分の手で記した文言を読み上げながら判決を言い渡しはじめた。

「本職の見るところ、被告であるミスター・フォークナーは無慈悲で破廉恥で道徳的基準がなく、良識に欠け、礼儀正しさも持ち合わせない人物、自分の富と地位ゆえに法よりも上位にあると考えている人物であることに疑いの余地はない。以上のことを考量し、起訴事実の重大さに鑑み、六年の実刑を申し渡す」

グレイスは飛び上がりたい衝動を何とか抑えたが、周囲の数人はそれができずにいた。サー・ジュリアンの顔は、娘の態度がこの場にふさわしいものであることを明らかにしていたが、誉め言葉は発せられなかった。

「さりながら、状況を考慮して」裁判長は全員の視線が自分に戻るのを待ってつづけた。「刑の執行を猶予し、百万ポンドの罰金を課すこととする。本裁判に関わる法的費用の合計を上回り、しかも、被告が支払い得る額でもあるはずである」

フォークナーは飛び上がって「万歳」と叫びたかったが、ブース・ワトソンを見て意外だったことに、主任弁護人は無表情のまま身じろぎもしていなかった。

「しかし」裁判長が赤いフォルダーのページをめくりながら、ふたたび逆接の接続詞を口にした。「被告が現在、盗品故買の罪で執行猶予付き四年の有罪判決を受けている身であることを忘れるわけにはいかない。当該事案の裁判指揮を執ったノース判事は、この執行猶予期間中に被告が再度法を犯したら、それがどれほど軽微なものであろうと、自動的に執行猶予は取り消され、重警備刑務所に収監されて四年間服役すること、刑期短縮もあり得ないことを明らかにしている。本職はその判決を覆す権限を持たないので、被告は執行猶予を取り消され、実刑に服することになる」

フォークナーが椅子に崩れ落ちて頭を抱えた。

「さらに、盗品故買の罪についての前回の裁判で有罪判決が出ていることから、公訴局から本職に助言があり、その助言を検討した結果、選択肢は一つしか残らなかった。それをこれから申し渡す。被告は本件の刑期六年に、執行猶予を取り消された刑期四年を加えて、たったいまから十年の刑に服することとする」

ベイヴァーストック裁判長は赤いフォルダーを閉じ、もう一度法廷事務官にうなずいた。大きなどよめきが起こり、そのせいで事務官の声を聞いた者はほとんどいなかった。「被告を連行するように」

サー・ジュリアンがシャンパンの栓を抜き、勝利した自分のチームのためにグラスを満たしはじめた。

「あのキャヴィアの瓶詰だけど、何本取り返せたの?」クレアが訊いた。

「陪審員に渡した二本はきれいに空になっていたわ」グレイスは答えた。「実際に証拠を試す必要があったんだと言い張っていたけどね。ブース・ワトソンに渡した一本は行方不明だし、フォークナーに渡した一本も、二度と出てこないんじゃないかしら。でも、裁判長は優しいわね、ちゃんと返してくれたもの」

「あれを買うのにかかった金額は、本件で下級法廷弁護士として手にする報酬の上を行くのではないかな」娘にグラスを渡しながら、サー・ジュリアンが言った。

「公訴局が肩代わりしてはくれないんですか?」クレアが訊いた。「彼らの助言がどうあれ、わたしたちは勝ったんですから」

「あいつらが肩代わりしてくれる望みなど、これっぽっちもあるものか。だが、いい知らせもあるぞ。原告側がこの裁判で遣った費用の全額をフォークナーがかぶってくれるはずだ。かかった法的費用の全額をフォークナーが支払うこと、と裁判長が言っただろう」

　とたんに四つのグラスが掲げられ、あり得ないはずの乾杯の声が上がった。「マイルズ・フォークナーに」

「それから、グレイスにも乾杯だ。有罪を勝ち得た当人だからな」サー・ジュリアンが言い、二度目のグラスを掲げた。

「グレイスに!」全員が勅撰弁護士に唱和した。

「エイドリアン・ヒースの名前も加えてもらえないかな」ウィリアムが言った。「あのろくでなしを叩き潰す、決定的な手掛かりを与えてくれたんだから」

「エイドリアン・ヒースに」全員が繰り返し、三度目のグラスを挙げた。


「いいお知らせです」バリー・ニーロンが言った。「リンプトン・ホールを五百万ポンドで買いたいとの申し出がありました」

「五百万？　ほんとに？」クリスティーナは思わず訊き返した。信じられなかった。

「間違いありません」ニーロンが答えた。「買い手側の事務弁護士からすでに申し出があって、いますぐこの屋敷を市場(マーケット)に出してもらえるのなら、五十万ポンドの保証金を払うとのことです」

「あなたの考えを聞かせていただけるかしら」

「申し出を受けることをお勧めします。その最大の理由は、三十日以内に購入契約が完全に成立しなかった場合も保証金の返却を求めないことに買い手が同意していて、こちら側が損をすることはあり得ないと思われるからです」

「〝買い手〟ってだれなの？」

「それはわかりません」ニーロンが答えた。「交渉はすべて、彼の事務弁護士がしているのです」

ペントンヴィル刑務所にきて一週間もしないうちに、囚人番号四三〇七は独房に移された。二週間後には大食堂でテーブルを一つ占拠し、招かれない限り、だれも食事をともにしなくなった。三週間後にはトイレ掃除係を外され、図書係をすることになった。図書室のほうが、ほかの囚人との悶着がまだしも少なくてすむからだった。その月の終わりには、ジムを独り占めする時間が与えられ、一時間、専属トレーナーを雇って身体を鍛えた。さらにひと月が過ぎるころには、『戦争と平和』、『二都物語』、『モンテ＝クリスト伯』を読破し、六キロの減量に成功した。人生のいつより身体は引き締まり、人生のいつより多く本を読んでいた。

三か月目には、毎朝八時過ぎに〈フィナンシャル・タイムズ〉が、マグではなくカップに淹れられたお茶と一緒に届けられた。だが、何よりも手に入れたいと狙っているものを手に入れるには、もう少し時間がかかった。平日は十五分、日曜は三十分、自分だけの直通電話を使ってのやり取りである。

週末の面会者――ほかの服役者と同じく、二人しか認められていなかった――は友人でも親戚でもなく、仕事の関係者だった。取るに足りないことに浪費する時間はなかった。二週間に一度、一時間、法的助言者との面会が許されていた。定期的にそんな贅沢をする余裕があるのは彼一人だった。ブース・ワトソンに指示し、あの裁判はエイドリアン・ヒースがさらなる証言ができなくなっていたのだから無効だと主張して裁判のやり直しを申し立てたが、却下された。それでも懲りずに、今度は刑期が長すぎる、あんな微罪で六年は不当だと主張したが、まだ公訴局の返答は届いていなかった。そのあとさらに、暴力犯罪の前科がないことを理由に開放刑務所への移送を申請したが、これも拒否された。ついには、自分は模範囚であるから刑期は短縮されるべきだと内務大臣に書状で訴えたが、受け取ったという確認すら返ってきていなかった。

百戦錬磨の勅撰弁護士たるブース・ワトソンは滅多なことでは驚かなかったが、フォークナーは一回目の面会で例外を作った。いままで使ったことのない事務弁護士を使ってリンプトン・ホール購入の申し出をするよう指示したのである。

「あの屋敷がマーケットに出ているとは知らなかったな」ブース・ワトソンが認めた。

「いや、まだ出てはいないし」フォークナーは答えた。「マーケットは来週まで閉まっている。それからもう一つ、〈クリスティーズ〉のダヴェッジに連絡して、私のコレクションのどれであれオークションにかけられたらあんたが入札することを、確実に伝えてもらいたい」

「きみのコレクションを彼女が競売にかけると考える根拠は何だ?」

「クリスティーナにはそうする以外に選択肢がないんだ」フォークナーは言った。「フロリダに夢の御殿を買う計画を実行するとしたら、銀行から借越し限度いっぱいの借金をすることになるだろうからな」

「絵は？」

「そのはるか以前に、リンプトン・ホールの壁は空になっているだろうよ、彼女の銀行口座が空になるのと同時にな」

ブース・ワトソンは答えを知りたくない質問をやめる潮時を知っていたから、ローズ面会担当官が現われて時間だと告げてくれてほっとした。

もしペントンヴィル刑務所が服役囚をもっと本気で見ていたら、囚人番号四三〇七が読んでいるものに、また、定期的に彼と一緒に中庭を歩いている特定の服役囚に、そして、その服役囚の起訴容疑に、もっと大きな関心を寄せたはずだった。


「ここと、ここと、ここにサインしてください」サー・ジュリアンはミセス・フォークナーにペンを渡した。

「では、これでようやく一件落着ね」インクが乾くや、クリスティーナが言った。「正直言って、わたし、驚いているんです。あのマイルズが、自分の貴重な、わたしを愛する以上に愛しているあのコレクションを手放すことに同意するなんてね。でも、あの傑作の数々がオークションにかけられたら買い戻す力を、彼はいまも持っているんですよ。まあ、わたしは絶対に低い金額では売りませんけどね」

サー・ジュリアンの片眉が訝しげに上がった。

「そのために、わたしの味方を入札に参加させて、競売人の提示する金額を常に上回る金額を提示させてやるんです」クリスティーナが説明した。

「それは法に触れます、ミセス・フォークナー、私としては強く反対せざるを得ません」

「どうして法に触れるのかしら?」

「競売金額を吊り上げて有利な方向へ動かすという、それだけの目的でカルテルを形成することになるからです。それに、これは保証しますが、あなたの夫はすでにそのことに気づいていますよ」

「元夫です」クリスティーナがサインしたばかりの離婚書類を見た。

「向こうが婚姻無効宣告にサインするまでは、まだ夫のままです」サー・ジュリアンは言った。

「いまの彼は刑務所に閉じ込められているんですよ、サインする以外にどんな選択肢があるのかしら?」

「ほかのことはともかく、あなたが何を企んでいるかを考える時間だけはたっぷりあります。それに、存在することを知らなかった法を犯してあなたがにっちもさっちもいかなくなる以上に、彼を喜ばせるものはないでしょう。そうなったらブース・ワトソンが喜び勇んで原告側代理人になるはずだと、実は私はそう踏んでいるのです」

「だったら、わたしは何もできないまま、普通に落札された価格で満足しなくちゃならないじゃないの？」

「そうなさったほうがいいと思いますね、ミセス・フォークナー。それから、リンプトン・ホールを五百万ポンドで購入したいという申し出がすでにきていることをお忘れなく。お伝えしておきますが、買い手側の事務弁護士が保証金の五十万ポンドをすでに預かっていることも、私のほうで確認済みです」

「だったら、それをフロリダの夢のおうちを買うための保証金にできるわね」

「フロリダへはいつ移ろうとお考えですか？」

「マイルズのコレクションが売れたらすぐに実行するわ。総額で三千万ポンドぐらいになるはずだと〈クリスティーズ〉が評価してくれているから、来週には梱包をすませて運び出し、春のオークションに間に合うよう準備するつもりよ。これ以上ない最高のタイミングだわ」

「すべて本物だという確信がおありですか？　複製ではなくて？」サー・ジュリアンは訊いた。「あなたの元夫なら、本物と複製の入れ替えなど朝飯前でしょう」

「絶対に大丈夫よ。一点の例外もなくすべて本物だと、〈クリスティーズ〉の鑑定専門家が正式に認めてくれていますからね。そうでなかったら、わたしが離婚書類にサインすることはあり得ないわ」

「リンプトン・ホールが売れたら、そのあとはどこにお住まいになりますか?」

「イートン・スクウェアのフラットよ。ローンが何か月か残っているけど、フロリダのおうちに引っ越すまでのあいだぐらいは支払いに困ることはないはずだもの」

「では、これですべて落着です。もっとも、あなたのほうで私に助言を求められることがあれば別ですが」

「実はあるの。あなたのお嬢さん同然の女性に、正確にはフィッツモリーン美術館に、プレゼントしたいものがあるんです。あなたたち一家がわたしのためにしてくださったことへの、わたし流の感謝の印としてね」

そして、隣りに置いていた〈セインズベリー〉のショッピングバッグを手に取ると、小振りの絵を取り出して掲げて見せた。サー・ジュリアンは息を呑んだ。フェルメールの「レースを編む女」、ベスがクリスティーナとお茶を飲んだあと、夢中になって話してくれた傑作だった。

「この上なく気前のいい申し出に感謝に堪えません」サー・ジュリアンは言った。「しかし、こんな貴重な絵を手放して、本当によろしいのですか?」

「もちろんです」クリスティーナが答えた。「だって、まだ七十二点もあるんですもの」

ベッドサイドで電話が鳴りつづけていた。ウィリアムが受話器に手を伸ばすと、隣りで寝ていた身重のベスが彼の重さで呻いた。

「ごめん」ウィリアムはベスに小声で謝ってから応えた。「もしもし?」

「ホークスビーだ」

「おはようございます、サー」

「可及的速やかにバタシー・ヘリポートへ急行してくれ、ウォーウィック捜査巡査部長。数分で迎えの車が到着するはずだ。私を待たせないでくれよ」

「何か知っておくべきことがあるでしょうか、サー?」

「雪が降っていることかな」ホークが言い、電話は切れた。

　ウィリアムは受話器を戻すと、昨日着ていた服をもう一度着てからベスにキスをした。寝室を出ようとする背後で、二度目の呻きが聞こえた。

「朝のこんな時間にどこへお出かけ、野蛮人?」

「ぼくが知りたいよ」そう応じて、答えられない質問をベスから浴びせられる前に寝室のドアを閉めた。玄関のドアを開けると、パトカーが目の前に停まろうとしていた。

「おはようございます、捜査巡査部長（サージ）」よく知っている声が挨拶し、車は降りしきる雪のなかをふたたび動き出した。

「おはよう、ダニー。何事だろうな、知らないか?」

「そんなこと、おれごとき平巡査に知る術はありませんよ。知っているのは、あんたを遅刻せずにバタシー・ヘリポートへ送り届けなくてはならず、そこでホークスビー警視長が待ってるってことだけです」

ダニーはロイヤル・ホスピタル・ロードを猛然と走りつづけたが、緊急灯こそ青く点滅させているものの、サイレンは鳴らしていなかった。「近隣住民を起こさないほうがいいでしょ?」

「ベスもな」ウィリアムは付け加え、妊娠している妻のことを考えた。出産予定日が近づいていた。

朝のこの時間、走っている車の数は多くなかったが、それでも車が角を曲がるたびにダッシュボードをつかんで身体を支えなくてはならなかった。タイヤの滑り具合を試す走行試験路を走っているかのようだった。

「ホークはもうそこにいて、おれたちを待っているぞ。賭けてもいい」ウィリアムは言った。車はバタシー・ブリッジを一気に渡りきり、急角度で右折した。

「そこにいるどころか、サージ、もうヘリコプターの後部席に坐ってたりして」

「ホークならあり得るな」ウィリアムは応えた。車はヘリポートの正面ゲートを突破した。ウィリアムは停まろうと減速するものの雪のせいで滑りつづける車を飛び降りると、自分も危うくバランスを崩しそうになりながら水っぽい雪を跳ね飛ばしてヘリコプターへ走り、後部席に飛び込んだ。

「おはようございます、サー」ウィリアムはハーネスを締めながら挨拶した。

「私の頭にあることのためには完璧な朝なんだ、ウォーウィック捜査巡査部長」警視長が応え、ヘリコプターのローターブレードが回転しはじめた。「きみもそろそろ見当がつくのではないかな？」

「どこへ行くんですか？」

「それは質問が間違っているぞ。重要なのは、どこへ行くかではなくて、何を探しに行くか、だ。だから、その目をしっかりひん剝いていてくれ」

「何か手掛かりを教えてもらえませんか？」ウィリアムは訊いた。ヘリコプターが高度を上げていった。肩越しに振り返ると、雪に覆われた庶民院が見えた。まるでクリスマスカードのようだった。

「駄目だ。次の昇任を希望しているのなら、自分で答えを見つけろ」

ヘリコプターが左へ旋回し、ウェストミンスター宮殿を後方に置き去りにして南東を目指した。

「何が見えている？　私に報告すべきことがあるか？」数分後、ホークが訊いた。

「いま飛んでいるのはワンズワース、サザーク、そして、ブリクストンの上です」ウィリアムは答えた。「ということは、高層建築街区、そのなかの特定の建物を探しているに違いありません」

「その答えでは五十点しかやれないな」ホークスビーが言い、ヘリコプターは向きを滑らかに百八十度変えると、ブリクストンのほうへ引き返しはじめた。「それで、今朝が普段と違うところは何だ?」

「大雪になっているところです」ウィリアムは答え、〝それがどうしたんです?〟と付け加えたい気持ちを飲み込んだ。

「きみは鋭いな、ウォーウィック捜査巡査部長、林檎の皮も剝けるぐらい切れ味がいい」

ヘリコプターはふたたびバタシー・ブリッジの上を飛んでいたが、ウィリアムはいまだにこの捜索飛行の目的がわからなかった。しかし、ホークスビー警視長は探すべき対象が明確にわかっているに違いなく、その目は眼下の建物に焦点を合わせたままだった。

パイロットが三度目の方向転換をして引き返しはじめたが、今度はルートが少し違っていた。そのとき、ホークがいきなり宣言した。「あれだ、われわれをまともに見つめているぞ」

「あれとは何ですか?」ウィリアムが訊いたとたんにヘリコプターが高度を下げ、ある特定の高層建築の上で、わずかのあいだホヴァリングをつづけた。

「しっかり目を開けて、ウォーウィック捜査巡査部長、何が見えるか報告しろ。いや、こっちのほうが重要だが、何が見えないか、だ」

ウィリアムは降りしきる雪を透かして目を凝らし、とたんに勝利の声を上げた。「わかりました！」

「何がわかった、ウォーウィック捜査巡査部長？」

「雪に覆われていない屋根があります」

「それは何を教えてくれる？」

「マリファナを育てているドラッグ工場がその下にあるということです」

「そう考える理由は？」

「工場のなかの巨大なアーク灯から発生する熱が、屋根に降った雪を瞬時に溶かしてしまうからです」

「正解だ。というわけで、いまやわれわれはラシディの殺人工場の在処を発見したわけだが、これからの挑戦はさらに困難なものになる。やつが細心の注意を払って護っている秘密をわれわれが突き止めたことを知られることなく、その工場に入り込まなくてはならない」

　ヘリコプターがバタシーへ引き返しはじめた。その方法を見つけるのがあなたの囮捜査官の仕事でしょう、とウィリアムは言いたかったが、内心でつぶやくにとどめた。実際に口に出したとしても、ホークはそのとおりだと答えてくれただろう。だが、彼がこのあと、朝のうちにマルボロ・マンと会う約束をしていることを、ウィリアムは知る由もなかった。

「跡形もなくなるまで徹底的にやるとなると、五千ポンドだ」中庭をゆっくりと回遊しながら、連れの囚人が答えた。「だけど、敷地内に人がいたら無理だぞ」

「それなら、金曜しかないな」フォークナーは言った。「家政婦が休みを取って、セヴンオークスへ母親に会いに行く日なんだ。昼飯を一緒に食い、地元の映画館で映画を観て、夕方から母親の家へ戻って過ごす。リンプトン・ホールへ帰ってくるのは十一時になる直前で、それより早いことは滅多にない」

「こんなところに隔離されていながら、家政婦の動向なんて細かいところまで、どうしてわかるんだ？」

「別れた女房がほとんどの使用人を馘にしたんだが、専属運転手だけは残して自分が使ってる。その運転手の給料を週に二回に分けて払っているんだが、両方とも金主は私だからな」

「おれへの報酬はどうやって受け取ればいいんだ？」

「かつておれの執事だったメイキンズという男が、今度の土曜の夕方、リンプトン・ホールで待っている。彼にはその日、私のためにもう一つの仕事をしてもらうことになっている。だから、おまえさんの使いが七時ごろにそこへ行けば、最初の千ポンドを受け取れるはずだ」

「いくらかかる？」

「残りはいつ払ってくれる？」

「完璧に仕事が遂行されたことが、だれの目にも明らかになったときだ」

二人は握手をした。刑務所で行なわれている、契約成立の唯一の儀式だった。長々とブザーが鳴り響き、服役囚たちが中庭から自分の留置房へのろのろと向かいはじめた。

「それで、例の若い男というのは大丈夫なんだろうな？」別々の方向へ別れるときになって、フォークナーは訊いた。「前の晩に彼の助けが必要になるのを忘れないでくれよ」

「任務にうってつけの男だよ。だが、やつを使うのなら、さらに千ポンドが必要だ」

「今日の夕方、電話を一本しなくてはならないんだが」フォークナーは通りかかった担当刑務官に小声で言った。

「問題ありません、ミスター・フォークナー、七時ごろに、おれがそこにいます」

23

クリスティーナは〈トランプ〉で彼を拾い、食事をさせて、せっせとシャンパンを飲ませたあと、一緒にイートン・スクウェアのフラットに帰った。本来ならそれは逆でなくてはならないはずだったが、彼女はもう二十二でも三十二でもなく、そろそろ四十二が近づいていた。次の日の朝、目を覚まして意外だったことに、ジャスティンはまだそこにいて、昨夜と同じぐらい欲望をそそった。ジャスティンに祝福あれ、だった。

クリスティーナは上掛けの下から出てバスルームへ行くと、薄化粧と香水の助けを借りて何歳か若返り、たったいま目が覚めた振りをするためにベッドへ戻った。そして、ジャスティンの脚の内側を撫ではじめ、ゆっくりと勃起させて、ついには自分を抑えられなくしてやった。三度目——いや、四度目だったか——のことをすませたあと、二人でゆっくりと風呂を愉しみ、さらにゆっくりと朝食をとった。そのあいだに、ジャスティンは無職だとわかったが、そんなことはどうでもよかった。だって、こんなに素敵な外見を持っているんだもの。

フロリダへ引っ越すまで、彼をつなぎ留めておけないだろうか、とクリスティーナは考えた。帰るとき、五ポンド貸してもらえないかとジャスティンが頼んできた。十ポンド渡してやり、今夜のディナーを一緒に楽しむことで話がついた。時計を見ると、そろそろ出かけなくてはならない時間になっていた。十一時までにリンプトン・ホールへ行き、〈クリスティーズ〉がマイルズのコレクションを運び出すのを監督しなくてはならなかった。

フラットを出ると、専属運転手のエディが敬礼してベントレーの後部席側のドアを開け、彼女が座席に落ち着くのを待ってドアを閉めると、運転席に戻ってハンプシャーへと車を出した。

〈クリスティーズ〉がコレクションを回収し終えたら、すぐにボンド・ストリートの〈パートリッジズ〉に家具調度類の評価を頼むつもりだった。何であれマイルズを思い出させるものを、フロリダへ持っていくつもりはまったくなかった。彼がかわいそうになったが、それも一瞬にすぎなかった。十年は想定外の長さで、もはや忍耐も限界に達していた。

一時間後、ジャスティンのことや、彼とディナーを愉しむ店をどれにしようかと考えながらリンプトンの橋を渡っているとき、一台のパトカーが追い抜いていった。〈アナベル〉がいい、あそこなら彼がほかの女をものにする可能性は高くない。金払いでわたしに勝てそうな者はいないし、そもそも彼のほうが相手にする気にならないだろう。そのとき、彼の電話番号を教えてもらっていないし、苗字(みょうじ)も知らないことに気がついた。

　左折して幹線道路を下り、その先にある唯一の家、すなわちリンプトン・ホールへの小径を走っていると、煙が見えた。正面ゲートをそのまま通り過ぎたが、門衛詰所にはだれもいなかった。門衛も、執事も、料理人も、庭師も、しばらく前に彼女自身が解雇してしまっていた。残っているのは、この屋敷をときどき訪ねるときに世話をしてくれる家政婦と、専属運転手しかいなかった。

　ベントレーが車道（ドライヴ）を上りきるずいぶん前から、クリスティーナはまるで正気を失ったかのように金切り声を上げて叫びはじめた。赤黒いオレンジ色の炎が高く舞い踊り、分厚い黒い煙が行く手をさえぎっていた。消防車が三台そこにいて消火に当たっていたが、負け戦であることは明らかだった。

　四時間後、消防士の勇敢な努力にもかかわらず、リンプトン・ホールは巨大な瓦礫（がれき）といまだ燻（くすぶ）っている灰からなるまったくの廃墟（はいきょ）と化し、煙が作り出した巨大な黒雲が朝の太陽をさえぎっていた。クリスティーナは気づかなかったが、エディは驚いた様子がなかった。

「髯（ひげ）でも伸ばすつもりなの、野蛮人？」夕食のあと、ベスがテーブルの上に身を乗り出し、夫の顎に伸びはじめている無精髭を撫でた。

「いまやっている仕事がいつまでつづくかによるな」

「あんまり長引かないといいわね」ベスが食べ終わった皿を食洗器に入れるために立ち上

がり、ウィリアムはテーブルをきれいに拭いた。「わたしたち、今夜は何をして過ごすのかしら？　あなたが世界を救うために急に呼び出されたりしなければだけど？」

「美しい乙女に優しく額を撫でてもらいながら、『今日の試合（マッチ・オヴ・ザ・デイ）』を観られたら嬉しいな」

「それは考え直してもらうしかないわね、野蛮人。今夜観る映画はもう決めてあるの。あなたの低級な趣味にぴったりだと思うわよ」

「セクシーな女性が大勢出てくるとか？」

「そうじゃないけど、男たちは颯爽（さっそう）としてかっこいいわね」ベスが食洗器の扉を閉め、明日の朝食のためにテーブルを準備しはじめた。

「敢えて訊くけど、どんな映画だ？」

「『ナバロンの要塞』、主演はデイヴィッド・ニーヴンとグレゴリー・ペック」二人でゆっくり居間へ移動しながら、ベスが答えた。

「ぼくはアーセナルから決勝点をもぎ取ったケリー・ディクソンを観るほうがいいんだけど」

「だったら、お気の毒ね。でも、デイヴィッド・ニーヴンにわたしの額を撫でてもらう前に、あなたともう少し真面目な相談をしなくちゃならないの」

「何だか悪い予感がするな」

「近々、フィッツモリーン美術館は人を募集するの。大きな役目を担う責任者よ」

「その候補者として手を挙げたいってことか?」

「違うわ。わたしはその資格を持っていないもの。でも、あなたは持ってる」ベスがゆっくりソファに腰を下ろし、ウィリアムの手を取った。

「ホークならこう言うんだろうな、『教えてくれ（エンライトン・ミー）』ってね」

「新しい警備責任者を探しているのよ」

「なかなか刺激的な話ではあるな」ウィリアムは欠伸を嚙（か）み殺した。

「その仕事が刺激的なのは、勤務が九時から五時までで、週休二日、一年に三週間の休暇が取れるところね。でも、決め手はこれよ、首都警察の巡査部長より給料がいいの」

「ぼくには、年金の足しにいくばくかの現金を欲しがっている、退職警察官の仕事にしか思えないな」

「そういう返事が返ってくるのは織り込み済みだけど、せめて考えるって約束してよ」

「もう考えた。さあ、映画を観ようか」

「まだよ。というのは、もう一つ知らせておくことがあるの、あんまり楽しい話じゃないんだけどね」

「きみがぼくのボスになるとかか?」

「わたしはもうあなたのボスよ。ちょっと真面目になって聞いてもらえないかしら」ベスは言ったが、握っている手を放そうとはしなかった。「今夜、あなたが帰ってくる直前にクリスティーナから電話があったの。恐ろしく取り乱していて、大至急会う必要があるんですって。きっと考えが変わって、フェルメールをフィッツモリーン美術館に寄贈するのをやめることにしたに違いないって、それが真っ先に頭に浮かんだわ」

「ぼくならそうは受け取らなかったはずだけど」ウィリアムは言った。「きみは常に悲観的なものの見方をする人だからな」

「でも、あなたは忘れているかもしれないけど、あの作品の公式除幕式は来週なのよ」

「元の亭主に何かをされて、それに過剰反応しているだけだと思うけどね」そう言いながら、ウィリアムはテレビをつけた。「だけど、やつは刑務所にいるんだぞ。いったい何ができるんだ？」

「それはわからないけど、彼女は本当に身も世もないって感じだったわよ」映画のオープニング・タイトルが映し出された。「それに、わたしはどうすればいいの、もし本当に彼女があのフェルメールを――」

「その話はあとにしないか」ウィリアムはベスを抱擁して落ち着かせた。「この映画、面白そうだ」

デイヴィッド・ニーヴンとグレゴリー・ペックの掛け合いが面白くなりはじめたベスをびっくりさせたのは、眠ってしまっていたウィリアムがいきなり起き上がってこう言ったときだった。「どうして思いつかなかったんだ？」

「思いつかなかったって、何を?」ベスは訊いた。

「だれにも見られることなく建物に入る方法だよ」


クリスティーナとは次の日の午前九時にフィッツモリーン美術館で会うことになったのだが、それがベスの不安をさらに掻き立てた。普通、朝の九時はクリスティーナに会う時間ではなかった。正面ロビーでヴェルヴェットの布を掛けて掲げられている絵を見たとたんにクリスティーナは泣き出したのだが、それを見ても不安は消えなかった。こんなに急いで会わなくてはならない理由をクリスティーナが途切れ途切れに説明しはじめると、「レースを編む女」を観るのはこれが最後になるのだろうかとベスは心配になりはじめた。

「彼が何をしたんですって?」ベスは訊き返した。クリスティーナの話を信じることができなかった。

「リンプトン・ホールを焼き尽くして、わたしの絵を盗んでいったのよ」

「でも、彼は刑務所にいるんですよ」

「この国で指折りの犯罪者に囲まれてね。ああいう連中ですもの、相応のお金さえ出せば、喜んで頼みを聞いてくれるわよ、それがどんな頼みだろうとね」

「だけど、少なくとも慰めがないわけではないんじゃありませんか」ベスは言った。「損失は保険金で埋め合わせられるでしょう」

「それがそうはいかないのよ」

「どうして？」

「マイルズがわざと保険を失効させたの」

「だけど、契約の失効時期が近づいていることは、保険会社から知らせがきているんじゃありませんか？」

「ええ、きていたわ。でも、もうそのときにはリンプトン・ホールを五百万ポンドで買いたいという申し出がわたしのところに届いていて、買い手も五十万ポンドの保証金を弁護士に預けていたの。それで、売買契約がすぐにも成立すると考えたのよ。でも、当然のことだけど、いまや買い手は申し出を引っ込め、保証金を返してほしいと言ってきているの」

「それはそうでしょうけど」と言いながらも、ベスはこの事件の先行きがどうなるかを考えようとした。「なぜ保険の再契約をしなかったんです？」

「〈クリスティーズ〉の場合、作品を預かった時点で、全面的に自社の保険が適用されるの。もうその契約書にもサインしていたし、作品も月曜に〈クリスティーズ〉が取りにくることになっていたから、わたし自身が保険をかけることは考えなかったというわけ。でも、マイルズは絶対に保険をかけ直しているわね」

「だけど、彼がだれかを使ってあの屋敷に火をつけたのだとしたら、当然、警察の捜査対象になるでしょう。実行犯に心当たりはないんですか？」

「警察の捜査対象にはならないんじゃないかしら」クリスティーナは悲観的だった。「放火を疑う理由はないって、消防隊長も報告しているしね。それに、古い建物だから漏電の可能性もあるし、敷地内にだれかがいた形跡もないって」

「悪夢というにもひどすぎる悪夢ですね」

「何から何までマイルズが仕組んだ悪夢よ。それに、もっと悪いことに、わたし、フロリダの夢のおうちの保証金を払ってしまっているの。三週間以内に全額を払い終わらなかったら……」クリスティーナがまた泣き出した。「マイルズがあのコレクションを盗んでまんまと逃げおおせたとわかっていたって、もうどうにもならないわ」

「でも、そのコレクションがオークションに出品されたら、自分も競売に参加するって、マイルズは〈クリスティーズ〉にそう言っていたんでしょ？」

「そんな必要がないことを、充分にわかっていたからよ。リンプトン・ホールの保証金と同様、マイルズがよくよく練り上げた策略に、わたしはまんまと引っかかってしまったんだわ」

「だったら、あのコレクションとマイルズを見つけて取り戻しましょうよ」

「もう完全に手遅れよ、コレクションはいまごろ、地球の裏側にあるはずだもの」

「こんなことを訊くのを許してほしいんですけど」ベスは言った。「それはフィッツモリーン美術館があのフェルメールをお返ししなくちゃならないということでしょうか？」

「そうしてもらうしかないわね」クリスティーナが認めた。「さもないと、フロリダのおうちの保証金を失うだけじゃなくて、購入契約自体が取り消されてしまうんだもの」そして、間を置いた。「これもマイルズの策略の一部に決まっているわ」

ベスはしばらく沈黙し、そのあとようやく口を開いた。「あの屋敷に火をつける前にマイルズがコレクションを持ち去ったことを証明できたら、もちろん話は別ですよね」

「陸軍特殊空挺部隊（SAS）と接触なさる機会はあるんでしょうか、サー？」

「あそこに加わろうとでも考えているのか、ウィリアム？」ホークスビーが机から顔を上げて訊いた。

「いまのところは考えていません、サー」

「それなら、どうしてそんなことを知る必要があるんだ？」

「階段もエレベーターも使わずにラシディの殺人工場に入る方法を思いついたかもしれません」

「私がSASにいたときの直属の上司はジョック・ステュアート少佐で、軍ではラグビー・チームのスクラムハーフ、連隊ではボクシングで鳴らした人物だ。だが、第二次大戦中の若きSAS中尉としての武勇伝は、ジョン・バカンの小説に登場するリチャード・ハネーというイギリス情報部員と、W・E・ジョンズの少年向け読み物に出てくるビグルズという戦闘機パイロット兼探偵を、足して二で割ったようなものだからな」

「理想的な人物です」ウィリアムは言った。「どうやったら連絡が取れますか？」

「連絡をするのはきみからじゃない、向こうからだ。しかも、連絡があるのはきみを殺す計画があるときに限られる」

「ご冗談を。で、殺されたくない場合はどうすればいいんでしょう？」

「彼は大佐に昇進し、最終的にコールドストリーム近衛連隊長になっているから、あの連隊の副官なら連絡方法を知っているのではないかな。だが、忠告しておいてやるが、彼の唸り声が聞こえたら、用心することだ。すぐに逃げられるようにしておいたほうがいい」

24

時間は慎重に選んであった。

彼は大聖堂の南側の壁に沿って歩き、聖具室へつづくドアの前に立った。聖歌隊はたったいま朝課を終えて、次の勤めとなる二時の洗礼式まで戻ってこないはずだった。

取っ手を回して重たいドアを押し開け、大聖堂に入った。これから向かうべき場所ははっきりわかっていた。これまでに何度か同じことを、それぞれに異なる嘆願をするためにしてきているのだった。

「おはよう、わが子よ」彼は聖具室へ向かう途中で、通路を掃除している女性に声をかけた。

「おはようございます、神父さま」その女性が会釈をして応えた。ここにいるのが普通なのだと見せ、ここにいるのが普通なのだと思わせる話しぶりをしていれば、だれも自分がそこにいるのを疑わないことを、長い年月のあいだに学んでいた。

聖具室に入ってほっとしたことに、聖歌隊員の姿はなくなっていた。彼は〈マイケル・

シード神父〉の名前があるロッカーに直行した。神父は彼の聴罪師であり、古い友人だったが、共通するところはほとんどなく、体格だけがほぼ同じだった。

彼は上衣を脱いでネクタイを取ると、裾の長い黒の司祭平服（カソック）に着替え、その上に儀式用の白衣（サープリス）を羽織ると、聖帯（ホーリィ・バンド）と聖職者用の襟（クラリカル・カラー）を着けた。これからの一時間、俗人から聖職者になり替わるのだ。詐欺師になったような気がしないでもなかったが、万能の神がこの罪を赦し、罪をはるかに上回る善を為（な）すためであることを受け容れてくださるよう祈った。

壁の姿見を一瞥したときはさらに後ろめたさが募ったが、ともかく通路へ出ると、聖具室に付属している部屋を取り抜けて身廊（ネーヴ）へ入り、そのまま歩みを進めて〈聖餐（せいさん）のパン礼拝堂〉の脇を通り過ぎた。教区民のだれとも言葉を交わしたくなかったのだが、聖職者としての義務を果たす演技には習熟していて、教区民のどんな質問にも答えることができるはずだった。

聖ベネディクトのブロンズ像の下の、人目につかない隅までやってくると、暗くて狭い空間に足を踏み入れ、今日約束している唯一の罪人（つみびと）の告解を聴くべく腰を下ろした。

ややあって、告解場のドアが開き、だれかが着席し、赤いカーテンが引かれた。

「おはようございます、神父さま」聞き慣れた声だった。

「おはよう、息子よ」

「この前の告解からずいぶん間があいてしまって申し訳ありません。色々と忙しかったものですから」

「私でお役に立てることがありますか？」警視長は暗号メッセージで応じた。

「この前、ここで告解をしたときには、神父さま、チューリップは逮捕を逃れようと、コカイン一包を丸ごと飲み込んで入院していました。彼が死ねばいいと思ったことを、ここで懺悔(ざんげ)します」

「それは重大な罪ですが、息子よ、状況を考えれば、それについては、われらが主も同情してくださるかもしれません」

「チューリップが入院しているあいだ、私は何人かの元締めの下で売人をやりました。それで、自分の罪を償うためには、その元締めの名前をあなたと分かち合わなくてはならないと思った次第です」

「主があなたを祝福し、お守りくださいますよう」

格子を嵌めた仕切りの下から、一枚の紙が滑るようにして現われた。警視長はそれに急いで目を通し、これまで遭遇したことのない新たな罪人の名前がいくつか、そこにあるのを認めて満足した。

「主が彼らの魂に慈悲を垂れられんことを」彼は言い、紙を内ポケットにしまった。

「蝮(ヴァイパー)の巣の在処は見つかりましたか？」

「エイドリアン・ヒース殺害容疑でチューリップが逮捕されたために、彼らの階級構造に空きができました。そのおかげで、私の階級が上がったのです、神父。まあ、戦場ではままあることですが」

「それで？」

「マンスフィールド・タワーA棟、レヴナム・ロード、ブリクストン」即座に答えが返ってきた。

「それは私たちが手に入れた情報と合致します。ラシディの本部はその建物の最上階とわれわれは考えていますが、それも間違いありませんか？」

「最上階を含めて三フロアが彼の本拠です。二十六階で大麻を育て、二十五階と二十四階で通りの売人に売らせるためのドラッグを準備しています。ヘロイン、コカイン、エクスタシー、そして、マリファナです。二十四階には配送センターもあります。売人はそこで売り上げを渡し、新たに売る商品を受け取ります」

「責任者はだれでしょう？」

「ラシディには四人の腹心がいます。四人とも、いまお渡ししたリストに名前が載せてあります。一人は資格を剝奪(はくだつ)された弁護士、一人はやはり資格を剝奪された会計士、一人はこれも資格を剝奪された医師、最後の一人は横領がばれて馘首(かくしゅ)された、〈ジョン・ルイス〉の販売部長です。彼はいまや、もはや横領などする必要もないほどの大金持ちです。ラシディには副司令官もいるのですが、その名前も、どこに住んでいるかも、まだ突き止めることができていません。しかし、建物内に住んでいないことは、たぶん間違いありません。それにしても、あそこはシティのどの金融機関にも負けないぐらい、どこからどこまで円滑に動いています」

「警備はどうです？」

「四人の見張りが二十四時間態勢で建物を監視しています。二十四階の二箇所に殺人工場への入口があります。一つは正面玄関で、ドアは鋼鉄で補強され、内側からしか開かず、入ってきたがる者を門衛が目視で検められるよう、格子を嵌めた覗き窓がついています。どっちのドアもニューヨーク・ストップと呼ばれる、歓迎すべからざる訪問者を排除するためにマフィアが発明した、安全装置で護られています。ですが、最大の問題はそれではありません。ラシディはそのドアを使わないのです。自分だけの専用出入り口を持っています」

警視長は告解をさえぎらなかった。

「A棟とB棟は二十四階の通路でつながっていて、ラシディはB棟の二十三階に広いフラットを持っています。ですから、ほんのちょっとでも面倒ごとの臭いを感じたら、だれだろうと殺人工場の正面玄関にたどり着く前に、すぐさまそこへ身を隠して難を逃れることができるというわけです」

「エレベーターはどうなっていますか？」

「二十四階まで四十二秒かかります。一階のエレベーター・ホールにピート・ドノヒューという荒くれ者が常駐していて、四人の見張りの一人が何であれ不審に思ったらすぐに彼に通報し、彼自身が殺人工場へ知らせに走ることになっています。武装した部隊が二十四階まで階段を駆け上がり、鋼鉄で補強されたドアを破ってA棟の殺人工場に踏み込んだとしても、ラシディはそのはるか前にB棟のフラットに逃げ込んで悠々とテレビを観ていて、危険が過ぎ去ってしまうまで出てこないでしょう」

「そこで働いている人々についてはどうでしょう?」

「ほとんどが不法移民と雑魚犯罪者で、ラシディがA棟にあてがった狭苦しくて汚ないアパートに押し込まれています。彼らは何かあったら正面玄関を通って逃げるしかないので、その途中で何人かの小物は捕まえられるかもしれませんが、ラシディ本人や大物は無理でしょうね」

「ラシディはどのぐらいの頻度で殺人工場にやってくるのでしょう?」

「月曜から木曜まで毎日欠かさず、午後八時から零時までのあいだに、あがりの金を回収にきます。武装した元詐欺師の二人組を常に護衛につけていて、約束のない者をラシディに会わせることは絶対にありません」

「その二棟の所有者を知る必要があるのですが」警視長は訊いた。

「それを突き止める術がまだないのです、サー。しかし、ラシディ本人だとしても、驚くにはあたらないと思います。やつは機転がきく上に手際もとてもよく、親友を殺すことを何とも思っていないソシオパスですからね。親友と言えば、そもそもあいつに友だちはいるんでしょうか?」そして、一瞬の間を置いてつづけた。「懺悔は以上です、神父さま」

「ありがとう、ロス」警視長は労った。「おかげで、私も私のチームも、充分な弾薬を手に入れることができた。これで計画を次の段階に進められる」

「現場に行ったら、もっと弾薬が手に入ると思います。なぜなら、殺人工場を強襲するときは、私もそこにいますから。日時が決まったら、教えてください」

「そうしよう。だが、何であれ不必要な危険は冒すなよ。きみはもう充分以上のことを成し遂げてくれている。囮捜査官をやめたくなったら、その瞬間にそう言ってくれ。ホックニー署で警部の席が一つ空いているから、喜んできみを推薦しよう」

「長いこと囮捜査官をやってますからね、制服に戻って、果たしてちゃんとやれるかどうか」

「確かにそうかもしれんが、気が変わったら、いつものチャンネル経由で知らせてくれ」

「わかりました、サー」ロスが答えた。「それはともかくとして、私としては殺人工場強襲の現場で逮捕されるほうがいいんですが」

「それは名案だな。よし、その仕事は少年聖歌隊員にやらせよう」

「私に彼を見分けられますかね?」

「そもそも見落とすことができないよ」ホークはにやりと笑みを浮かべたが、仕切りの反対側にいるロスがそれを見ることはなかった。「きみはそろそろ行ったほうがいいな。私はもう少しここにいるよ。それから、ロス、これで足りないことはわかっているが、もう一度言わせてもらう、ありがとう」

　ドアが開いて閉まる音を聞きながら、ホークは考えていた。ラシディに逃げる時間を与えることなく、どうやって強襲部隊を二十四階へ到達させるか。そのとき、声がした。

「神父さま、私は罪を犯しました。主の赦しを乞いたいのです」

　やめてくれ、あんたは私が扱う罪人のタイプじゃない、とホークは言いたかったが、こう口にすることで我慢した。「どんな罪を犯したのですか、息子よ?」

「隣人の妻を欲しがりました」

「実際に肉体の関係を持ったのですか?」

「いいえ、それはありません、神父さま。ですが、そう考えること自体、実際に行なったと同じぐらい邪(よこしま)なことだと聖書は教えています」

　だったら、おれは何人も人を殺した罪人だな、とホークは思った。想像上の犠牲者のなかには、フォークナーとラシディも含まれていた。「確かに、息子よ、あなたは由々(ゆゆ)しい罪を犯しました。悪魔の誘惑を拒絶し、そういう無価値な考えを頭から追い払わなくてはなりません」

「それができなかったらどうなるのでしょう、神父さま？　永遠の暗闇、永遠の地獄に投げ込まれるのでしょうか？」

「いや、息子よ、罪を悔い改め、正しい道へ戻れば、そうなることはありません。聖母マリアを称えよ……」

「ありがとうございました、神父さま」安堵の声がしたと思うと、ドアが開き、ふたたび閉まった。

ホークは一瞬も無駄にしなかった。これ以上、予定外の罪人の相手をしたくなかった。急いで告解場を出ると、走らんばかりにして聖具室に付属している部屋を突っ切り、聖具室に戻ろうとした。しかし、ウェストミンスター大司教の姿が見えたので足取りを緩めなくてはならなかった。片膝を突き、大司教の指輪にキスをした。大司教が十字を切って言った。「教えなさい、警視長、神の仕事をしていたのですか？」

「今日は罪人を一人救ったと信じています、猊下」ホークは答えた。

「では、あなたの報いが地上だけでなく、天でもあるよう祈りましょう」

「マルボロ・マンが直近に提供してくれた情報を考量した結果」班会議を取りしきるホークスビー警視長が言った。「警視総監からこの作戦を開始していいとの許可が出た。首都警察の権限内であればいかなる資産をも使えるし、現実的な予算もすでに獲得できている。

だが、条件が一つついている」

「またですか」ラモントが不満を漏らした。

「われわれが最優先すべきは、ラシディとその腹心どもを捕らえるとともに、連中が老いさらばえるまで隔離排除できるだけの証拠をたっぷり確保することだと、警視総監はそう主張して譲らなかった。殺人工場を使えなくして、売人やディーラーを何人かお縄にするのでは不足だということだ。ラシディを取り逃がしたら、何週間、いや、何日もしないうちかもしれないが、やつはロンドンの別の場所で仕事を再開するだろう。それだけの能力はあるはずだからな。もしかすると、いまの工場が使えなくなった場合を見越して、すでにそういう場所を持っているかもしれない。では、情報を更新してもらおうか、ウォーウィック捜査巡査部長、捜査の現状はどうなっている?」

「この数週間、私はアダジャ捜査巡査と一緒に、ブリクストンで工事現場作業員として働いていました」ウィリアムは報告を開始した。

「なるほど、きみたち二人が髭も剃らずに薄汚れた格好をしているのは、そういうわけだったのか」

「目立たないよう、その界隈に溶け込む必要があったものですから」ポールが言った。

「その結果、殺人工場が置かれている建物を改めて確認できただけでなく」ウィリアムはつづけた。「マルボロ・マンが手に入れてくれた詳細な情報のおかげで――そういえば、私は彼を疑っていたことを謝らなくてはなりません、なぜなら、私とジャッキーがフェリクストウで彼とチューリップを逮捕していたら、いまもまだ情報収集に苦労していたはずであり、さらに――」

警視長が手を振って制し、ジャッキーに片眼をつぶってから言った。「過去のことはいいから、いまのことに集中してくれ、ウォーウィック捜査巡査部長」

ウィリアムは報告を再開した。「私は二度ほど地元の不動産屋を訪ね、A棟のフラットを借りることはできないだろうかと相談を持ちかけました。それができれば、怪しまれずに出入りできますから。しかし、駄目でした。あの建物は実際には存在しない、おそらくはラシディ名義になっていると思われる、幽霊会社の名前で登記されていました」

「しかし、B棟には住人のいないフラットが二部屋あって」ポールが言った。「両方ともランベス区議会が借り上げています。その二つのどちらかでも使えれば、われわれの目的にぴったり適うはずです」

ウィリアムは席を立って大きなホワイトボードの前に立った。それは図面、矢印、写真に覆われていて、そのなかの一つに、一本の通路でつながっている二つの高層建築の写真があった。

「私が狙っているのは二十四階のフラットです、そこなら通路から遠くありません」

「いい狙いだ」警視長が言った。「だが、そこを借りるのはきみではなくて、アダジャ捜査巡査にすべきだな、ウォーウィック捜査巡査部長。アダジャ捜査巡査の手引きで、われわれのチームの何人かでも、だれにも見られることなくこっそりなかに入れることができれば、ラシディがその通路を使って逃げようとした場合、やつをお出迎えできるはずだ」

「だれにも見られることなく、というのが難しい部分なんです、サー」ウィリアムは言った。「ラシディを逮捕してボディガードを排除するには、少なくとも十二、三人の武装警察官が必要になりますが、ラシディが逃げ出すより早く、完全武装でB棟の二十四階まで上がるのは簡単ではありません。しかし、それについてはあとで話します」

「屋根はどうなの？」ジャッキーが訊いた。「あいつが逃げ出す可能性がある、もう一つの経路じゃないの？」

「それはないと思います」ポールが答えた。「屋根へ出たとしても、地上へ降りるには非常階段を使うしかなく、その途中で、そこを上っているわれわれのチームと出くわしてしまいます」

「屋根から逃げる可能性はありません」ウィリアムは全否定した。「やつは間違いなく通路を使います。なぜなら、一旦B棟に入ったら、隣りの建物と彼をつなぐ手段は通路しかないんですから」

「A棟に配置されている悪党についてはどうなんだ？」警視長が壁にピン留めされている詳細な図面を検めながら訊いた。「やつを無力化して、エレベーターを乗っ取れるのか？」

「ピート・ドノヒューです」ウィリアムはメークアップなしで『ロンドン特捜隊スウィーニー』のエキストラが務まりそうな男の写真を指さした。

「やつは過去に重傷害と武装強盗の罪で有罪になり、実刑に服しています」フモントが言った。「この前逮捕したときは、三人がかりでようやく押さえつけて、私が手錠をかけました」

「そういうことなら、警視がやつに気づかれずにエレベーターに近づくのは不可能ですね」ポールが言った。「ラシディの下で働いている者の何人かは、あの荒くれと同じエレベーターに乗るより、階段を使うほうを選ぶはずです」

「たとえエレベーターにたどり着くことができたとしても、ここ、ここ、ここ、そして、ここに、常に見張りがいます」ウィリアムは平面図に記された×印を指し示した。「その見張りの一人がちょっとでも警視に不審を抱けば、エレベーターは二十四階で止まったまま、絶対の安全が確認されるまで一階に下りてきません」

「この前の戦争の空襲警報みたいだな」警視長が言い、年齢を暴露することになった。

「きっとそうなんでしょうね」ポールが言った。

「その見張りどもに気づかれずに、一体どうやってこれほど大量の情報を手に入れたんだ?」ポールの感想を無視して、ホークが訊いた。

「定期的に二階建て（ダブルデッカー）バスの二階席に乗ったおかげです、サー」ウィリアムは答えた。「三番、五九番、そして、一一八番のバスが、一時間に数度、あの二つの建物の前を通るんです」

「実は」ポールが付け加えた。「一一八番はA棟の真ん前で停まります。そのおかげで、見張りの位置を正確に知ることができました。また、売人も何人か、特定できました。何も訊かれずに顔パスでエレベーターへ向かえるのは売人だけなんです。ですが、バスを降りて、あの事実上の要塞をじっくり観察できるほど接近する危険は、まだ冒せないでいます」

「エレベーターに乗れなかった場合、武装部隊が二十四階に到達するにはどのぐらいの時間がかかるんだ?」ラモントが訊いた。

「マルボロ・マンは七分半で到達しています」ジャッキーが答えた。「でも、忘れないでください、エレベーターでも四十二秒です。だとすれば、ラシディは通路を使って逃走し、最初の警察官が正面玄関にたどり着くはるか前に、B棟の自分のフラットに戻る余裕があるということです」

「では、われわれはどうやって四十二秒以下で二十四階に到達するんだ?」ラモントが語気を強めて訊いた。

「その質問の答えは、ウィリアムが持ち合わせているのではないかな」警視長が言った。

25

「あのかけがえのないコレクションが失われてしまったことに、心からお悔やみを言わせてもらうよ、マイルズ。きみにとってあれがどれほど大きな意味を持っていたか、私はよく知っているからね。それがあんなふうに無惨に破壊されたのだから、そのショックは想像に余りある」

「ありがとう、BW。心遣いに感謝するよ」フォークナーは応えたが、ショックを装う努力をしなくてはならなかった。

「きみがリンプトン・ホールを買い戻すつもりでいたことはもちろん知っているし、いずれはコレクションも――」

「あのコレクションに較べれば、屋敷はそこまで大事でもないんだが、それでも、あの保証金の五十万ポンドをできるだけ早く取り戻してもらえないだろうか」

「いま、そのための書類を作っているところだ。少なくとも、あのフェルメールはフィッツモリーン美術館という新しい家で無事でいるからな」

「それも長くはないさ」

「どういうことだ?」ブース・ワトソンが訝った。

「あんたは知らなくていい、BW。あれを私のコレクションと再会させる計画がある、とだけ言っておくよ」


「ご足労いただいてありがとうございます、大佐」受付で待っていたウィリアムは、やってきた男と握手をした。「大佐の近況をうかがうのを、ホークスビー警視長はとても楽しみにしています」

「ホークスビーは私の部下の少尉のなかでもとりわけ優秀だった。彼ならとてもいい兵士を育てただろう」ウィリアムにつづいてエレベーターに乗り込みながら、大佐が言った。「年月が過ぎたあとで、そういう若者をまた見ることができるのは嬉しい限りだ」

ウィリアムは頬が緩むのをこらえながらエレベーターを降りると、警視長のオフィスへ大佐を案内した。ドアをノックして入室すると、ホークスビーがとたんに起立して不動の姿勢を取った。「またお目にかかれて光栄です、サー」

「この年齢になっても憶えてもらっていることに、私はいつも驚かされているよ」大佐が言い、かつての部下と握手をした。

「忘れられるはずがないではありませんか」ホークスビーが応えた。「私の世代は、コルディッツ捕虜収容所、ダンケルクとナバロンの戦いで育ったのですから」

「では、あの不意打ちを指揮したのはデイヴィッド・ニーヴンではなかったのですか？」

ウィリアムは調子を合わせた。

「ああ、彼ではないな」大佐が答えた。「だが、文句は言えない。ニーヴンが映画であの役を演じてくれたおかげで、私の評判までレディたちのあいだでよくなったんだから。それで、私に用とは何なのかな？」

「お尋ねしたいのですが、大佐、ウォーウィック捜査巡査部長のアイディアは使えるとお考えでしょうか？」

「もちろん、使えるとも。それに、その仕事にうってつけの人物がいることもわかっている。実はその人物は、もうきみたちの仲間の一人になっている。スコット・ケアンズ大尉は連隊を除隊したあと、請われて首都警察に加わり、テロ対策部門の設立に力を貸したんだ。ＳＡＳとは制服の色が違うだけで、やることにそんなに大きな違いはないからな。あの部門は、公にはなっていないが、すでにフル稼動しているはずだ」

「それなら、探り出す必要がありますね」ウィリアムは言った。「ケアンズ大尉と接触するにはどうすればいいでしょうか？」

「それは私にはわからない」大佐が答えた。「だが、この建物のなかで冬ごもりしていても不思議ではないかもしれないぞ」

「スコットランドヤードは十九階建ての建物のなかに三百を超えるオフィスを持っていて、二千人超の職員を抱えていますが、もしケアンズ大尉がここにいるのなら、今日が終わる前に見つけられるはずです」ホークスビーが言った。「いま願うとすれば、私の部下があなたと同じぐらい優秀であることだけでしょう」

「いまのやつらのほうが断然優秀だよ」大佐は応えた。「彼らに較べれば、われわれの世代は素人も同然だ。いまの新世代は高度な訓練を受けたプロフェッショナルで、どんな困難も乗り越えて仕事をやりきってみせるさ」

「ですが、われわれと同じ、正気とは思えないほどの執念を持ち合わせていますか？」

「異常なほどの執念をな！　それこそが時代のいかんを問わず、あの仕事をするために欠かすことのできない、唯一かつ必須の資質だ。それで、きみの問題を解決した見返りにというわけではないが、ちょっと頼みがあるんだがね」

「何なりとおっしゃってください」ホークが言った。

「逮捕されたわけではなくてようやくスコットランドヤードの内側に入れたわけだから、私一人だけの黒博物館（ブラック・ミュージアム）のガイド付きツアーをしてもらうことはできないだろうか？」

「予定日はいつなの？」クリスティーナが訊いた。高速道路を下りてリンプトン・ホールへの標識に従って走っているところで、ウィリアムの脳裏にたくさんの記憶がよみがえった。

「そろそろです」ベスが答えた。

「きっと、二人ともわくわくしてるんでしょうね」

「いまのウィリアムの頭のなかには、一つか二つ、別のことが居坐っているんですよ」

「最初の子が生まれるより重要なことなんて、何があるの？」

「放火と美術品の窃盗です」ウィリアムは答えた。「アレグザンダーかヴィヴィアンが、自分がこの世に存在していることを知る前に、二件とも解決できるといいんですが」

「ボウディケアかレオナルドよ」ベスが訂正した「いまわかったでしょうけど、生まれてくる子の名前が決まっていないんです。でも、当面は放火に集中しましょう」

「放火を立証するのは簡単ではありません」ウィリアムは言った。「たとえば床板に反応促進剤がまかれた名残りとか、郵便受けからなかに押し込まれた、ガソリンを沁み込ませた襤褸布の名残りとか、そういう明白かつ確実な証拠が残っていれば話は別ですが、そんなミスを犯すのは警察を甘く見ている素人だけです」

「だったら、プロはどうするの？」クリスティーナが訊いた。

「大量のティッシュペーパーを電熱式湯沸かし器の隣りの木造の屋根の真下に置いて、マッチを一本擦れば、それで終わりです。放火で服役している囚人は多くありません。逃げおおせることが最も簡単な犯罪の一つだからです。だから、屋敷が炎に包まれる前にあのコレクションをマイルズが盗んだことの立証に集中するんです」

「彼がやったに決まっているわ」

「あなたがどんなにそうだと信じているとしても、クリスティーナ、また、私があなたの考えに不同意でないとしても、法廷に持ち出して争うためには依然として鉄壁の証拠が必要です。そういう証拠なしでは、夫と別れた妻が腹立ちまぎれに無闇な主張をしていると見なされて、はなから相手にされないことが多いんです」

「ウィリアム」ベスが厳しくたしなめた。「クリスティーナはとんでもなくひどい目にあったばかりなのよ、そういう言い方は残酷すぎるわ」

「ぼくは味方だよ」ウィリアムは言った。「だけど、いまぼくが言ったようなものを見つけなければ、まったくの時間の無駄で終わってしまうんだ」そして、リンプトン・ホールへつづく小径に入り、今度はゆっくりと車を走らせた。

「それで、どこから始めるの?」クリスティーナが訊いた。

「〝虱潰し(しらみ)にする〟という有名な言葉があるでしょう、それを文字通りに実行するんです」

「何を探せばいいの?」ベスが訊いた。

「何であれ炎を生き延びたものだ」

ウィリアムは見捨てられた門衛詰所の前を通り過ぎ、長い車道(ドライヴ)を上っていった。この先に何が待っているか、予想がつかなかった。火災現場が最初に目に飛び込んできたとき、ウィリアムは危うく車を立ち木にぶつけそうになった。かつては丘の上から誇らかに周囲の田園風景を睥睨（へいげい）していた、建築家エドウィン・ラッチェンスの手になる美しいマナーハウスは、無惨な残骸となって崩れ落ちて、灰と瓦礫が半エーカーの土地のなかに残っているだけになっていた。

　ウィリアムは車を車道（ドライヴ）に駐めると、トランクを開けて、つなぎ服、長靴、ゴム手袋を三人分取り出した。三人はそれを身に着けるや、以前は玄関だったところへ向かった。

「よし」ウィリアムは言った。「闇雲に探し回ってもしょうがないから、できるだけ組織だってやりましょう。まずこっち側から始めて、端まで行ったら三歩分右へ折れ、同じことをして引き返します。何か炎を生き延びたものが見つかったら教えてください」

「これはどうかしら？」ベスが腰を屈め、玄関のドアノッカーを灰のなかから拾い上げた。

「手始めとしては有望だ」ウィリアムはそれをじっくり検めたあとで言い、大きな黒いごみ袋に入れた。

　数分後、ベスがまた何かを見つけた。今度はバスルームの蛇口だった。そのあと、クリスティーナが大理石の卵を手に取った。「マイルズとアテネに遊びに行ったときに買ったのよ」ウィリアムはそれをしっかり検めてからごみ袋に入れた。

　さらに少しして、ウィリアムは訊いた。「これは何だろう？」

　三人は直近の発見物を詳しく観察し、ついにクリスティーナが正体に気がついた。「わたしたちのグランドファーザー・クロックの発条(ぜんまい)だわ」そして、哀(かな)しげに付け加えた。

「結婚祝いのプレゼントだったんだけどね」

「素晴らしい」ウィリアムはそれもごみ袋に入れた。

「何が素晴らしいの?」ベスが訝った。

「その説明はあとにしよう――まだ充分に証拠が見つかったとは言えないから、捜索を続行する必要がある。ところで、休憩しなくて大丈夫か?」ウィリアムは疲れた様子の妻を気遣った。「灰のなかで生まれたら、わが息子はありがたからないだろうからね」

「でも、わたしの娘は」ベスが言った。「もしかするとこの捜索作業を面白がっていて、いまやめたら怒るんじゃないかしら」

「敢えて訊きますが、ミセス・ウォーウィック、あなたは何か言い忘れていることがあるんじゃないですか?」ウィリアムは灰のど真ん中に立ったまま妻を見つめた。

「あら、そうでしたかしら、ミスター・ウォーウィック、双子の父親になることをお教えしていませんでした?」

ウィリアムとベスが飛び跳ねながら抱擁するのを見て、クリスティーナはごみ袋を置いて拍手した。そのあとようやく仕事に戻ったものの、いまのウィリアムはやるべきことに集中するのが難しくなっていた。

「これは何かの役に立つかしら?」数分後、クリスティーナが絵を掛けておくフックをウイリアムに差し出した。

「いまのところ、一番の発見です」双子の父親になるという動揺がまだ収まらないまま、ウィリアムは応えた。「でも、このフックができるだけたくさん必要です」そして、そのフックをごみ袋に仲間入りさせた。

「どうしてもっとたくさん必要なの？」ベスがまた訝った。

「その説明もあとでするよ」ウィリアムも同じ答えを繰り返した。

それから一時間が経って、数えきれないほど多くのさまざまに異なる物体がごみ袋三つにいっぱいになったとき、ウィリアムは今度こそ休憩を取ると主張して譲らなかった。

「〈リンプトン・アームズ〉でお祝いのお昼を愉しんでいいぐらいの収穫はあったんじゃないかしら」クリスティーナがごみ袋を車のトランクに入れながら言った。

「ウィリアムの目当てのものが見つかっていれば、ですけどね」ベスが言った。

「六十五個、見つかりました」ウィリアムは答えた。「そして、屋敷に火がつけられる前にあのコレクションが持ち出されたことを、いまや証明できると思います。ですが、確実の上にも確実を期すために、もう一度フィッツモリーン美術館へ行く必要があります」

「大佐のおかげで問題の一つが解決されました」月曜の朝の定例会議で、ラモントが口を開いた。「先週の金曜、クロイドンの遺棄されたフラットが並ぶ街区（ブロック）で行なわれた予行演習に私も参加したんですが、その結果を報告します――スコット・ケアンズ警部率いるチームは、すべての任務を五分以内に、まったくの成功裡（せいこうり）に完了しました」

「それは素晴らしい」ホークが言った。「しかし、われわれの現場での問題が解決したわけではないぞ。実際には、地上に四人の見張りがいて、一マイル先からでもわれわれを見つけることができ、われわれが正面玄関に到達するはるか前に充分な時間的余裕をもって店じまいをして、安全なところへ逃げ込むことができるわけだからな」

「その問題ですが、われわれは間違った方向からアプローチしているのではないでしょうか？」ウィリアムは訊いた。「もっと簡単な解決策を考えるべきかもしれません」

「教えてくれ（エンライトン・ミー）」

「いまのわれわれの計画では、B棟のフラットを借り、そこに十二名の武装チームを潜ませ、命令が発せられた瞬間に彼らが通路を制圧し、だれであれそこを通って逃げようとする者を逮捕することになっています」

「そのどこが間違っているんだ？」ラモントが語気鋭く訊き返した。

「まったく正反対のことをしたらどうでしょう？　ラシディがB棟のフラットに逃げ込む前に殺人工場の鋼鉄で補強されたドアを突破できる可能性、あるいは、そこに近づく可能性すら、ほとんどないことはわかっているわけですよね」

「だからこそ、武装チームが通路でやつを待ち伏せするんじゃないか」ラモントが反論した。

「ですが、そのやり方には、即座に指摘できる不利な点があります」ウィリアムは引き下がらなかった。「その一つ目は、少なくとも十二名の人員と彼らの装備を、だれにも気づかれずにB棟の二十四階まで運び上げなくてはならないことです。それ自体、奇跡に近いんじゃないでしょうか。二つ目は、逃げようとするラシディとその側近を通路で逮捕したとしても、その容疑は何でしょう？　ブース・ワトソンのようなくそったれが弁護を引き受けたら、法を遵守する市民が別の建物の自分のフラットへ合法的に行こうとしていただけだと、説得力のある主張をするに決まっています。そして、その日のうちに保釈が認められるでしょう。そうならないためには、ラシディが殺人工場のなかにいるあいだに逮捕しなくてはなりません。さもないと、われわれは最初から最後まで時間を無駄にすることになります」

「問題点を指摘するのはだれでもできる、ウォーウィック捜査巡査部長」ラモントが言った。「解決策を見つけるほうが、はるかにとは言わないまでも、難しいんだ」

「十二名が自分たちの銃器やほかの装備を持ってB棟のフラットまで上るとしたら、われわれが何をしようとしているかをだれかに気づかれる可能性が常に伴います。その確率を十二分の一にしてはどうでしょうか？」

「そして、ハムレットの親友のホレイショーよろしく」ホークが茶化した。「たった一人で橋を護らせようと？」

「いいえ、そうではありません、サー。この仕事にホレイショーは必要ありません。とても腕のいい大工が一人いれば事足ります。命令されたら数分のうちに、分厚い木の板を三枚、われわれの側から交差する形でドアに打ちつけてくれればいいんです。そうすれば、悪党どもは殺人工場内に捕らわれて、残された逃走ルートは一つだけ、正面玄関しかなくなります。そして、やつらがそれに気づくころには、われわれは正面玄関の前で待ち受けているというわけです」

「独創的な考えではあるが」ラモントが言った。「それでも問題はまだ残っている。地上の四人の見張りをどうするか、エレベーターを護っている悪党をどうするか、だ。われわれの武装チームが階段を半分上るか上らないかのときに、ラシディにエレベーターで悠々と、何も悪いことはしていないという顔で一階に下りてこられたら、逮捕しようにも容疑を見つけられない。そうなったら、作戦はまったくの失敗に終わることになる。なぜなら、確かなことが一つあるからだ。あの〈マルセル・アンド・ネッフェ〉の会長が、何であれ薬物を所持しているなどあり得ないという確かなことがな」

「エレベーターを一階に釘づけにして、上に行かせなければ、そういう問題は生じないと思いますが」ポールが言った。

「では、どうやってエレベーターを一階に釘づけにしておくんだ、アダジャ捜査巡査？

考えはあるのか？」ホークが訊いた。「私が作戦開始命令を発した瞬間に、十二台の武装警察車両とパトカーがエンジンを轟かせて広場に殺到するんだぞ。見張りがドノヒューに知らせて、ドノヒューがラシディに知らせる時間は充分にあるはずだ。その問題をどう解決する？　手品でも使うか？」

「われわれ全員が日常の風景に溶け込む必要があります」ウィリアムは言った。「もっとも、このひと月というもの、何かが目の前にぶら下がっていて、その正体を見極めるのに何日も眠れない夜を過ごさなくてはならなかったことは認めざるを得ませんが」さえぎる者はいなかった。「だれにも振り返られることなく正面玄関の前で車を停められるときに、ジョン・ウェインのように銃をぶっぱなしながら突撃する必要はないんです」

「まさか、透明人間になるなんて計画じゃないだろうな」ラモントが言った。「いかにジョン・ウェインでもそれは無理だろう」

「いえ、そういうことではありません、サー。ですが、ポールがわれわれだけの一一八番のバスの車掌になれば、だれにも疑われることはないはずです。見えないも同然になるんですよ！」

ホークとラモントが顔を見合わせた。

「眠れない夜を過ごした価値はあったな、ウォーウィック捜査巡査部長」ホークが言った。「警視総監も、私の最新のアイディアを気に入るはずだ」

全員が掌でテーブルを叩いて賛意を示した。

「よし」秩序が戻ると、ホークが言った。「車掌は手に入った、今度は運転手が必要だ」

「ダニー・アイヴズでなくては駄目です」ウィリアムは躊躇なく言いきった。

「それから、火器の扱いに特に優れた者を十六名、すでに選りすぐってあります」ラモントが言った。「指示があったらすぐに動けるよう、ダブルデッカーの一階席で待機させます」

「ですが」ポールが言った。「第一陣は制服でも完全武装でもなく、トラックスーツの上下にスニーカーという服装でなくてはなりません。なぜなら、十秒以内に四人の見張りを排除し、同時に、三人がかりでドノヒューに飛びかかって動きを封じて、エレベーターを確保する必要があるからです」

「そのころには十二名の重武装した乗客が階段を駆け上がり、私はテロ対策部門の専門員に自分たちの役目を果たすよう指示します」

「また、一般市民の服装をした、十二名の女性巡査も必要です」ウィリアムは言った。

「教えてくれ」ホークが言った。

「通りかかった満員のバスの乗客が一人残らずクルーカットで屈強な若者だったら、見張りが不審に思うかもしれません。しかも、バスが向かっているのが、仕事から帰宅するのではなく、仕事に出かける方向とあらば尚更です。ですから、主婦とか通勤者とか買い物客とか、とにかく警察官らしくない服装の女性を混ぜておきたいんです」

「いいところに気がつくじゃないか、ウィリアム」警視長が言った。「だが、バスの二階席は全部取り外し、そこに指揮司令センターを設置して、私が作戦全体を監督できるようにもしなくてはならないぞ。ただ、ダブルデッカーのどこをつかんで身体を支えるかという問題に私が悩むことにはなるがな」

「あなたでも悩むことがあるとわかってよかったです、サー」アダジャ捜査巡査は言ったものの、すぐさま後悔することになった。

「きみもよかったな、アダジャ捜査巡査。この作戦が終わったら、きみはバスの車掌（コンダクター）の仕事に応募する充分な資格を得ることになるわけだ。それまでは、だれがオーケストラの指揮者（コンダクター）かを忘れないことだ」


会議を終えてメンバーがそれぞれの仕事に戻ると、ホークスビーは椅子に背中を預け、どうやったらこの作戦の成功率が上がるかを慎重に考えた。しばらくして机の一番下の引き出しから封を切っていないマルボロの箱とフェルトペンを取り出すと、外側を覆っているセロファンを剝がし、箱を開けて、なかに入っている煙草をすべて机の上に出した。

次に、空になった箱の内側を覆っている銀紙を取り出し、伝えなくてはならないメッセージを簡潔にまとめるべく慎重に考えた。ややあってフェルトペンを取ると、〝12日、11

PM〟と書き込んで、銀紙をマルボロの箱のなかに戻した。そして、箱の蓋を閉めて内ポケットにしまい、オフィスをあとにしてエレベーターで地階に下りると、裏口を出て右折し、ウェストミンスター大聖堂を目指した。今回は聖職者ではなく教区民として、正面入口からなかに入った。

エリック・ギルの「十字架に釘づけにされたキリスト」に見惚れながら左側の通路を下った。目標にたどり着くと、あたりを見回してから献金箱の鍵を開け、一方の隅にマルボロの箱を置いた。献金箱の蓋を閉じて鍵をかけ、最後に細い投入口に五十ペンスを入れて、後ろめたさを和らげた。

歩いて帰宅することにした。それなりの距離はあったが、運動が必要だったし、演説の原稿も頭のなかで作らなくてはならなかった。

「ラモント警視から連絡があったよ」ブース・ワトソンは刑務所の専用面会室で依頼人の向かいに腰を下ろした。そして、ブリーフケースを開け、何枚かの書類を出して、二人を隔てているガラスのテーブルの上に置いた。「警察・犯罪者証拠法に基づく作成命令を申請していて、できるだけ早くきみを尋問したいとのことだった」

「それは開放刑務所への移送が認められるということか?」フォークナーが訊いた。「それとも、模範囚として刑期が半減されるとか?」

「どっちもないな。ラモントはきみが関与しているのではないかと彼らが疑っている、別の二つの犯罪について訊きたいと言っているんだ」

「どんな犯罪だ？」フォークナーが訊いた。

「まず一つ目は放火だ。彼らはきみが自分の家を全焼させたと信じるに足る理由を持っている」

「ここに閉じ込められているあいだにか？」

「二つ目は、あの屋敷が燃え落ちる前に七十二点の絵画を盗み出したという犯罪だ。約三千万ポンドの価値があるコレクションをだ」ブース・ワトソンは依頼人の怒声を無視して言った。

「しかし、あのコレクションは屋敷もろとも煙と消えたんだろう」

「ラモントはそう考えていないし、それを立証できるとも言っている」

「それはシャーロック・ホームズでも無理だな」

「だが、ウィリアム・ウォーウィックがすでに立証しているそうだ」

「ただでさえ目障りなやつが、どうしてまたしゃしゃり出てくるんだ」

「一日を費やしてリンプトン・ホールの焼け跡を引っ掻き回し、絵を掛けるフックを六十一個見つけたんだ」

「それはあのコレクションが火事のときにそこにあったことを証明しているだけじゃない

か」

「逆だ。コレクションがそこになかったことを証明していると、ウォーウィックはそう言っている。重要なのは見つかったものではなくて、見つからなかったものだそうだ。きみが何か言う前に忠告しておくが、マイルズ、あの警視が必ずや訊くだろうと私が思っている二つの質問に答えてしまうまでは、きみは沈黙を守るほうがいいぞ」

フォークナーが渋々口を閉ざした。

「ウォーウィックが瓦礫のなかから見つけ出したフックにあのコレクションが掛かっていたとして、その額を吊っていたのは何だったんだ?」

「もちろん、額を吊るためのワイヤーだ。もっとも、大ぶりの絵は別だぞ、そういう絵を入れた額を吊るには鎖が必要――」フォークナーがそこで一瞬口をつぐみ、そのあとで言い直した。「ああ、そうだ、思い出した。二年前に、ワイヤーをすべて紐に取り換えたんだった」

「それだけあったら、きみ自身を吊るすこともできるだろうな」ブース・ワトソンは言った。「なぜなら、きみの元の奥さんがこう言っている――」

「私を犯罪者に仕立てようとしての言葉に決まっている」

「それならどんなにいいか。だが、残念ながら、ウォーウィックは最近フィッツモリーン美術館を訪れ、クリスティーナが寄付したフェルメールが鋼と真鍮(しんちゅう)を撚(よ)り合わせたワイヤーで吊るされていて、去年、きみが気前よくプレゼントしたレンブラントとルーベンスも、元々ついていた真鍮のワイヤーでいまも吊るされていることを突き止めている。だから、私がラモント警視ときみとの面会日時を決める前に、マイルズ、紐より説得力のある何かを考えておいたほうがいい。任意であっても、きみの発言は証拠として法廷に提出できるんだからな。さもないと、きみがこのペントンヴィル刑務所の外に出る方法は一つしかなくなる。すなわち、放火と三千万ポンド超の価値を持つ七十二点の絵画の窃盗という新たな容疑で、ふたたび法廷に立つという方法だ。その場合、きみはそのあと、いまいるところに永久に、世紀が変わっても、延々といつづけることになる可能性がある」

26

「いずれにせよ、戦いは一時間以内に終わる」ホークスビー警視長が集結している部隊に第一声を放った。

彼は首都警察という司法執行機関のすべての分野から専門員を選りすぐり、最精鋭のチームを編制していた。全員がこれまでにも首都を舞台にした作戦に数えきれないほど参加し、それぞれに割り当てられた役割を演じてきていたが、それらはどれも比較的小規模で、すべての部局が合同して過去最大のチームを作るのはこれが初めてだった。

昨夜、彼らは警視長一人を観客にして、本番並みの予行演習を行なっていた。

午後十時、一般市民の目を巧みに逃れ、一日で最も多くのドラッグと金がやり取りされる邪悪な時間、全員がバタシー発電所に集結した。完全武装した車両が四台、ブラック・マリアが六台、パトカーが十二台、救急車が四台、そして、ダブルデッカーが一台。発電所のなかでは、この隠密部隊に選抜された八十三名の男女が、集合時間も場所も、絶対に、たとえ同僚にであっても口外してはならないと厳命されて待機していた。

いま、警視長は部隊を見渡した。〈トロイの木馬作戦〉に関連するほかのすべてと同様、演説も何度も練り直されていた。

「諸君、われわれはいま、首都警察史上最大の作戦の一つを敢行しようとしている。諸君の一人一人が特に選抜されたのは、所属している分野で定評のあるリーダーであると、例外なく認められているからである。薬物は社会の害悪であり、何十年も前から、犯罪を引き起こす最大の原因でありつづけている。若者や無防備な市民を無差別に殺し、数人の非道な人間の懐を潤わせている。そういう輩は自分たちが原因となっている人類の苦しみを何とも思わず、自分たちは法の上にいるのだと傲慢にも思い上がっている。

今夜、われわれはそういう下司どもに鉄槌を下す機会を得た。やつらのリーダーのなかで最も悪名高い一人、すなわちアッセム・ラシディを捕らえ、ロンドンの西から東まですべてを版図とするやつの帝国を叩き潰して、あの怪物を永遠に鉄格子の向こうに閉じ込めてしまおうではないか」

全員が立ち上がって拍手をし、自分が昔から警察官になりたいと願っていた理由を思い出した。演説を再開するまで、警視長はしばらく待たなくてはならなかった。

「作戦が計画通りに運べば、やつの四人の取巻きも逮捕できるはずである。それによって、リーダーの首を挿げ替えて悪事を続行することをも阻止できる。さらには、やつらが釈放されて通りに戻ってくる前に、ラシディの死の商品を準備するドラッグ工場を永久に閉鎖するという、最終目標を完遂させられるのだ」

そこに集っている部下のやる気に逸る反応に、警視長はふたたび立往生を余儀なくされた。

「成功すれば、諸君は警察の伝説の一部となる、今夜の偉業を語る資格を得る。諸君の同僚の多くは、諸君の偉業がいかなるものであったかを自らの手柄のように吹聴するはずであり、そうなったとき、非合法薬物の売買で大儲けをしていた輩は見る影もなくなって、若者が利己的な捕食動物の犠牲にならずにすむようになる。しかし、諸君たち自身は、自分が果たした役割をだれにも明かしてはならない。明かしていいのは、今夜きみの隣りにいる仲間に対してだけである。

諸君をこの戦闘——間違いなく戦闘になるはずだ——に引き込んだということは、過去に鑑みても、これが疑いなく非常に大きな作戦であることを意味している。では、仕事にかかろう。そして、首都警察の偉大な伝統に、一際大きな足跡を印そうではないか」

ホークが演壇を下りても拍手喝采の嵐はなかなか収まらず、彼が指揮司令センターの設置されているダブルデッカーに戻ったあとでようやく静かになった。そこにいる麻薬取締独立捜査班の面々は、何か月も費やしてこのときを待っていたのだった。

「もしかして、今日は聖クリスピンの日でしたっけ？　シェイクスピアがヘンリー五世に大演説をさせた日かと思いましたよ」ダブルデッカーの二階に戻ってきた警視長に、ウィリアムはにやにや笑いをこらえながら言った。

「そうだとしたら、ヘンリー五世と同じ結末になるのを祈ろうじゃないか」ホークスビーが応じて、月面に一人の男をではなく、ブリクストンの高層建築の最上階に少なくない数の武装警官を送り込むところを見通すことのできる、指揮司令センターの一番前の司令官席に着いた。

「この機械がどのぐらい使いものになるか、そろそろわかるな」ホークスビーが地上にいる全員と連絡が取れるはずの周波数に合わせながら言った。ただし、車列が動き出した時点で無線は沈黙するよう、全員に申し渡してあった。

ダニーは作戦名でもあるトロイの木馬の背ならぬダブルデッカーの運転席に坐り、鐙ならぬアクセルに足を置いて、じりじりしながら進撃命令を待っていた。一方、ラモント、ウィリアム、ジャッキーは警視長のそばにとどまり、ポールは目標の高層建築の前に着いたら真っ先にバスを飛び出そうと一階席にいた。

警視長が時計を見て時間を検め、双方向無線のボタンを押して告げた。「戦闘開始」

車列は一一八番のバスを先頭に、車間をあけることなく、整然とブリクストン・ロードへ出た。緊急灯を点滅させることも、サイレンを鳴らすことも、タイヤを軋ませることもなかった。目的地までの道中のあらかじめ指定されていたそれぞれの地点で、あらかじめ指名されていたそれぞれの車両が列を離れ、明かりのともっていない通りへと姿を消してさらなる命令を待った。

目標まで一マイルの地点で、ホークスビーが言った。「ウォーウィック巡査部長、そろそろバスを降り、地上で作戦の指揮を執れ。仕事が完了するまで連絡は無用だ」

「了解しました、サー」ウィリアムはすぐさま螺旋（らせん）階段を駆け下り、一階席のポールと合流した。そこでは、この作戦のために各部門から集められた精鋭が、行動開始命令をいまや遅しと待っていた。百ヤードを十秒以内で走ることができるという理由で選抜された若い一人が車掌役のポールの隣りに立ち、スタートの号砲が鳴るのを待ち構えていた。おれがおまえより早くエレベーターにたどり着いて、ドノヒューが警報ボタンを押す前にやつを排除するんだとは、ポールはその若者に告げていなかった。

若者の一歩後ろには、肩幅が広くてずんぐりした体形の二人が控えていた。二人とも毎週日曜はラグビー・チームでスクラムの第一列を務めていて、俊足の若者に後れるとしても、わずか数ヤードにすぎないはずだった。命令は明確で、ボールではなく、ある男に飛びかかること。この試合にはレフェリーがいないからペナルティーの笛を吹かれる心配はなく、どんな反則もし放題だった。

バスの後方に近い二列の席を占めているのは、トラックスーツにスニーカーという服装の八人の若い警察官で、彼らの目的は一つだけ、四人の見張りを無力化し、ドノヒューに知らせる余裕を与えないことだった。次の三列には十二人の火器操作専門警察官が油圧式の機器を背負ったまま坐っていて、バスを飛び出すやまっすぐ階段を目指し、何としても七分以内に二十四階に到達することになっていた。だれが最初に正面玄関の前に立つか、すでに賭けが行なわれていた。

前のほうにはもっと数の多い男女がいたが、そのグループは特に急ぐ必要がなかった。麻薬取締班の熟練の専門家で、彼らの仕事は一切の遺漏なく証拠を集めて証拠袋に入れ、分析のために鑑識へ送ることであって、歩兵の勇気を示すことではなかった。

そういうなかに女性警察官が点々と混じっていて、ホークは彼女たちの役割をこういう言葉で語った――〝ただ坐って待っている者も奉仕しているのだ〟。ウィリアムは上司がミルトンを間違って引用したことに気づいて、にやりと笑みを浮かべた。正しくは、〝ただ立って待っている者も――〟だった。

大工はすでにB棟二十四階の通路の近くで位置に着いていて、指示があり次第、工場から列をなして逃げてくる者たちを完全に遮断すべく、彼自身が手ずから立入り禁止の標識を作って掲げる、すなわち、三枚の厚板をドア枠に打ちつけることになっていた。

戦術銃器チームは見えなかったが、彼らは最も予想されていない瞬間に、まるで歓迎されざる客のように姿を現わすことを、ホークスビーは確信していた。

いまのところすべては順調に進んでいたが、想定外の事態については事前に対処策を講じられないことを、ホークスビーはわかりすぎるぐらいわかっていた。少なくともそれについては、いずれ彼が正しいことが証明されるはずだった。ダブルデッカーは沈黙したまま仕事に向かう無賃乗車客の一団を乗せ、コールドハーバー・レーンを着実に進みつづけていた。ダニーは昨日の夕方、二度も試走をして、交通信号の一つ一つについて、赤がどれだけの時間で青に変わるかを確認していた。また、どこで歩行者が通りを横断するか、どこで道が狭くなって追い越すことも追い越されることもできなくなるかも調べ上げていた。途中のバス停では訝ったり腹を立てたりして手を上げつづける、乗客になるはずだった人々を無視した。バスが停まらなかった理由を、彼らは明日の朝刊で知ることができるだろうか?

「目標まで五分だ」ホークスビーが無線封鎖を破った。今日、二度目だった。次のバス停で降りる乗客が、いまや気持ちを張り詰めてほとんど座席から腰を浮かせ、突撃命令を待っていた。

快足を誇るあの若い警察官は、ドアが開いた瞬間に飛び出せる態勢をすでに整えて逸っていた。そのすぐ後ろでは、彼より大きいラグビーのフォワードの第一列二人が、後れを取るまいとやはり態勢を整えて控えていた。ポールは自分が真っ先にドノヒューに飛びかかるのだといまも固く心に決めて、早くも車掌の制帽と切符販売器を取り去り、制服のボタンを外しはじめていた。絶対にだれもつまずいたりぶつかり合ったりしないよう、バスを飛び降りる練習を何度も繰り返していた。

「三分」ホークスビーが知らせると、次の角を曲がったところで、二つの高層建築が初めて視界に入ってきた。

ウィリアムはいきなり全身にアドレナリンが溢れるのを感じ、同時に、一瞬ではあったが、恐怖と不安に襲われた。ダブルデッカーは徐々に目標に近づいていた。

ホークスビーはストップウォッチのボタンに親指を置いたまま、時間を確認した。数秒早くても、数秒遅くても、作戦の成否が分かれる可能性があった。

あと二分、信号は赤。「通路のドアを封鎖しろ」警視長は命じた。

大工は仮住まいを出た。予備的な仕事は昼のうちに終えてあった。彼は三枚の厚板をドア枠に立てかけると、大きな道具袋から電動ドリルと一握りの螺子(ねじ)を取り出した。そして、一枚目の厚板を横にしてドア枠に押し当てた。予定の位置にぴったりはまってくれた。最初の螺子をあらかじめあけておいた穴に差し込み、電動ドライバーを構えた。鋼鉄で補強された頑丈な金属のドアの向こう側にだれかがいたとしても、これから彼がする仕事の音は聞こえないはずだった。

一分前、信号が青に変わった。「降車準備」

大工が二枚目の厚板を予定の位置にはめ込んでいるとき、ガゼル・ヘリコプターが雲のなかから姿を現わし、急旋回したと思うとA棟の屋根の上でホヴァリングを始めた。

三十秒前。

大工は三枚目の厚板を所定の位置に螺子で留めると、後ろに下がって出来栄えを確認した。向こう側からこのルートで出てこようとする者は、それを考え直さないわけにはいかないはずだった。大工は道具袋を手に取ると、口笛を吹きながら階段を下りはじめた。妻には晩飯にちょっと遅れるかもしれないと言ってあったが、その理由は教えていなかった。

十五秒前。

バス停が近くなり、ダニーはダブルデッカーを減速させた。スコット・ケアンズ警部がヘリコプターから姿を現わし、ロープを投げ下ろすと、それを伝ってA棟の屋根へ素早く降りていった。もう一人が数秒後に彼につづき、さらに二人がじりじりしながら後続すべく待機していた。

ダブルデッカーがA棟の入口に到着し、ダニーはブレーキを踏んだ。

「作戦開始！　突入！　突入！　突入！」ホークスビー警視長が、ついにトロイの木馬から兵士を解き放った。この試合がもはや監督の手を離れてしまったことは嫌というほどわかっていた。あとはタッチライン際にとどまり、選手が最終結果を出すのを待つしかなかった。

ポールと快足の若者は同時にバスを飛び出し、全速力でエレベーターを目指して走った。フォワードの第一列の二人は遅れまいと全力を尽くした。ときを同じくして、トラックスーツとスニーカーの若手巡査八人が四人の見張りを排除すべく、遅滞なく四方向へ分かれていった。

見張りの一人目は、宇宙船が着陸しても気づかないほどドラッグでハイになっていた。二人目は、マリファナ煙草と交換にセックスしてもいいと申し出ている娘とのお喋りに夢中だった。三人目は何が起こったのかもわからないまま、あっという間に排除された。しかし、四人目は不審者がやってくるのに気づき、ドノヒューに知らせる時間があった。ドノヒューはエレベーターの脇に腰を下ろし、ラジオでピンク・フロイドを聴いていた。

「警察が踏み込んできた！　強襲だ！　強襲！」インターコムから雑音交じりの警告が聞こえ、ドノヒューはとたんに現実世界へ引き戻された。エレベーターの扉を開けるボタンを押した瞬間、快足の若手警察官が頭からドノヒューにタックルした。ドノヒューはまともに腹に激突され、そのはずみで手に持っていた無線を取り落とすと、タックラーもろとも扉の開いたエレベーターのなかへ倒れ込んだ。しかし、すぐさま体勢を立て直し、狙い定めて顎に膝蹴りを食らわせた。

フォワード第一列の二人がわずか数ヤードまで迫ったとき、無線を握り締めた快足警官がエレベーターから転がり出てきた。ドノヒューも何とか立ち上がり、エレベーターのなかの〈昇〉のボタンを指で突いた。扉がゆっくりと閉まりはじめ、フォワード第一列の二人の目の前で完全に閉じてしまった。彼らのたった一つの任務は失敗に終わった。一人が閉じた扉を腹立ちまぎれに殴りつけたが、階数を示す数字が大きくなっていくのをなす術もなく見ているしかなかった。もう一人は痛みに悶(もだ)えている快足の若手警官の横に片膝を突き、無線に向かって怒鳴った。「警官がやられた！　大至急救急車をよこしてくれ！繰り返す、警官がやられた！」

その少しあと、八人のテロ対策班の最後の一人が屋根に降り立ったとき、階段を上っていた十二名の武装部隊は七階にたどり着いたところだった。

エレベーターが八階を通過するころには、ドノヒューの耳にも階段を上がる重たい足音が届いていた。無線を探して周囲を見回したが、その姿はどこにもなかった。だが、警察(オールド・ビル)よりはるかに早く二十四階にたどり着いて緊急事態を知らせられるという自信はいまもあった。

エレベーターが二十二階を通過しているとき、テロ対策班はロープを伝って建物の外壁を懸垂下降していた。侵入者が上からやってくることなどできるはずがないと、殺人工場にいるだれもが信じているという確信があった。そう確信する最大の理由は、最上階からの三フロアはすべての窓に黒い網目のブラインドがぴったりと嵌められていて、その前を飛んでいる鳩(はと)でさえ、なかで何が行なわれているかが見えないようになっているからだった。

エレベーターが二十四階に着いて扉がゆっくり開きはじめると、ドノヒューはそれを力ずくでこじ開けて外へ飛び出し、正面のドアに取りつけてある小さな金属の格子窓を闇雲に殴りつづけた。門衛が格子窓越しに覗き、ドノヒューの汗まみれの顔を確認すると、三つの鍵を素早く開錠して頑丈なドアを開けた。

「警察だ！　警察が踏み込んできてる！」ドノヒューは声を限りに叫びながら、門衛を乱暴に押しのけ、自分が護る責任を負っている唯一の人物を捜した。ちょうどそのとき、火器操作専門部隊は十五階にたどり着いたところだった。

ラシディは積み上げられた現金の山のなかにいて、千ドルずつの束を作ってはスポーツバッグに入れているところだった。そのとき、彼の専用オフィスのドアがいきなり開いた。ドノヒューの顔を見た瞬間、警察が強襲してきていることは教えられるまでもなくわかった。このときがくるだろうことは覚悟していたから、予行演習は何度もしてあった。

ドノヒューに先導させてボイラー室に入ってみると、そこでは想定外の事態が生じていた。大混乱である。ここで仕事をしている者たちが、雪崩を打つようにして正面玄関のほうを目指していた。しかし、ラシディはその流れにひるむことなく逆らい、ドノヒューと二人の武装した護衛に護られて、遅滞なく逆方向へ進んでいった。そのとき、火器操作専門部隊は二十階を通過していた。

ラシディがB棟の安全な自分のフラットへつづく通路へのドアにたどり着くのに時間はかからなかったが、三人の大男がどんなに頑張っても、逃走ルートへつながるドアは開かなかった。残る逃走手段は一つだけだった。周囲の人の群れのパニックは依然としてつづいていたが、ラシディは慌てることなく、逆方向の正面玄関へと素早く引き返した。うまくすれば、敵が現われる前にエレベーターにたどり着き、一階へ下りられるかもしれなかった。それは望ましい選択肢ではないけれども、エレベーターに乗ってしまえば、自分は撃ち合いに巻き込まれるのを避けようとした無辜（むこ）の住人であって、薬物を体内に取り入れたことは一度もないと法廷で主張できる、とお抱え弁護士が教えてくれたことがあった。薬物を体内に云々（うんぬん）を主張する部分は少なくとも事実だから、法廷での心証が悪くなることはないはずだ、と。

ボイラー室へ戻ったラシディは、今度は労働者の群れに行く手をさえぎられることになった。だれもかれもが危険を察知して逃げ出す鼠（ねずみ）のように、一つしかない狭い出入り口を押し合いへし合いしながら通り抜けて、エレベーターや階段のほうへ向かっていた。その群れをラシディの護衛とドノヒューが突き飛ばすようにして掻き分け、主人のための通路を開拓していった。その主人が正面出入り口まで数フィートを残すだけになったそのとき、テロ対策班の最初の一人が窓を突き破って飛び込んできた。ドノヒューが飛び上がるほど驚いた直後、二人目が乱入してきて、部屋の真ん中に音響閃光弾（スタン・グレネード）を投げて叫んだ。「跪け！」

ラシディが正面出入り口にたどり着くと同時に、三人目のテロ対策班が武装した護衛の一人を排除した。ラシディはエレベーターの扉が閉まるのをなす術もなく見ているしかなかった。二人目の護衛が扉と扉の隙間に腕を差し込んで完全に閉まるのを阻止したが、それも徒労に終わった。最大でも八人しか乗れない設計になっているそのエレベーターには、すでに少なくとも十人を超える必死の逃亡者がいて、いくつもの異なる言語で叫びつづけていた。ラシディは武装した警察官の最初の一人が階段を上って現われようとしているのに気づき、すぐさま〝最終手段〟に頼ることにした。急いでボイラー室へ引き返すと、床に投げ捨ててあるマスクとゴム手袋を着け、頭の後ろで両手を組んで跪いて、従順な労働者の仲間入りをした。彼らは無抵抗に自分の運命を受け容れていて、ラシディも彼らに倣う覚悟を決めた。

武装警察官の一番手は階段を上がりきると、そのまま二人目の護衛の顎にヘックラー&コッホの台尻を叩きつけ、相手を無力化した。いまだ抵抗の姿勢を見せているのはドノヒューだけだったが、警察ボクシング選手権のライトヘヴィー級チャンピオンにノックアウトされ、手錠をかけられて、被疑者の権利を読み聞かされた――もっとも、一言も耳に入らなかったが。

武装警察官が続々と殺人工場に入ってきて、そこに残っているラシディの作業要員を逮捕しはじめた。六人の警官がドノヒューと二人の護衛をぞんざいに、階段を使って一階へ連行した。そして、逮捕者を収容すべく待機して並んでいるブラック・マリアの先頭車両に三人を押し込んだ。二十四階に到着したウィリアムががっかりしたことに、最後の抵抗への対処もすでに完了してしまっていた。

大股に殺人工場へ入っていくと、ラシディの側近の一人が連行されながらも怒鳴ったり、悪態をついたり、もがいたりしていて、ウィリアムに気づくとパンチを繰り出した。その一撃がたまたま命中し、ウィリアムは一瞬立ちすくんだ。すぐさま態勢を立て直したが、そのときには別の警察官が男に手錠をかけていた。スタン・グレネードの煙が薄らいでいくなか、ウィリアムは気を取り直して、ラシディ帝国壊滅現場の探索に取りかかった。マスクとゴム手袋を着けた十数人の下級労働者が床に跪いていた。ほとんどが不法移民に違いなく、自らの意志でここで働いていたわけではないはずで、救出されて安堵している者さえいるかもしれなかった。ドラッグの世界の下層階級は自分の主人が犯した罪の責任をかぶせられるのが常であり、決して口を開けないことを彼ら自身も知っていた。もう一人のチューリップは常にいて、抉り出された片眼(かため)も常にあるということだった。

ウィリアムは階段を上がってくるときにラシディを見落としていないという確信があったし、エレベーターが一階に着いたとたんに逮捕した、怯えた逃走者のなかにラシディがいなかったことも、ジャッキーが無線で教えてくれていた。ほかに脱出路はなかったから、殺人工場に残っている哀れな下層民を、さらに目を凝らして検めていった。すると、そのなかの二人が、ある労働者を恐ろしそうに盗み見ていることに気がついた。ウィリアムはその男をさらにじっくり観察した。だが、その男とそこに跪いているほかの男たちとの区別はつかなかった。それでも、その男の肩を叩き、立つように言った。男は動こうとしなかった。

「たぶん英語がわからないんですよ、捜査巡査部長（サージ）」若い巡査が男を無理矢理立たせながら言った。

「いや、何か国語もわかるんじゃないかな」ウィリアムは男のマスクを取ったが、それでも確信が持てなかった。

「何を捜してるんですか、サージ？」

「〝ヴァイパー〟だ」ウィリアムは答えたが、見破られたかという表情がちらりとでも男の顔に揺らぐことはなかった。「左手の手袋を脱いでもらおうか」ウィリアムはゆっくりと、はっきりした口調で言った。今度も反応はなかった。

若い巡査が手袋を脱がせ、中指の一部が欠けているのを見て訊いた。「どうしてわかったんですか、サージ？」

「この男の母親が教えてくれたのさ」

男は何を言っているのか一言も理解できないというように、虚ろにウィリアムを見つめていた。

「おまえが彼女を抱擁しなかったら、ラシディ、おまえが彼女の息子だとわからなかったかもしれないんだけどな」

今度も、顔に不安の揺らぎは現われなかった。

「明日の朝、ボルトンズを訪ねて、おまえが本当はコロンビアから何を輸入して、ロンドンの通りに何を輸出していたかを母親に教えたら、彼女はどんな反応をするだろうな？〈マルセル・アンド・ネッフェ〉の立派な会長としてシティのオーク材の羽目板張りのオフィスに出勤していたのではなく、ブリクストンの邪悪な麻薬の巣に出勤し、そこではヴァイパーという名前で知られていたんだと教えたら？」

男は依然として無表情に、瞬き一つせずにウィリアムを見つめたままだった。

「金曜の午後は必ず約束を守って母を訪ねる思いやりのある息子が、毎日途切れなく金が儲かっている限り、どれほど多くの若者の命を奪おうと気にもしない悪党だったと知ったら？」

やはり何も起こらなかった。

「確かなことが一つあるぞ、ラシディ。これから十年のあいだ、願わくはもっと長いあいだ、息子に会うにはどこへ行かなくてはならないかを私がおまえの母親に教えたとしても、面会にきてもらえるなどという期待は抱かないことだ。だって、ブロンプトン礼拝堂で友だちに認めることなど恥ずかしくてできないだろうからな。あなたたちが最近アッセムを見ていない本当の理由は、彼が〝悪〟という言葉に新しい意味をもたらして刑務所にいるからなのよ、なんてな」

ラシディが身を乗り出し、ウィリアムの顔に唾を吐いた。

「こんなに嬉しいのは生まれて初めてだよ、ミスター・ラシディ、おまえのおかげだ」ウィリアムは言った。若い巡査が一歩前に進み出てラシディの両腕を後ろに回し、手錠をかけた。そのあいだに、ウィリアムは被疑者の権利を読んでやった。ラシディは依然沈黙したままだった。

「この男から絶対に目を離すなよ」ウィリアムは巡査に言った。「外で装甲車両がミスター・ラシディを待っているし、ブリクストン署では独房が彼のために用意されている。いまは消毒する必要はないかもしれないが、この男が一晩泊まったあとは、必ずその必要が生じるだろうな」

ラシディがふたたび身を乗り出し、ようやく言葉を発した。「おまえの余命はいくばくもないぞ、巡査部長。そのときがきたら、それをおまえの母親に教えるのは私だ」

「それは違うな、ミスター・ラシディ。余命いくばくもないのはおまえで、その日の朝にそれをおまえの母親に教えるのが私なんだ」ラシディは二人の武装警察官に容赦なく部屋から連れ出され、ついさっき乗り遅れたエレベーターに乗せられた。

頭上のどこかでヘリコプターのローター音が聞こえ、ウィリアムは破られた窓のところへ行って上を見上げた。ヘリコプターは雲のなかへ消えていくところだった。新世代が何から何まで旧世代に勝るとも劣らないことを確認できて、大佐は満足しているのではないかと思われた。

部屋へ目を戻すと、いまや現場にいるのは役目の違う者たちだった。現場保全監督官が一人、彼はディナーも、もしかしたら朝食も、妻と愉しむことができないかもしれなかった。数人のカメラマン、彼らは動かないものを見たら手当たり次第にシャッターを切っていた。そして数人の現場検証班、彼らは白のつなぎ服に医療用の薄いゴム手袋を着けて、慎重に証拠を集めてはビニール袋に入れていた。ドーナツ形の小さなペパーミントキャンディまで鑑識に送られ、詳しく分析されるはずだった。コカイン圧搾機、秤、濾し器、ゴム手袋、マスクが、鑑識の分析研究室の男女――エレベーターで一階に下りるのが最後になるはずの者たち――に調べられるのを待っていた。

ラシディの捨て台詞――ベスには聞かせられない言葉――を手帳にメモすると、ウィリアムは隣室へ移った。そこはラシディのオフィスでしかあり得ず、膨らんだスポーツバッグが三つ、奥の壁際に並んでいた。ウィリアムはその一つを手に取ってあまりの重さに驚き、床に戻してバッグを開けてみた。

ここでこれだけのことを目撃したあとでは、何があっても驚くことはないだろうと思っていたが、こんなに大量の紙幣――しかも、おそらくたった一日分のあがり――を目の当たりにしては、昨今の犯罪者が銀行を襲うなどという、手間がかかって危険の伴うことをしない理由を思い出さずにいられなかった。そんな危ない橋を渡らなくても、犠牲者のほうから進んで金を持ってきてくれる犯罪があることを。

　二つ目のバッグにも、やはりもっと多くの五十ポンド紙幣、二十ポンド紙幣、十ポンド紙幣が、大きな束になって整然と詰め込まれていた。三つ目のバッグを開けようとしたとき、背後で声がした。「それはおれがやる、ウォーウィック捜査巡査部長」

　振り向くと、ラモント警視が入口に立っていた。

「ともかく、警視長がおまえをお呼びだ、いますぐだぞ」

「了解しました、サー」ウィリアムは意外に思わずにはいられなかったが、何とか平静を装った。

「それから、よくやった、ウォーウィック捜査巡査部長。これを聞いたらおまえも喜ぶだろうが、いまラシディは最寄りの所轄署へ連行されているところで、そこではすでに受け入れ態勢を整えて待ち構えている」

「ありがとうございます、サー」ウィリアムが応えたとき、ジャッキーが入ってきた。

「おめでとう、サージ」彼女が言った。「全員にとっての勝利の夜ね」そして、間を置いた。「いえ、アダジャ捜査巡査を除く全員かしら」

「あいつがどうかしたのか？」

「彼自身の口から聞くほうがいいんじゃないかしら？」

　さっきまでラシディ帝国の心臓だったところの無惨なありさまに、ウィリアムは最後の一瞥をくれた。そのあと、渋々ボイラー室をあとにして小走りに石の階段を下りていき、一つの言葉が繰り返し書き殴られている、落書きだらけの壁の前を通り過ぎた。小便の臭いを無視して一階へ下りると、手錠をかけられ、しばらくは、あるいは二度と、ドラッグの売買で金儲けができない何人かを横目に見ながら足を進めた。

通りへ出ると新鮮な空気を深く吸い込み、これ以上一人も乗せられないほど満員になっているブラック・マリアが一台また一台と走り去るのを見送った。そして、ダブルデッカーへ歩いていき、指揮司令センターのある二階へ上がった。

「何しにきた、ウォーウィック捜査巡査部長?」ホークが鋭い口調で訊いた。「仕事が完了するまで現場を離れるなと、はっきり命じたはずだぞ」

「警視長がいますぐ私をお呼びだとラモント警視が伝えにきて、交代してくれました」

「それは本当か?」

27

土曜日

最後の絵が無事に格納区画へ収められると、船長は初めて抜錨(ばつびょう)を命じた。少なくとも年に二回はイギリスへの航海をしていて、錨(いかり)を下ろすのはドーセットのクライストチャーチと決まっていたが、今回の目的地はそこではなかった。〈クリスティーナ〉は午前中に湾を出たのだが、陽(ひ)が高くなっていたにもかかわらず、見られてはまずいだれかの目に留まってはいないはずだった。それに、次の週にモンテカルロで開催されるフォーミュラ・ワンのモナコ・グランプリを観戦しようと港に入りつつある、もっと大型のヨットが何艘かいたから、ちっぽけな〈クリスティーナ〉に目をくれる者がいるとも思えなかった。

船長は別荘に鍵をかけ、不動産屋に鍵を渡して、別荘の売却が完了したらすぐにその金を送金するべきスイスの銀行名もはっきり伝えていた。

有名な美術コレクションを含めて貴重なものはすでにすべて船に移されていて、それらがついに競売にかけられて落札されたら、ボスから充分以上の報酬を得て、警察には死んで埋葬されたと信じさせ、どこだろうと自分が好きに選んだ国で、新しい生活を始められるはずだった。

〈クリスティーナ〉が途中で錨を下ろすのは一度だけ、そこで次の寄港地を船長に指示してくれる人物が乗り込んでくることになっていた。

航海はいつもより穏やかで、〈クリスティーナ〉は翌日、真っ赤な火の玉が西に沈むころにイギリス海峡に入り、それが東から再登場するころには、任務を完了しているか、モンテカルロへの帰途についているはずだった。

日曜日

「〈オブザーヴァー〉がずいぶんおまえを持ち上げているぞ、ウィリアム」サー・ジュリアンが言った。「それに、珍しいことに警察についても好意的な書きぶりをしている。これまで、おまえは〈トロイの木馬作戦〉のことを一切口にしなかったが、きっと厳秘だったんだろうな」

「ベスにも教えるわけにいかなかったよ。彼女も今朝のニュースで初めて知ったぐらいだ」

「何しろ、第一面の特集記事だ」サー・ジュリアンがつづけた。「しかも、こう書いてある――〝アッセム・ラシディ逮捕は対薬物戦争のまさに突破口そのものであり、われわれの社会に大きな害をなしている非道な犯罪者どもを厳しく追いつづけた首都警察は、祝意を表わされるべきである〟」そして、新聞の向こうから顔を上げた。「バスの一階席にいるホークスビー警視長の写真が載っているが、彼はバス通勤をしないよな?」父が新聞を置いて息子を見た。「おまえ、大勝利をそう喜んでいるように見えないな」

「メディアは物語の表側しか見ていないんだよ」

「裏側があるのか?」

「あまりよろしくない裏側がね。実はお父さんに相談に乗ってもらって、どうすべきか教えてほしいことがあるんだ」

「話してみろ。急がなくていいから、ゆっくりと徹底的に、何一つ遺漏のないように説明しろ」勅撰弁護士は椅子に深く坐り直し、目を閉じた。相談内容を聴くときのいつもの姿勢だった。

「ぼくが殺人工場にいたとき――」

「殺人工場?」

「ドラッグ工場だよ……そこに、現金がぎっしり詰まったスポーツバッグが三つ置いてあった。数百、あるいは数千ポンドはあったんじゃないかな。だけど、ぼくがスコットランドヤードに戻ってみると、二つしかなかった」

「それで、三つあったうちの一つを持っていったのがだれか、おまえはわかっているということか？」

「犯人がだれかはわかっている。でも、証明できないんだ」

「特別頭のいい犯人でないことは確かだな」サー・ジュリアンが言った。

「そう考える根拠は何？」

「三つのバッグから均等に金を持ち去ったほうが露見しにくいし、そもそも盗んだことすら疑われずにすむじゃないか」

「お父さんは犯罪者のようにも考えられるんだ」

「私はQC、すなわち勅撰弁護士(クイーンズ・カウンセル)だが」サー・ジュリアンが言った。「QCは極め付き(クオリファイド・)の犯罪者(クリミナル)の頭文字でもあり得るからな。それはともかく、おまえは三つのバッグをそこに置いたまま、その場を離れたのか？」

「そうなんだ」ウィリアムは答えた。

「現場を離れた理由は何だ？」サー・ジュリアンが目を閉じたまま訊いた。

「警視長のところへ行くよう、ラモント警視に言われたからだよ。警視長はダブルデッカーの二階で作戦を指揮監督していて、警視によれば、大至急とのことだった」

「だが、そうではなかった？」

「大至急なんかじゃ全然なかった。実際、警視長はぼくが許可なく現場を離れたことを喜ばなかった」

「それだけでは、せいぜい状況証拠でしかないな。ほかにしっかりした証拠がなければ、ラモントには〝疑わしきは罰せず〟の原則が適用されるはずだ。だが、おまえが板挟みになる気持ちはわかる。自分の上司が犯罪現場から大金をくすねた疑いがあることを、ホークスビー警視長にはもう話したのか？」サー・ジュリアンは依然として目をつぶったままだった。「私の記憶が正しければ、ラモント警視は数か月で定年だろう」

「そうだけど、だからと言って何が違うのかな？　筋金入りの犯罪者より性質が悪いのは、警視長の言葉を借りるなら、腐った警察官だよ」

ウィリアムは口元を引き締めた。

「それについては彼と同意見だが、私は判断を下す前にすべての事実を知りたいんだ」

「ラモントは過去に取り調べを受けたことがあるか？」

「大昔に一度だけある。だけど、それ以降、三回表彰されてもいる」

「ああ、そうだった、思い出したぞ。若き巡査部長だったときに、見て見ぬ振りをしたんだったな。そして今度は、同じことをすべきかどうか、おまえが迷っているわけだ」

ウィリアムが否定しようとしたとき、サー・ジュリアンが付け加えた。「ラモントとは気が合うのか？」

「そうでもない」ウィリアムは認めた。

「それは問題を大きくすることにしかならんな。深刻な罪を犯した疑いがあると上司を告発したら、最高レヴェルでの調べを行なわなくてはならなくなる。おそらくラモントは懲戒聴聞会が開かれる前に辞表を提出するだろうが、有罪となれば免職となり、年金を失い、ことによったら服役することにさえなるかもしれない」

「それはぼくも考えた。その結果、見て見ぬ振りをするのが、確かに一番簡単な道かもしれないと気づいたんだ」

「だが、おまえにとっては一番簡単な道ではなかった」父が言った。「しかし、ラモントを告発するとしたら、その結果が有罪かそうでないかにかかわらず、まずは自分自身の立場を考えたほうがいいかもしれないな」

「でも、なぜ？　ぼくは悪いことは何もしていないんだぜ？」

「それは疑問の余地なく認めるが、一人の同僚を告発するという行為は、ほかの同僚のなかにおまえの印象が深く刻み込まれて、絶対に消えなくなるということでもある。面と向かって何かを言われることはないかもしれないが、陰では〝告げ口野郎〟とか、〝裏切り者〟とか、もっと悪しざまに罵られることになる。そして、ラモントの味方はおまえが昇進の道から外れるよう策を弄するだろうし、仲間を売ったと見なして、決して赦さない者も出てくるはずだ」

「それは不誠実な連中だけでしょう。本当にそんなことがあるとしたら、ぼくは職業の選択を誤ったんだ」

「そうかもしれんな。だが、そういうあとで悔やむ恐れのあることは急いでしないほうがいいし、おまえがそういう拙速に陥らないことを願うばかりだ」

「だったら、ぼくはどうすればいいのかな、お父さん」

「私なら……」とサー・ジュリアンが言いかけたとき、ドアがノックされてベスが入ってきた。「お昼の支度ができましたよ。肉を切り分けるお役目を担っていらっしゃる方を、お義母さまが捜しておいでです」

「この話はもう一度、すぐにもしなくてはならないな」と言って、サー・ジュリアンが腰を上げた。

「ウィリアムの目の周りの痣ですけど、けっこう似合ってないですか?」ベスが義父と腕を組み、そのまま二人でダイニングルームへ向かった。

月曜日

マイルズはラシディに笑顔を向け、一緒に朝飯を食ってもいいぞと手招きした。同等と見なした一人目の服役囚だが、だからと言って信用しているわけではなかった。

「なぜ私服なんだ?」テーブルの向かいに腰を下ろしたラシディが訊いた。「釈放されるのか?」

「そうじゃない。葬式に行くんだ」

「だれの?」

「母のだ」

「おれの母は健在だ。素晴らしい人だよ」

「おれは二十年以上、声も聞いていなければ、聞かせてもいなかったよ」そのとき看守がやってきて、マイルズの前にお茶のカップを置いた。

「だったら、なぜ葬式に?」ラシディが訊いた。

「一日だけでもここを出るための口実だ」マイルズはカップに砂糖を二つ入れながら答えた。

「おれは裁判の片がつくまで半年は外の世界を見られないらしい」

「無罪の可能性はあるのか?」

「ない。いわゆる仲間の一人が、おれを裏切って、軽い罪を赦されるのと引き替えに原告側証人になることを承諾しやがった」

「そういう些細な問題を片付けてくれるやつが、ここには一人ならずいるけどな」マイルズは水を向けてみた。

「駄目だね。原告側には予備の証人が二人も控えている。あの裏切り者が法廷に姿を現わさなくても、その二人がいそいそと出てくるさ」

「だったら、あんたが留守のあいだ、だれがあんたの帝国を維持するんだ?」

ラシディが隣りのテーブルで煙草を喫っている男を指さした。

「逆境のなかでもおれの側にいてくれる、数少ない一人だ」

「しかし、アッセム、気づいていないわけではあるまいが、彼だってここに閉じ込められているんだぞ」

「彼の場合、そう長いあいだではないと思う。何しろ有罪理由が半分吸いかけのマリファナ煙草の所持で、それ以外に所持していたのはマルボロ一箱だ。それに前科もないから、せいぜい六か月、あるいはもっと短い刑ですんで、数週間後にはここを出ていけるんじゃないかな」

「だが、あんたが留守のあいだ、だれかが事業をつづけなくちゃならないのは確かだろう?」マイルズは改めて訊いた。

「警察が踏み込んできたとき、おれの副司令官は現場どころか、その近くにすらいなかった。彼に仕事を引き継ぐのは夜半以降と、普段から決めていたからな。だから、おれがいないあいだは、そいつが何事もなかったかのようにやってくれるさ」

「信用できる男なのか?」

「おまえさん、だれだろうと他人を信用できるか?」ラシディが言った。「だが、悪いニュースばかりじゃない。ここへきたおかげで、もっと必死に商品を欲しがる連中を大勢見つけられたからな。知ってるか？　イギリスには百三十七の刑務所がある」そして、つづけた。「その刑務所すべてが、おれの新しい会社の支店になろうとしているんだよ」

マイルズは気持ちが動き、それが顔にも表われた。

「一年あれば、そういう刑務所の最後の一つにまで、ドラッグを独占供給してみせてやろうじゃないか。仲介役として使うつもりの看守もすでに見つけてあるし、刑務所のディーラーの主役はチューリップにさせることも決めてある。だから、あと必要なのは電話だけだ」

「そんなの朝飯前だ」マイルズは言った。「日曜の礼拝に行くときに、どっちの方向へ向かえばいいかを指さして教えてやるよ」

「おれはローマ・カトリックなんだがね」

「もう違うだろ？　いまのあんたは英国国教会への最新の転向者だ。ここでドラッグのやり取りを支配したかったら、そうなるしかないんだよ。日曜の朝の礼拝だけが全員が一堂に集うときで、説教のあいだに翌週の取引の手筈を決めるんだ」

「牧師はそれをどう思っているんだ？」

「自分の指揮する礼拝がいかにうまくいっているかを内務省に報告してるよ」

「内務省と言えば、ここへきて、おまえさんは別件でも告発されているようだが、どうなんだ？」

「最悪だ。いまや自宅に火をつけて全焼させ、しかも、その前に美術品のコレクションを奪い去ったという容疑をかけられてる」

「そんなことをするほどの動機とはどんなものがあり得るんだ？」ラシディが訊いたとき、別の看守が彼のカップにコーヒーを注いだ。

「復讐だ。元の女房を空っけつにさせてやろうと思ってね」

「成功したのか？」

「まだだ。だが、いまも手は打ちつづけてる。実は今朝も、あの女にささやかな不意打ちを食らわせる手配をしたところだ」

「その放火と窃盗の容疑を逃れる可能性はどのぐらいあるんだ？」

「高いとは言えないな。弁護士が教えてくれたんだが、敵はおれを埋葬するに充分な証拠を握っていて、担当刑事がおれの元の女房と友だちときてる。ウォーウィック捜査巡査部長というやつだ」

「ウィリアム・ウォーウィック捜査巡査部長のことか？」ラシディが思わず声を上げ、コーヒーを飛び散らせた。

「ああ、そいつだよ」

「おれを逮捕した警官でもある。まあ、おれの裁判に出てきて証言することはないと思うけどな」

マイルズが笑みを浮かべた。「ということは、あいつの葬儀があるかもしれんな。そうなったら、ぜひ参列したいものだ。ところで、弁護士が必要なら、お薦めが一人いるぞ」

そのとき、また別の看守が横にやってきた。

「車がきました、ミスター・フォークナー」

「パトカーが三台、オートバイ警官が六人、そして、隣りの席には武装した警官が一人、必ずくっついてるんだよな」

「言うまでもないでしょうが、ヘリコプターも一機、同行します」看守が応えた。

ラシディが笑って言った。「そんな扱いをしてもらえるのはおまえさんと王室ぐらいだよ。おれもここから行けるような葬式を作らないとな」

「内務省の規則で、服役囚が参列できる葬式は自分の父親と母親、子供だけで、近い親戚だって認められていません」

「それなら、おれにはしばらく行ける葬式がないことになる」ラシディが言った。「だとしたら、ウォーウィック捜査巡査部長の葬式にも行けないわけだ」

「何かあったのか、難しい顔をして？」ウィリアムが訊いた。

「今日がその日なのよ」ベスは答えた。

「今日、生まれるのか？」ウィリアムがいきなり興奮した。

「違うわよ、野蛮人。フェルメールをクリスティーナに返さなくちゃならない日なの」

「本当に残念だな」ウィリアムは妻を抱擁した。「ゆうべ、きみがあんなに寝苦しそうにしていたのも無理はない」

「自分がどんなにお金を必要としているかをクリスティーナがどれだけ多くの言葉を費やして訴えたとしても、わが美術館の最高傑作の一つを喜んで送り出す気にはなれないわ」

「彼女が自分で引き取りにくるのか?」

「いいえ、今日の午前中に〈クリスティーズ〉の代表が引き取りにきて、彼女がそれをオークションに出すことになっているの。うちのほうは館長のティムが責任者として立ち会うことになっているんだけど、わたしも同席するつもりよ。だって、あの傑作を観るのは、たぶんそれが最後になるはずだもの」

　ウィリアムは何と慰めればいいのか言葉が見つからなかったから、黙って彼女を抱擁しつづけるにとどめた。


　次の日の午前八時にリンカーン法曹院の自分の事務所で会おうというのが、サー・ジュリアンの提案だった。十時にはベイヴァーストック判事の前に立たなくてはならないから、と。

　ウィリアムは約束の時刻よりずいぶん早くリンカーンズ・イン・フィールズに着き、その広場の奥にあるヴィクトリア様式の建物――いまもファッショナブルな高級住宅として通用するかもしれず、たぶん百年前は実際にそうだった――へゆっくりと歩を進めていった。

父の事務所のあるエセックス・コート・チャンバーズに入ると、足を止めて、白い煉瓦の壁に黒い文字で整然と並んでいる、長い名前のリストをじっくりと眺めた。サー・ジュリアン・ウォーウィック勅撰弁護士の名前が一番上にあった。下へ向かって名前をたどっていき、ようやく目が止まったのは〝ミズ・グレイス・ウォーウィック〟を見つけたときだった。そこに〝勅撰弁護士〟が付け加わるのはいつだろう。父は決して認めないけれども、姉をとても誇りに思っている。ウィリアムの頭を一瞬よぎったのは、もし首都警察でなく、父の助言を受け容れて見習いとして彼の事務所に入っていたら、自分の名前はどこに入ることになったのだろうか、ということだった。

長い年月、人の足に踏まれてすり減った石の階段を二階へ上がり、幼いころに初めてやってきた、あるドアの前に立った。これから知らせようとしているニュースを聞いて父がどんな反応を示すかと思うと、不安は和らぐどころではなかった。

「どうぞ」言葉を無駄遣いしない男の声が応えた。

部屋に入ってみると、そこはウィリアムの記憶と何一つ変わっていなかった。若くて美しい女性だったころの母の写真が父の机の角に飾られ、シャーボーン・スクール、オックスフォード大学ブレイズノーズ学寮（カレッジ）、リンカーン法曹院の複製写真、そして、リンカーン法曹院の財務担当者として皇太后の晩餐会に招かれたときのサー・ジュリアンの写真が壁に掛かっていた。さらには、ロンドン大学キングズ・カレッジの学生だったときのウィリアムが、ホワイト・シティ・キャンパスで行なわれた百メートル競走のスタート・ラインに立っている写真まであった。そのレースで最下位だったことは、父には教えていなかった。

サー・ジュリアンが立ち上がり、依頼人がやってきたかのように息子と握手をした。グレイスは大きく腕を広げ、ゆったりと弟を抱擁した。

「きっとわが国で一流の弁護士二人に助言を乞いにきたんだろうが、言っておくぞ、もう時計は動き出しているからな。おまえの給料では、相談時間は十分がいいところだ」

「わたしなら、午前中いっぱい空いているわよ」グレイスが弟を安心させようと笑顔を向けた。

「残念だけど、ぼくのほうに時間がないんだ」ウィリアムは言った。「九時までにスコットランドヤードへ戻らなくちゃならない。〈トロイの木馬作戦〉の事後報告会議があるんだ。だけど、警視長より先に二人に知っておいてほしかったんだよ。実は、警察を辞めようと思っているんだ」

サー・ジュリアンは驚いた様子もなく、こう言っただけだった。「それは残念だな」

「てっきり喜んでくれるものと思っていたのに」ウィリアムは意外だった。「だって、そもそもぼくを警察官にしたくなかったんでしょう」

「確かにそうだったが、あれからたくさんの水が橋の下を流れたからな」

「お父さまの心変わりの最大の原因は、あなたがチームの主導的メンバーとして、〈トロイの木馬作戦〉を大勝利に導いたからよ」グレイスが説明した。「それに、もうすぐ首都警察史上、最年少で警部になるという噂まであるじゃないの」

「そのいわゆる大勝利が、ぼくの板挟みの原因なんだ」

「どういうこと?」グレイスが訝った。

「あの作戦に関わっていた上級警察官の一人が、ぼくが鉄格子の向こうに閉じ込めようとしている犯罪者に劣らない悪党だとわかったんだ」

「昨日、相談を受けてから、その問題について大量の時間を割いて考えてみたが」サー・ジュリアンが口を開いた。「彼の悪は暴かれなくてはならないという結論に、不本意ながら至らざるを得なかった」

「ぼくも結論は同じだけど」ウィリアムは言った。「彼が厚かましくも、とにかく知らぬ存ぜぬで押し通し、ついには八か月後に無事定年退職しても驚かないね」

「状況を考慮すると」サー・ジュリアンは言った。「ホークが政治的な見方をして、彼をもっと地味で重要でない部門に異動させてから退職させる可能性はあるかもしれない」

「たとえば、窃盗捜査班とか?」ウィリアムの皮肉は、少なくとも父の顔に笑みを浮かべさせることには成功した。

「それで、警察を辞めてどうするの?」グレイスが訊いた。「まだ若いんだから、新しい職を探すのは難しくないとは思うけど」

「お父さんの昔からの希望を叶えてあげようと思っている。キングズ・カレッジで法律を勉強するんだ。ただ、双子が生まれるというときだから、タイミングは理想的とは言えない……」

「金の心配なら無用だぞ」父が保証した。

「そして、卒業したら」グレイスが付け加えた。「すぐにこの事務所に入って、わたしたちの仲間になるのね」

「それはおまえがグレイスと同じく、最優秀で学位を得た場合に限られる。私は縁故主義は採らないし、この法曹院に〝大丈夫、ボブがおまえのおじさんなんだから〟は存在しない」

「ちょっと教えてほしいんだけど、お父さん」ウィリアムは子供のころによく使った言葉を思い出した。

「ロバート・セシル、後のソールズベリー卿が首相で、自分の甥(おい)を入閣させたことが由来の警句があるだろう。〝大丈夫、ボブがおまえのおじさんなんだから(ヘンス・ボブズ・ユア・アンクル)〟というやつだ。で、首相になったその甥の名前は何だ？」

「サー・アーサー・バルフォアね」グレイスが答えた。

「正解だ」サー・ジュリアンが認め、ウィリアムに言った。「急いでスコットランドヤードへ戻らなくてはならないのだろう。うちの日曜の昼食におまえとベスを呼んで、そこでおまえの将来を詳しく相談するのはどうだ？」

「そのときには、もう退職願いを出してるよ」ウィリアムは立ち上がりながら答えた。

「そういうことなら、九月にキングズ・カレッジの法学部に入りたければ、入学申請を急がないと駄目だな」

「申請書はもう完成している。あとは提出するだけだ」

「法学部のロン・モーズリー教授に声をかけておこうか？　ブレイズノーズで同期で――」

「そんなことをしでかしてくれたら、お父さん、入学先をバタシー工芸学校に変えて、籠編み細工を専攻するからね」ウィリアムは言い、父が返事をする間もなくドアを閉めた。

「ほんとに残念ね」グレイスが言った。「わたしもお父さまに同感よ。あの子の選択はそもそも正しかったのにね」

「だが、前途に一縷（いちる）の望みもないとあればやむを得んだろうな。あいつのことだ、いい法廷弁護士になるだろう。それに、警察官として得た知識と経験のすべてが、筋金入りの犯罪者と法廷で対峙するときに大いに役に立つはずだ」

「筋金入りの悪党である警察官ともね。でも、わたしはいまだに思ってるの、わたしたちの仲間入りをして弁護士として犯罪者を助けるのではなく、警察官として犯罪者を捕まえつづけるべきなんじゃないかってね」

「それはあいつには黙っているんだぞ。だが、私もおまえと意見は同じだから、今度の日曜、そう仕向けるべく説得するつもりだ」

「そのときには、もう手遅れかもしれないけどね」

ティム・ノックスは受話器を取った。

「〈クリスティーズ〉のミスター・ドラモンドが階下にお見えです」秘書が言った。「お約束してあるとのことです」

ノックスは時計を見た。「ちょっと約束の時間には早いが、何百万ポンドもの価値がある傑作を引き取ることになっているのであれば、私でもそうするはずだ。すぐに行くと彼に伝えて、同席するようベスにも言ってくれ」

ノックス館長は渋々オフィスをあとにすると、大理石の大きな曲がり階段を一階へ下りた。きちんとした服装の男性が、〈クリスティーズ〉の青い大きなバッグを持って立っていた。

「おはようございます、ノックス博士」男が挨拶し、二人は握手をした。「アレックス・ドラモンドと申します。ミスター・ダヴェッジの指示で、代わりに参上しました。ミスター・ダヴェッジはいま、ニューヨークの秋のオークションに出張しているものですから。ですが、起きたらすぐに電話をすると申しておりました」そして、ノックスに名刺を差し出した。「たぶんお忘れと思いますが、実は去年、〈クリスティーズ〉の夏のパーティでお目にかかっているのですよ。テニールスの『夜と昼』がいくらで売れると思うかとお尋ねになられたことを憶えています」

「では、思い出させてください」ノックスは言った。「いくらで落札されましたか?」

「百万とちょっとです」

「残念ながら、われわれには到底手の出ない額です。落札したのはどこでしょう?」

「カリフォルニアのゲッティ美術館です」

「彼らなら、百万なんて端金だ」ノックスが恨めしそうに言ったとき、ベスが白い手袋をして現われた。「こちらはベス、うちの企画管理者補佐です」

「こういうときは、あまり楽しい職分ではありませんけど」ベスは言った。

「初めまして、ミセス・ウォーウィック」ドラモンドが挨拶をした。

「さて、仕事にかかりましょうか」ノックスが促した。「開館時間までに終わらせてしまいたいのでね」

ベスは絵を慎重に壁から外して館長に手渡した。同時にドラモンドがカンヴァスバッグから小さな木の箱を取り出して蓋を開け、箱に絵が収められるのを待った。

「ぴったりですね」ベスは言った。

ドラモンドが箱の蓋を閉め、二つの留め金で固定して、木箱をカンヴァスバッグに戻した。

「落札額はどのぐらいと考えているんです？」譲渡証にサインをしたあとで、ノックスが訊いた。

「低く見積もって百万というところでしょうか。ですが、ミスター・ダヴェッジは二百万にはなると踏んでいるようです」

「それだけあれば、クリスティーナも問題を解決してお釣りがくるわね」ベスはつぶやいた。

「離婚、死、負債」ドラモンドが言った。「これが競売人の三人の親友です。今回はそこに皮肉が一つ付け加わっていて、たぶん落札するのが私どもの依頼人である離婚した元のご主人、ミスター・フォークナーになりそうなんです。金額がいくらであろうと必ず買い戻したいと明言しておられますのでね」

「だったら、わたしは落札額が途方もなく高騰するのを祈りましょうか」ベスは本気だった。「もっとも、それを独房の壁に掛けるのを刑務所当局が許すとは思えないけど」

受取り証にサインしたあと、ドラモンドが笑顔で言った。「お二人のどちらかでもオークションの席の予約をお望みなら、そのときは私に連絡をくだされば大丈夫です」

「そんなの耐えられませんよ」ベスは言った。

「私もだな。その最大の理由は、入札に加わる財力がないことは痛いほどわかっているからなんですがね」

「それについては、お二人にお任せします」ドラモンドが言い、二人と握手をして引き上げていった。

「わが美術館にとって悲しい日だ」ノックスが言い、ベスと一緒に階段を引き返した。

「でも、こうするしかなかったんだと思いますよ」ベスは言った。「フォークナーがクリスティーナの絵を根こそぎ盗んでいって、彼女にはあの一点しか残っていなかったんですもの。でも、少なくとも今回は、あの男を出し抜いてやれましたね」


リンカーンズ・イン・フィールズの父の事務所をあとにしたウィリアムは、ストランド街を徒歩で上り、少しためらってからキングズ・カレッジに立ち寄った。

そして守衛室へ行き、九月から法学部に入学するための申請書類を上級守衛に渡した。守衛の顔に、学生になるには少し年齢（とし）を取りすぎているのではないかという表情が表われた。

ウィリアムは時計を見た。ラモントの悪を暴こうとしているときに、警視長主催の会議に遅れるわけにはいかなかった。

ティム・ノックスはオフィスに戻ると、今朝のうちに届いた郵便物に目を通しはじめた。請求書は有り余るほどだったが、寄付は足りなかった。美術館長の終わることのない問題だと諦めかけたとき、机の上で電話が鳴りはじめた。

「ミスター・ダヴェッジが受付にお見えです」

「何だって？　彼はニューヨークにいるんじゃなかったのか？」ノックスは驚き、すぐにベスに電話をすると、今度は二人で階段を駆け下りた。

「おはようございます」ノックスとベスの息が整うと、ダヴェッジが挨拶した。「残念ながらお二人にとっては特にいい朝ではないでしょうが、だからこそ、せめて自ら足を運んで、あの名画を受け取らせてもらうことにした次第なのですよ」

「しかし、もうあなたの同僚が引き取っていかれましたが？」ノックスが壁の空白になっている部分を指さした。

「同僚？　いったい何の話です？」

「アレックス・ドラモンドという男性です」ノックスは答えた。「あなたはニューヨークに行っておられるので、代わりにきたということでした」

「確かにニューヨークに行ってはいましたが、夜の便を捕まえて帰国し、空港からここへ直行したというわけです。それに、これは保証しますが、〈クリスティーズ〉にアレックス・ドラモンドという人物はいません」

当惑の沈黙がつづいたあと、ベスが小さな声で言った。「またもやフォークナーにしてやられたのね。しかも、今度はあの絵を取り戻すのに入札する手間まで省かれて」そして、少し間を置いたあとで付け加えた。「どうして知っているんだって、あの男に訊くべきでした……」

「知ってるって、何を?」ノックスの声が厳しくなった。

「わたしがミセス・ウォーウィックだということをです。あなたはベスとしか紹介しなかったのに」

「それに、あの男が持っていた木箱だ」ノックスが腹立ちまぎれに自分の腿を叩いた。

「絵のサイズとぴったりにできていたじゃないか」

「ぴったりどころじゃなくぴったりでした」ベスは言った。「ということは、あれは前の所有者のものだったんだわ」

「しかし、フォークナーは刑務所にいるんですよ」ダヴェッジが言った。

「それでも、あの男は外にいる仲間に指示を飛ばせるんです」ベスは言った。「たとえば、アレックス・ドラモンドと名乗ったあの男のようなね」

「自分たちがどんなに馬鹿だったかをここでお喋りしている暇はないぞ」ノックスが言った。「ベス、すぐご主人に連絡して、このことを報告してくれ」

ベスは手摺につかまりながらのろのろと自分のオフィスへ戻った。「レースを編む女」のあのレディが、もう他人の腕のなかにいるのではないかと恐ろしかった。

28

〝永久に閉じ込めておけ〟と〈サン〉の一面の見出しが叫んでいた。

チームは警視長のオフィスのテーブルを囲み、朝刊に目を通していた。ウィリアムは〈サン〉を選んだが、その理由は、家ではベスが絶対に読むのを許してくれないからだった。ブリクストンの麻薬の巣で、現金五十万ポンド、逮捕者三十人、コカイン五キロ。この記事で正しいのはブリクストンという地名だけだと、ベスなら指摘したはずだった。

ジャッキーは〈デイリー・メイル〉を読んでいた。〝首都警察、真夜中の急襲――大物麻薬王を逮捕〟。実物以上によく写っている警視長の写真が一面を飾り、詳細な履歴が十六面で明らかにされていた。

ラモントは〈エクスプレス〉だった。〝蝮(ヴァイパー)、自分の巣で捕らわれる！〟と見出しが躍り、その下に、二人の武装警官に建物から引きずり出されるラシディの写真があった。

ホークスビーの目は〈ガーディアン〉の社説をたどっていた――〝対ドラッグ戦争〟。ポールだけが今朝の新聞記事を面白がっていないように見えた。

「だらだらしているのは一日で充分だ」ホークスビーがようやく口を開いた。「さあ、仕事の時間だぞ」

「だけど、すごい記事ですね」ラモントがテーブルの真ん中に積み上がっている新聞の山に、さらに〈エクスプレス〉を付け加えながら言った。「私が探した限りでは、ポール・アダジャ捜査巡査と、彼がこの作戦全体で果たした極めて重要な役割について一言の言及もなかったとしてもね」

「どこかに小さな記事が見つかるんじゃないのか」ホークスビーが笑いを噛み殺しながら言った。「そんなものを探すほど暇なやつがいればだがな」

ポールは俯(うつむ)き、何の反応も示さなかった。

「きみはあの悲劇を目撃したのか、ウォーウィック捜査巡査部長？」

「いいえ、見ていません、サー」ウィリアムは答えた。「私が最後に見たときは、彼はまだダブルデッカーの一階にいました」

「本来はそこにとどまっているはずだったんだよな」ラモントが言った。

「きみはどうだ、ジャッキー？」

「最初から最後まで目撃させてもらいました、サー。何しろ、目の前で起こったんですから。アダジャ捜査巡査はバスが停まりもしないうちに飛び降りて走り出したんですが、運の悪いことに、つまずいて転んでしまいました。幸いにもわたしが引きずって脇へどかすことができたので、後ろから突進する警察官の群れに踏み潰されずにすんだというわけです。『警察官が倒れた！』とわたしは叫んで、何分もしないでやってきた救急車にすぐさま収容し、セント・トマス病院の救急医療センターへ搬送しました」

「そこですぐに診てもらったんだな。診断は？」ホークスビーが辛うじて真面目な顔を保って訊いた。

全員がポールを見た。

「足首の捻挫です」ポールが渋々ながらようやく答えた。「というわけで、実はあの作戦の成功に、私はまったく貢献していないんです」

「いや、貢献したに決まっているだろう」ホークスビーが言った。「自分が長い時間を費やしてラシディを追跡したことを忘れるな。それに正直に言うが、きみが集めた情報がなかったら、この作戦はそもそも実行に移せなかったはずだ」

チーム全員がポールの果たした役割を認めて掌でテーブルを叩きはじめ、少し時間はかかったが、ようやくポールの顔にいつもの笑みが表われた。

ホークスビーがウィリアムを見て訝った。「ウォーウィック捜査巡査部長、目の周りの痣は一体どうしたんだ？」

「戦闘の真っ最中に、ラシディの手下の荒くれ者からパンチをもらったんです」ウィリアムは誇らかに答えた。「ですが、それだけの価値はありました。というのも、私自身がそのつまらないろくでなしを逮捕し、告発できましたからね」

「そうだな」ホークスビーがしたり顔で言った。「実は、そのつまらないろくでなしはマルボロ・マンだったんだ」

ウィリアムは一瞬虚を突かれたが、すぐに態勢を立て直した。「作戦が展開されているあいだ、あなたの囮捜査官は最初から最後まで殺人工場にいたと、そう言っておられるんですか？」

「ああ、最初から最後までいた。実際、逮捕されたとき、彼はどれがラシディかをきみに教えようとしていたんだ」

「だったら、私は何も見えていなかっただけでなく、大馬鹿者ですよ」ウィリアムは言った。「それで、彼はいま、どこにいるんですか？」

「ペントンヴィル刑務所だ。裁判を待つあいだ、数週間はあそこにいてもらうことになる」

「それはちょっと気の毒なんじゃないですか？」

「そうだとしても、まだやってもらうことがあるんだ。だから、収容されている棟もラシディと同じにしてある」

「ですが、もしラシディに不審に思われたら……」

「不審に思われる理由は何だ？　ラシディは自分を逃がしてくれようとした、忠実な取巻きとしての彼しか知らないんだぞ。刑務所にいるあいだに、あのろくでなしを死ぬまで鉄格子の向こうに閉じ込めておけるだけの証拠を集めてくれるんじゃないかと、かなり期待しているぐらいだ」

「しかし、彼が無罪になったら、その時点で不審に思われませんか？」

「それは大丈夫だ。彼はマリファナ煙草を二本所持していた容疑で有罪になり、六か月の刑を言い渡されて、ペントンヴィルへ送り返される」

「傷害容疑はどうなんでしょう？」ウィリアムは自分の目の周りの痣を指さして訊いた。

「有罪が認められたら、たぶん二か月分の刑が足されるだろうな」ホークスビーが答え、ポールが笑った。「だが、それはない。マルボロ・マンは二週間ほどで開放刑務所へ移され、すぐに釈放になって仕事に復帰できる。だが、その前に、どこか暖かいところで休暇を取ることになっている」

　ジャッキーが微笑した。それがどこかを知っているのだった。

「それもいいんじゃないですか」ラモントが言った。「彼がやってくれたことを考えれば、それでも足りないぐらいだ」

「まったくだ」ホークスビーが同意した。「さて、そろそろ諸君に新たな情報を提供させてもらおうか。実は警視総監と会ってきたんだ」

「灰は灰に」聖職者が唱えた。

母親の棺が墓に下ろされるときも、マイルズ・フォークナーはほとんど上の空だった。考えてみれば、あのろくでもない母親とはもう長い年月言葉を交わしていなかったし、頭はもっと大事なことで占められていた。クリスティーナは万一離別あるいは離婚した場合の双方の条件を婚姻後に取り決めた文書――ブース・ワトソン言うところの契約書――にサインし終えると、すぐに彼女のほうの約束を実行した。それによると、彼女は元夫との接触を試みない限り毎週千ポンドを受け取り、彼の前を横切っただけでもその支払いが停止されることになっていた。

自分が鉄道の駅で客の荷物を運ぶポーターの息子だということを、マイルズは友人にも、仕事関係者にも明らかにしたことがなかった。ハロー校の奨学金を得られたのは、入学する前に父が死んでくれたおかげだった。母がエセックスのチャルムズフォード――義務教育を終えてからは、その郡に一度も足を踏み入れていなかった――で美容師をしていたことも、もちろん黙っていた。しかし、実を言うと、マイルズがウィンストン・チャーチルの母校（アルマ・マーテル）の奨学生になれたのは彼のその生い立ちこそが理由で、選挙で勝ったばかりの労働党政権にハロー校がすり寄ろうとしていたからにすぎなかった。

墓を取り巻く数少ない参列者を見てわかったのだが、マイルズが知っている者はいなかったし、マイルズを知っている者もいなかった。

葬儀の間、三人の刑務所の警備員がマイルズの後ろの席にいて、別の一人が教会の出入り口に立っていた。教会へ入る直前に手錠が外されたが、そのための袖の下は決して安くなかった。マイルズが葬儀の参列者に加わるとき、刑務所関係者は目立たないよう最善を尽くしたが、全員がダークスーツに黒のネクタイ、サイズの合わない同じようなレインコートという服装だったから、何者であるかは全員にばれていた。そして、埋葬が始まるとご丁寧にもマイルズの何歩か後ろに下がった。頭上でホヴァリングしているヘリコプターのローター音が聖職者の言葉を掻き消していた。

「塵を塵に……」

聖職者が最後の祝福を与えているとき、白い大型ワゴンが墓地の奥の正面ゲートをゆっくりとくぐってきた。刑務所の警備員の一人が警戒の目を凝らすなか、ワゴンはやはりゆっくりと彼らの脇を通り過ぎて、五十ヤード先で停まった。ワゴンの脇腹に大きな黒い文字が躍っていた。

デズモンド・リーチ&サンズ
石工・彫刻師
一九六三年創立

刑務所の上級警備員がさらに警戒の度を強めてワゴンを見ていると、運転席から男が飛び降りてワゴンの後ろへ回った。間もなくしてもう少し若い男が仲間に加わり、運転手が開けた後部ドアからなかに入った。いまや四人の警備員全員が注意深く監視していると、若いほうの男が墓石をワゴンから押し出してきて、年上の男がそれを受け取り、二人して墓地の奥へ引きずっていった。

警備員が視線を戻すと、棺が下ろされようとしているところで、マイルズ・フォークナーは変わらず首を垂れていた。聖職者が十字を切り、最初のシャベルが棺に土をかけたとき、三台のノートン社製七五〇ccオートバイがワゴンの後部から飛び出し、数秒後に墓の横で急停車した。エンジンはかかったままだった。

上級警備員は動かなかったが、三十秒後に何が起こるかはわかっていた。マイルズが踵を返し、唯一後ろに人を乗せていない中央のオートバイへと走り出した。ハンドルを握っている三人は黒の同じレザー・ジャケットに黒の同じヘルメットをかぶり、ヴァイザーを下ろして顔を覆っていた。先頭と最後尾のオートバイの後ろに乗っている二人はダークグレイのスーツにワイシャツ、黒いネクタイという服装で、マイルズ・フォークナーとそっくり同じだった。

マイルズは真ん中のオートバイの後ろに飛び乗ると、差し出されたヘルメットを片手でつかみ、もう一方の手をライダーの腰に回して叫んだ。「行け！」走り出したオートバイに若手の警備員の一人が飛びつこうとしたが一瞬遅く、砂利の上を何度も転がって、危うくフォークナーの母親と一緒に埋葬されそうになった。

　年上の警備員が笑いを噛み殺して見ているあいだに、三台のオートバイは墓石を縫うようにして走りつづけ、一部が見えなくなっている歩行者出入り口へ向かっていった。そこを出ると、交通量の多い通りだった。年上の警備員は足早に、しかし足早すぎないように歩き出すと、自分の車に戻って大声で指示を飛ばした。運転手は正面出入り口へとハンドルを切ったが、虚しい任務になるだろうことはわかっていた。なぜなら、幹線道路へ出たときには、追跡すべき三台のオートバイはすでに一マイルを先行しているはずだからである。しかし、ヘリコプターに乗っている二人は、眼下で起こっていることをはっきり目にとらえていた。ヘリコプターだけは自分にもどうにもできないことを、鼻薬を嗅がされた警備員はすでにフォークナーに伝えていた。

　ヘリコプターの操縦士は旋回すると、三台のオートバイへと高度を下げて追跡を開始した。その間にもう一人が無線を取り、何が起こったかをスコットランドヤードの指揮センターへ報告した。間もなく、半径五マイル以内にいる全パトカーが緊急事態を知らされ、ヘリコプターからの指示に耳を澄ましはじめた――しかし、それも三台のオートバイには想定済みのことだった。

　大きな交差点までくると、三台のオートバイは〝スリー・カード・トリック〟と呼ばれる動きを開始し、数秒ごとに自分たちの位置を入れ替えて、ついにはどれがフォークナーの乗っているオートバイかを、ヘリコプターのパイロットにわからなくさせてしまった。

次の交差点にやってくると、先頭のオートバイが左折し、二台目が右折して、三台目が直進した。

ヘリコプターの操縦士は、高速道路のほうへ向かっているオートバイを追うことにし、ほかの二台の正確な位置と、向かっている方向を、スコットランドヤードの指揮センターに知らせた。警察は幸運に恵まれた。三台目の直進するほうを選んだオートバイが自分たちのほうへ向かってきていることに、最初のパトカーが気づいたのだ。そのパトカーはサイレンを鳴らし、車首を返して追跡を開始したが、驚いたことに、オートバイは減速して路肩に停止した。パトカーの警察官二人は外に出ると、用心深く近づいていった。

ライダーはすぐにヘルメットを脱いで待っていたが、二人の警察官は後ろにだれが乗っているかにしか関心がなかった。しかし、ゆっくりとヘルメットを脱いだその人物は女性で、彼女は警察官に穏やかな笑みを向けると無邪気に訊いた。「何かご用かしら、お巡りさん？」

二台目のオートバイは高速道路に入るや追い越し車線に移り、一気に加速した。スピードは時速百マイルを優に超えていたが、ヘリコプターはしっかりくっついて離れようとしなかった。サイレンを聞いたライダーがバックミラーを確認すると、パトカーが迫りつつあった。オートバイは減速して走行車線へ戻り、次の出口で高速道路を降りたが、すでに三台のパトカーが待ち構えて行く手をさえぎっていた。

十二名の警察官——二人は武装していた——にオートバイを包囲され、ライダーはヘルメットを脱いで言った。「スピード違反はしていないと思いますがね、お巡りさん」

「おまえに用はない！」警察官の一人が怒鳴り、後ろに乗っている人物のヴァイザーを上げた。十代の男の子がにやりと大きな笑みを浮かべて言った。「いや、してたよ、お父さん。だけど、その価値はあったんじゃないか」

三台目のオートバイは潜り抜け道路（アンダーパス）が近づいてくるとスピードを落とし、その下に入って、だれにも見られる心配がなくなったとたんに急停車した。そこで待っていた四台目のオートバイが、遅滞なくバトンを受け取ったリレーの選手のようにすぐさま走り出し、数秒後にアンダーパスから姿を現わしたと思うと、次の交差点でいきなり左折して、ヘリコプターと逆の方向へ加速していった。ライダーに与えられた指示は明確だった——できるだけ長いあいだ警察を弄ぶこと。

マイルズはオートバイを降りると、ヘルメットを脱いでライダーに返した。

「十五分ほど時間を潰してから、きたのと同じ方向へゆっくり引き返せ」と指示したとき、一台のフォード・エスコートがアンダーパスに入ってきて、マイルズの横に停まった。

運転手が降りてきて言った。「おはようございます、サー」上司をオフィスへ迎えにきたかのような口調だった。

「おはよう、エディ」フォークナーは応え、専属運転手が開けてくれたドアから助手席に乗り込んだ。

フォード・エスコートは間もなくアンダーパスを出ると、交差点に着いたところで左に折れた。フォークナーが後ろの窓から見ると、ヘリコプターは逆の方向へ向かっていた。


ホークスビー警視長が手元の分厚いフォルダーを開いた。「まず最重要なことを伝えておくが、諸君も知ってのとおり、アッセム・ラシディは何事もなくペントンヴィル刑務所に収監された。保釈請求が却下されたと聞けば諸君も嬉しいと思うが、やつはこれから半年かそこらは刑務所にいて、審問が開かれるのを待つことになる。そのときまで、面会を許されるのはやつの弁護士だけだ」

「今回、われわれには信頼できる証人がいるんですか?」ラモントが訊いた。

「すでに証人保護プログラムに入っている元医師がいて、より軽い刑になるのと引き替えに、ラシディが何をしようとしていたかを詳しく証言してくれることになっている」

「それはいい知らせです」ラモントが言った。「もう一人のエイドリアン・ヒースを作りたくありませんからね」

「その心配はない」ホークスビーが保証した。「今回の証人の警備は王室より厳重だ。また、彼が土壇場で心変わりしたとしても、証言を引き受けてくれると思われる人物が二人、予備に控えている。その二人にも証人保護プログラムを適用してくれるよう、弁護士が公訴局と交渉を試みているところだ」

「ラシディの母親はどうなんですか?」ウィリアムは訊いた。

「ボルトンズの自宅に一人で閉じこもって」ジャッキーが答えた。「だれにも会おうとしていないわ」

「彼女を責めることはだれもできませんよね」ウィリアムは同情した。「一人息子が成功している茶葉輸入会社の尊敬される会長どころか、悪名高いドラッグ・ディーラーだとわかったんですから、どれほどのショックを受けていることか」

「実際、皮肉だな」警視長が言った。「あの金曜の夕方、やつが玄関先で母親を抱擁していなかったら、正体を見破ることができなかったかもしれないんだから」

「彼女は自分が産んだ子を裏切ったことになるんです」ウィリアムは言った。「でも、ユダと違って、その意志はなかったんですけどね」

ホークスビーがフォルダーのページをめくった。「そのほかに全部で二十七名の容疑者が逮捕され、告発されていて、そこにはマルボロ・マンとラシディの四人の腹心も含まれている。私が言ったとおり、その一人がカナリアのようにさえずってくれている。それから、おまけとして、ジャッキーがもう一人、売人を逮捕している。作戦が完了したあと、のこのこ現われたんだ。しかも、仲間と一緒にペントンヴィル刑務所行きになるに充分なコカインの包みを持って、だ」

「逃げたやつはいるんですか？」ウィリアムは訊いた。

「あの大工とテロ対策班のおかげで、どうやらそれはないようだ。まあ、逮捕者のうちの三人が保釈を認められ、警察を訴えると息まいているがね」

「その三人がだれか、当ててみましょうか」ウィリアムは言った。「四人の見張りのうちの三人でしょう」

「そいつらの言い分はどんなものなんです？」ラモントが訊いた。

「地元で一杯飲やって平和にうちへ帰ろうとしていただけなのに、一方的に警察に襲われたんだそうだ。そいつらの弁護士が、不当逮捕と権力濫用で訴えると、われわれを脅しにかかってくれているよ」

「おれは除外してもらえないかな」ラモントが言った。

「しかし、こっちが告発を取り下げたら、向こうもこれ以上は問題にしないとのことだ」

「そんな条件を持ち出したということは、不当でも何でもない前科があるということですよ」ジャッキーが言った。

「そのとおりだ」ホークスビーが認めた。「だが、正直なところ、あいつらは食物連鎖のかなり下のほうに位置している。今回は鮫さめを捕まえたんだから、多少の雑魚は逃がしてやってもいいかと思っているところだ」

「もう一人の見張りはどうしました?」ラモントが訊いた。

「ドラッグのやりすぎで正気を失っていたよ」ホークスビーが答えた。「いまは留置場じゃなくて、病院のベッドにいる」

「ドノヒューは?」

「警察官傷害容疑で告発された。保釈申請は却下されたし、前科もあるから、少なくとも四年から六年の実刑にはなるだろう」

しばらくのあいだ、全員が掌でテーブルを叩きつづけた。

「しかし、一つ、悲しい報告もある」ホークスビーがつづけた。「ドノヒューをほとんど阻止して無線を奪うことに成功した――そのおかげで決定的な四十二秒を獲得できたわけだが――若い巡査だが、一命はとりとめたものの重傷を負い、終生車椅子で過ごさなくてはならなくなるかもしれない」

「巡査の年金でね」ウィリアムは言った。「そして、最終的には内部報告書のなかの単なる統計数字になり、何日かしたら世間から忘れられてしまうんです。現金が詰まった三つのスポーツバッグのうちの一つを彼に渡してやるのなら文句は言いません。せめて、そのぐらいの見返りはあってしかるべきですから」

「スポーツバッグは二つだ」ラモントが言った。「三つ目は空だった。たぶん、あの晩のあがりの残りが入ってくるのを待っていたんだ」

「私は三つのスポーツバッグを全部開けたわけではありませんが」ウィリアムは引き下がらなかった。「三つとも持ち上げてみてはいます。これは誓ってもかまいませんが、どれも同じ重さでした」

テーブルの周囲に落ち着かない沈黙が落ちた。

「おまえの勘違いだ、ウォーウィック捜査巡査部長」ラモントがきっぱりと言った。「三つめは空だった。それはロイクロフト捜査巡査が確認してくれるはずだ」

ジャッキーは仕方なさそうにうなずいただけで、何も言わなかった。

「どこか暖かいところで長い休暇を過ごしたいと思っているのは、もしかしたらマルボロ・マンだけではないのではないですか？」ウィリアムはこれ以上自分を抑えることができなかった。

「口のきき方に気をつけろ、若造！」ラモントが吼えた。「いま言ったとおり、三つ目のバッグは空だった。だから、これ以上、つまらんことをほじくり返すな」

「まあ、二人とも待て」ホークスビーが割って入った。「こんな大勝利のあとで仲間割れなど、まったくふさわしくない振舞いだぞ」

「仲間の一人が犯罪者も同然の悪しき振舞いをしたとなれば、話は別でしょう」ウィリアムは真正面からラモントを見据えた。

警視がいきなり立ち上がり、拳を固めて、威嚇するようにテーブルに身を乗り出した。そのとき、ドアにノックがあり、ホークスビーの秘書が飛び込んできた。

「いまでないとまずいかな、アンジェラ?」警視長が言った。

「すぐにすみます、フィッツモリーン美術館のミスター・ノックスから電話があって、ウォーウィック捜査巡査部長の奥さまが病院へ運ばれたとのことです」

ウィリアムは弾かれたように立ち上がった。「どの病院ですか?」

「チェルシー・アンド・ウェストミンスターよ」

「それから、あなたが是非とも知りたいだろうと思われる電話がもう一本あって……」しかし、ウィリアムはすでにオフィスを飛び出していて、アンジェラはそのニュースを伝えることができなかった。

ウィリアムは通路を走り、階段を駆け下りて通りに飛び出すと、最初に見えたタクシーに向かって手を挙げた。


車のヘッドライトが水面をよぎったが、それはほんの一瞬のことで、すぐにまた消えてしまった。

船長はリブボートを下ろすよう命じると、間もなく若い甲板員を連れて、波に揺れるモーターボートに移った。ボートは岸へと走り出し、ナヴィゲーターの指示通りに狭い入江のほうを目指した。ここへくるのは初めてではなかったから、何であれ存在するはずのないものが水面に存在したら、船長が気づかずにはいないはずだった。頭上では二羽の鷗が連れができたことを明らかに喜んで啼き騒いでいたが、丘の上の羊の群れはまったく興味を示してくれなかった。

そのとき、浜に立っている彼の姿が見えた。

船長は岸のほうへボートの向きを変えた。

「どちらまで行きましょう、旦那?」

「チェルシー・アンド・ウェストミンスター病院まで急いでくれ」ウィリアムは言った。「もう間に合わないかもしれないけど」

運転手はダニーでさえ感心したはずの知識を駆使して脇道や近道を走り抜け、可能な最短時間で乗客を病院に届けた。

「赤ん坊が生まれるんでしょ?」五ポンド札を渡すウィリアムに、運転手が言った。

「実は双子なんだ。だけど、どうして子供が生まれるとわかったのかな?」

「『もう間に合わないかもしれない』が、最初の手掛かりでした。そして、お客さんの顔色がそれを裏付けてくれたってわけです」

釣りは取っておいてくれとウィリアムが言おうとしたとき、運転手が札を返してきた。

「今回の料金は私のおごりです。昨夜のあのろくでなしどもの捕り物の関係者を知っていたら、私の祝意を伝えてください」

「わかった、もちろんだ」ウィリアムは応え、病院へ駆け込んで一直線に受付を目指した。そして、カウンターの向こうに坐っている女性に訊いた。「ウォーウィック、ベス・ウォーウィックは？　私は彼女の夫です」

女性が自分の前のコンピューター・スクリーンを確かめてから答えた。「ガーヴェル病棟、五階、三号室です。幸運を祈ります！」

ウィリアムはエレベーターを待っている一団を避けた。病院のエレベーターの速度がそもそも遅いことはよくわかっていた。エレベーターを使う代わりに、一段飛ばしで階段を駆け上がった。五階に着いたときには息が切れていた。クリップボードを持った女性看護師が廊下で待っていた。

「何か重要な用があって時間を取られていらっしゃるのかと思っていましたよ、ミスター・ウォーウィック」彼女が言った。「だって、たったいま、双子のお子さんが誕生なさったんですもの」

ウィリアムは思わず飛び上がり、宙に浮いた足が廊下についた瞬間に訊いた。「男の子ですか？　女の子ですか？　それとも、男の子と女の子？」

「小さなお嬢さんが六ポンド三オンス――彼女のほうが先に生まれていらっしゃいました

――で、そのあとに小さな息子さんが六ポンド一オンスで誕生なさいました。息子さんは生涯お嬢さんの後を追うことになるんじゃないかと、わたしはそんな気がしているんですけどね？」看護師がにやりと笑って言った。

「それで、ベスは？　元気ですか？」

「ご案内しますから、ご自分で確かめられたらどうです？　でも、長居は駄目ですよ。奥さまはお疲れで、休養が必要ですから」

看護師に連れられて病室に入ると、ベスはベッドに坐り、それぞれの腕に娘と息子を抱いていた。

「遅刻よ」彼女が言った。

「きみが早すぎたんだよ」ウィリアムは応じた。

「それについては謝るけど、結局はこの子たちが早く出てきたがったのよ。きっと、あなたに似てせっかちなんだわ。さあ、お父さんよ」彼女が愛おしそうに娘と息子を見て言った。「メイン・イヴェントを見逃してしまった、自分は世界を救うためにやってきた現代のスーパーマンだと信じてもいるお父さんだけどね。そのせいで、あなたたちの人生で二番目に大きな決定にも加われなかったお父さんでもあるわね」

「その決定って何なんだい、スーパーウーマン？」ウィリアムは母と子の三人をまとめて抱擁しながら訊いた。

「この子たちの名前よ、わたしたち三人で、改めて真剣に相談したの」ベスが赤ん坊の一人をウィリアムに渡した。

「ぼくがいないあいだに三人で相談して決めた名前とは何なのか、教えてもらおうか」

「息子はピーター・ポールに落ち着いたわ」

「ルーベンスだな」ウィリアムは言った。「異存はないけど、この子がなるのは芸術家かな、それとも、外交官か？」

「警察官でなかったら、何になってくれてもいいわ」

「妹のほうは？」

「アルテミジアよ」

「アルテミジア・ジェンティレスキから採ったのか？　時代の先を行った天才画家の？」

「もっと重要なのは、娘の才能を見抜き、それを使えと励ました父親がいたという事実よ。だから、あなたも肝に銘じるのね」

「やあ、アルテミジア」ウィリアムはささやき、赤ん坊の鼻を撫でてやった。

「いい試みだけど、そっちはピーター・ポールよ。フィッツモリーン美術館の仕事に応募するかどうか、あなたの考えを早く知りたいって、この子がしきりにせがんでるんだけどね。応募の締切りが今週末に迫ってるって、ノックス館長までが念を押しにきてくれているのよ」

「このところ、どんなことより真剣にそれについて考えていると、ノックス館長に伝えてもらってかまわない」ウィリアムは小さな声で言った。

「〝このところ〟って、どういうこと？」ベスが訝しげな顔になって訊いた。

「ぼくたちのチームに盗癖のある警察官がいることがわかってね。それで、ぼくたちのだれかが辞めなくちゃならないんだ」

「でも、なぜあなたじゃなくちゃいけないの？　何も悪いことをしていないのに？」

「なぜなら、見て見ぬ振りをするつもりがないからだよ。警察にとどまるなら、見て見ぬ振りをしなくちゃならないんだ」

「なんてひどい話なの」ベスがほとんど独り言のように言った。

「ぼくが警察を辞めることを考えていると知ったら、きみは喜んでくれると思っていたんだけどな」

「喜ぶわよ。でも、毎朝、目が覚めたら必ず隣りに不機嫌な野蛮人がいるって事態は望ましいとは言えないわね。まして、あなたが首都警察史上最年少の警部になりそうだってメディアが騒いでいるんだから尚更よ！」

「だけど、そのために払う代価はどれほどになると思う？」

「とにかく、お父さまに相談すべきよ。あとで悔やむことになる決断をする前にね」

「父もほとんど同じ言葉で同じことを言ったよ。だけど、いまの気持ちを変えられそうなことは何一つ思いつけないんだ」

　アルテミジアが泣き出し、ピーター・ポールがあとにつづいた。

「間違いないわ、この二人、わたしたちの注意を引くためなら共同戦線を張るつもりよ」

ベスが言った。

　ベスとウィリアムはアルテミジアとピーター・ポールを助産師に預けた。彼女は赤ん坊二人を苦もなく泣き止(や)ませ、そうっと小児用ベッドに寝かすと、こう提案して部屋を出ていった。「奥さまはそろそろお休みになるほうがいいかもしれませんね」

「でも、その前に、あなたがもう過去の人になってしまっているかどうかを確かめないとね」ベスが言い、テレビをつけた。赤いダブルデッカーが画面の片側へ消えていくところだった。

「残念だけど、これがテレビであなたを見る最後になりそうね」彼女がため息をついてテレビを消そうとしたとき、アナウンサーが言った。

「たったいま、速報が入ってきました。服役囚が一人、ペントンヴィル刑務所を脱獄したとのことです」

　マイルズ・フォークナーの顔が大映しになった。

訳者あとがき

ジェフリー・アーチャーの最新作『まだ見ぬ敵はそこにいる　ロンドン警視庁麻薬取締独立捜査班』をお届けします。

本作はロンドン警視庁（スコットランドヤード）の警察官、ウィリアム・ウォーウィックを主人公とする連作の第二作に当たります。（第一作は『レンブラントをとり返せ―ロンドン警視庁美術骨董捜査班―』として新潮文庫から刊行されています）

主人公のウィリアム・ウォーウィックは少年のころシャーロック・ホームズに憧れ、長じてもその夢を捨てられず、自分の後を継いで弁護士になってほしいという父の希望を入れることなく警察官になったという、一途な青年です。第一作で新人ながらスコットランドヤードの捜査巡査に抜擢され、ウィンストン・チャーチルの署名本の偽造、海底のスペイン銀貨の偽造をはじめとして何件もの美術品骨董品詐欺犯罪を解決しただけでなく、傑作しか扱わない美術品故買犯の大物中の大物であるマイルズ・フォークナーと対峙して追い詰めたうえに、婚約者の父親の無実まで勝ち取るという大活躍を見せてくれました。

（どんな活躍かをここでつまびらかにするわけには当然のことながらいかないので、是非一読をお薦めします。期待を裏切ることはないはずです）

本作では、ウィリアムは捜査巡査部長に昇任し、引きつづきホークスビー警視長の下で働くことになります。今回、ホークスビー警視長はロンドンを丸ごと麻薬漬けにしようとしている〝蝮（ヴァイパー）〟と呼ばれる麻薬王を逮捕し、組織を一網打尽にするという一大作戦を考えていて、従来からある麻薬取締班とは別に、美術骨董捜査班を横滑りさせた形で独立捜査班を新設します。ブルース・ラモント警視、ウィリアム・ウォーウィック捜査巡査部長、ジャッキー・ロイクロフト捜査巡査、そして、新人のポール・アダジャ捜査巡査をメンバーとする新設捜査班は、〝ヴァイパー〟としかわかっていない麻薬王の正体と本拠地を突き止めようと早速活動を開始します。ウィリアムはその過程であのマイルズ・フォークナーが麻薬に手を染めていることを知り、彼を刑務所送りにすべく、また、本筋であるヴァイパー逮捕を成功させるべく、知力と体力の限りを尽くして奮闘します。今回も事態は二転三転し、アーチャー十八番のクリフハンガーで結末を迎えますが、前作にも増して知略、謀略、裏切り、殺人の要素が深く盛り込まれ、潜入捜査、追跡、アクション、裁判と、展開もとりわけスリリングです。

蛇足かもしれませんが、本シリーズが構想された経緯について、少し説明しておきます。すでにご承知の読者もおられると思いますが、ウィリアム・ウォーウィックは〈クリフトン年代記〉に登場する警察官です。その彼についてもっと知りたいとの要望が読者からあり、アーチャー自身は自作の登場人物を主人公として再登場させることにためらいがあったようですが、熟慮の末に筆を執ることにし、巡査から警視総監を目指す旅に出すことにしたというわけです。本シリーズはウォーウィックの意志と能力を試すビルドゥングス・ロマンであり、アーチャーが最も得意とするスタイルでもあります。

また、発行元が新潮社からハーパーコリンズ・ジャパンに変わったこともあり、初めてアーチャーの作品を手に取られた読者もおられるかもしれないので、著者についても簡単に紹介しておきます。

ジェフリー・ハワード・アーチャーは一九四〇年生まれ、オックスフォード大学を卒業後、二十九歳の若さで、最年少議員として庶民院入りします。将来有望と見られていたのですが、詐欺にあって全財産を失い、議員をも辞職するはめになりました。そのあと、せめて子供のミルク代を稼ごうかと書いた小説、処女作でもある『百万ドルをとり返せ！』がミリオンセラーになり、以降もベストセラーを連発していきます。そして政界復帰も果たし、以後は順風満帆かと思われた矢先、コールガール・スキャンダルをすっぱ抜かれてしまいます。その裁判に勝ってロンドン市長選に立候補するのですが、コールガール・スキャンダル裁判の偽証罪に問われて四年の実刑判決を食らうことになります。しかし、仮出所後に獄中記三部作を上梓し、さらに、そのときの体験を基に創作短篇集『プリズン・ストーリーズ』をものしているのですから、さすがアーチャーと言うべきでしょうか。以降、『誇りと復讐』、『遥かなる未踏峰』、短篇集『15のわけあり小説』、七部からなる〈クリフトン年代記〉、短篇集『嘘ばっかり』、『運命のコイン』とつづいて、今回の連作に至っています。そして、すでに第三作「*TURN A BLIND EYE*」、第四作「*OVER MY DEAD BODY*」を完成させています。また、この連作は当初四作で完結の予定だったのですが、ここへきて第八作まで延びることが決まり、そのあとについても、すでに大きな構想を得ているとのことです。

「おまえはスコット・フィッツジェラルドにはなれない、彼は作家だが、おまえはストーリー・テラーに過ぎない」と自分に対して言っていますが、まさに〝生まれついてのストーリー・テラー〟、〝筆を擱(お)くときはこの世を去るとき〟、という形容がぴったりではないでしょうか。

なお、第三作である「*TURN A BLIND EYE*」は、二〇二二年冬に本文庫(ハーパーBOOKS)からの刊行がすでに決定しているそうです。ウィリアムは警部補に昇進し、新設される腐敗警察官摘発特捜班を率いることになります。また、マイルズ・フォークナーとも三度(みたび)の対決をすることになります。どうぞ、お楽しみに。

二〇二一年十一月

戸田裕之

訳者紹介　戸田裕之

1954年島根県生まれ。早稲田大学卒業後、編集者を経て翻訳家に。おもな訳書にアーチャー『レンブラントをとり返せ―ロンドン警視庁美術骨董捜査班―』『運命のコイン』、〈クリフトン年代記〉シリーズ(以上新潮社)、フォレット『火の柱』(扶桑社)、ネスボ『ファントム 亡霊の罠』(集英社)など。

まだ見ぬ敵はそこにいる
ロンドン警視庁麻薬取締独立捜査班

2021年12月20日発行　第1刷

著　者　ジェフリー・アーチャー

訳　者　戸田裕之

発行人　鈴木幸辰

発行所　株式会社ハーパーコリンズ・ジャパン
東京都千代田区大手町1-5-1
03-6269-2883(営業)
0570-008091(読者サービス係)

印刷・製本　中央精版印刷株式会社

定価はカバーに表示してあります。

この書籍の本文は環境対応型の植物油インクを使用して印刷しています。

Printed in Japan
ISBN978-4-596-01860-1